Josie Charles

Damit du lebst

Inhalt

Haydon ist der Star des Rugby-Teams von Yale. Der arrogante Frauenschwarm lebt in einer Villa mit Pool und fährt einen Maserati. Sein Leben scheint perfekt – bis er eines Nachts im Traum die coole Außenseiterin Everley von einer Brücke springen sieht ...

Everley ist anders als die übrigen Studenten der Elite-Uni Yale. Ihre Kleidung ist schwarz und ihre Klappe viel zu groß. Für Angeber und Botox-Tussis hat sie nichts als Verachtung übrig. Doch dann verändert ein Schicksalsschlag alles. Und ausgerechnet, als sie es am wenigsten gebrauchen kann, beschließt der selbstverliebte Haydon, nicht mehr von ihrer Seite zu weichen.

Der Mistkerl und das Gothic Girl – können zwei Welten zu einer werden, wenn es das Schicksal so will?

Impressum

c/o Autorenservices.de
König-Konrad-Straße 22
36039 Fulda
***
Deutsche Erstausgabe
April 2018
***
Covergestaltung: Josie Charles
Fotocredit:
1036460608 by Min C. Chiu, Shutterstock.com

Josie Charles

Damit du lebst

Meine Lieben!

Wenn ihr meine Bücher schon kennt, wisst ihr ja: Bei mir weiß man vorher nie, was man bekommt und auch ich wusste diesmal nicht, auf was für eine emotionale Achterbahnfahrt mich diese Geschichte beim Schreiben mitnehmen würde.

Mir war klar, dass ich in »Damit du lebst« kein einfaches Thema anpacke. Gerade aus diesem Grund muss ich mich diesmal ganz besonders bei meinen Vorableserinnen bedanken, denn von ganz vielen habe ich die Rückmeldung bekommen, dass sie nicht nur Freude an den romantischen Momenten hatten, sondern auch an vielen Stellen lachen mussten. Das war mir wichtig, denn ich wollte kein trauriges Buch schreiben. Vielmehr sollten die Hoffnung, die Lebensfreude und natürlich die Liebe im Vordergrund stehen, damit ihr das Buch nach dem Lesen mit einem Lächeln zur Seite legen könnt :-)

Liebe Ane, Anja, Antje, Bärbel, Birgit, Ines, Jessica, Lea, Luna, Mareike, Melanie, Natalie, Nicky, Nina, Petra, Ricky, Sabrina, Susan, Susann, Susanne, Tami und natürlich Tanja – danke, dass ihr euch immer wieder Zeit für mich nehmt, für eure ausführlichen Feedbacks, eure offenen Worte, eure hilfreichen Hinweise und eure Unterstützung!

Ein besonderer Dank geht auch diesmal wieder an meine liebe Kollegin Hailey, mit der ich mich immer austauschen kann. Ich wünsche dir ganz viel Glück mit »Blue« :)

Und natürlich danke ich auch euch allen, meinen Leserinnen und Lesern, ganz ganz herzlich für euer Interesse, eure Treue und dafür, dass ihr immer wieder mit meinem Protas und mir auf die Reise geht. Danke für euer Vertrauen!

Zum Schluss: Schreibt mir jederzeit unter josie_charles@gmx.de oder über meine FB-Seite: www.facebook.de/autorin.josiecharles. Ich freue mich immer über Feedback von euch!

Eure Josie <3

P.s.: Wenn ihr keine Neuerscheinung mehr verpassen wollt, tragt euch für meinen Newsletter ein unter www.josiecharles.de :-)

Hinweis

In diesem Buch wird das Thema Selbstmord behandelt. Es wird in keiner Weise beschönigt, jedoch in einigen Absätzen genauer thematisiert – deshalb möchte ich euch dringend diese »Trigger-Warnung« mitgeben.

Sollte sich jemand von euch oder eine Person in eurem Umfeld in einer schwierigen Phase befinden, findet ihr Hilfe unter folgenden Nummern bzw. Adressen:

Telefonseelsorge:
http://www.telefonseelsorge.de
Telefon: 0800 111 0 111 oder 0800 111 0 222

Nummer gegen Kummer:
https://www.nummergegenkummer.de
Telefon für Eltern: 0800 111 0 550
Telefon für Kinder: 0800 111 0 333

Weltweite Hilfs-Webseite: https://www.befrienders.org

Bitte zögert nicht, Hilfe in Anspruch zu nehmen, wenn es euch nicht gut geht – jeder braucht mal die Unterstützung von anderen.

Eure Josie <3

Kapitel 1

New Haven, Connecticut,
24. Juni

Haydon

Ich ziehe Stacy das Top aus und bin nicht überrascht, dass sie keinen BH trägt. Ich schätze, das war überhaupt erst der Grund, aus dem ich so dringend mit ihr in einem der Schlafzimmer verschwinden wollte.

Einen Moment lang genieße ich den Anblick, wie sie vor mir steht, halbnackt und schwer atmend, mit verschmiertem Lippenstift und einem einladenden Lächeln im Gesicht.

Dann ziehe ich sie an mich und küsse sie erneut, während ich hinter sie greife, um den Reißverschluss ihres Rocks zu öffnen.

Das winzige Stück Stoff gleitet zu Boden und sie steigt heraus, während sie mich am Gürtel packt und rückwärts Richtung Bett geht.

Keine Ahnung, wessen Zimmer das hier ist, aber ich glaube nicht, dass derjenige so bald schlafen gehen will. Unten ist die Party in vollem Gang, die Musik dröhnt bis zu uns hinauf. Die Bässe lassen den Boden vibrieren, genau wie die Pokale, die in einem Regal aufgereiht sind. Als ich mich aufs Bett ziehen lasse, nehme ich mir einen

Moment, um sie nachzuzählen.

Es sind 5. Deutlich weniger als meine.

Ich grinse zufrieden, dann beuge ich mich über Stacy und widme mich ihren Brüsten, während sie sich mit zittrigen Fingern an meinem Reißverschluss zu schaffen macht.

»Ich hoffe, du hast ein Gummi dabei«, flüstert sie atemlos.

»In meinem Portemonnaie«, erwidere ich und spüre gleich darauf, wie sie in die Hintertasche meiner Jeans greift.

Es macht mich an, dass sie es eilig hat. Ich lasse meine Hände über ihre schlanke Taille gleiten, hake die Finger in den Saum ihres Spitzenhöschens, und dann geht hinter uns auf einmal die Tür auf.

»Hier ist besetzt« rufe ich, ohne mich umzudrehen. »Offensichtlich.« Ich zwinkere Stacy zu, die gerade dabei ist, die Kondompackung aufzureißen.

Doch die Tür wird nicht wieder geschlossen.

Stattdessen keucht eine Stimme: »Haydon??«

Beatriz.

Muss sie gerade jetzt reinkommen?

Das ist mir noch nie passiert.

Ich horche in mich hinein. Sollte ich mich jetzt nicht ertappt fühlen? Nach Ausreden suchen? Sollte sich nicht zumindest so etwas wie ein schlechtes Gewissen einstellen? Eigentlich schon, doch in Wahrheit passiert gar nichts. Ich spüre allerhöchstens einen Funken Verärgerung wegen der Unterbrechung, aber sonst nichts.

Unwillig rutsche ich von Stacy herunter und drehe mich um. Beatriz steht in der Tür, hat ihr hellblondes Haar zu Locken aufgedreht und trägt ein enges Kleid, das verrät, dass sie heute Nacht etwas ganz Ähnliches mit mir vorhatte wie Stacy.

Klar hatte sie das. Schließlich ist sie meine Freundin.

»Das ist nicht so, wie es aussieht«, verteidige ich mich halbherzig und frage mich im selben Moment, wieso überhaupt.

Natürlich ist es, wie es aussieht. Das wissen wir beide. Und ich glaubte, tief im Inneren lässt es uns beide kalt.

Stacy, die neben mir liegt, scheint erst jetzt wirklich zu kapieren, was los ist und bedeckt eilig ihre Brüste mit den Händen. »Was ist hier los? Wer ist das?«

»Das sollte *ich* wohl besser fragen!«, erwidert Beatriz und stemmt die Hände in die Hüften.

Gott, sie soll jetzt bloß keine Show abziehen.

»Stace, das ist Beatriz«, sage ich. »Und Bea, das ist ...«

»Hör sofort auf damit«, zetert Beatriz, kommt ins Zimmer gestampft und reißt Stacy am Arm in die Höhe. »Was fällt dir ein, dich an vergebene Männer ranzumachen? Hast du es so nötig oder was?«

»Ich wusste nicht ... ich hatte keine Ahnung, dass er ...«, stammelt Stacy und könnte einem fast leidtun.

Natürlich hatte sie keine Ahnung, dass ich vergeben bin. Sie weiß vermutlich noch nicht mal, wer ich bin. Sie ist im ersten Semester und kennt sich in Yale noch nicht aus. Leichte Beute, eigentlich viel zu einfach für mich.

Aber ich konnte ihrem engen Shirt und dem Minirock nicht widerstehen.

Wusste ich, dass Bea auch zu der Party kommen würde? Ja, irgendwie schon. Aber darüber, dass sie uns beide erwischen könnte, habe ich keine Sekunde lang nachgedacht.

»Du hattest keine Ahnung, dass er eine Freundin hat?« Beatriz lacht ungläubig und mustert Stacy herablassend. »Ich sag dir jetzt mal was: Die Typen, in die sich Mädchen wie du verlieben, sind immer vergeben. An Frauen wie mich. Also verschwinde und bedien dich an den Kiffern und den Nerds!« Sie schubst Stacy dorthin, wo ihre Klamotten auf dem Boden liegen und wendet sich an mich. »Ich fass es nicht, Haydon.«

Ich blicke ihr in die Augen und stelle fest, dass sie tatsächlich gekränkt aussieht.

Oh Mann. Was hat sie denn erwartet?

»Komm mal wieder runter. Wir sind nicht verlobt oder so«, sage ich schulterzuckend und mache immer noch keine Anstalten, aufzustehen. »Also reg dich bitte nicht so auf. Du machst dich ja lächerlich.«

Bea lacht, ohne dass es auch nur im Mindesten amüsiert klingt. »Ich mache mich lächerlich?« Sie schüttelt den Kopf. »Ich wusste ja, dass du ein Arschloch bist, aber dass du *so* ein Arschloch bist, hätte ich nicht erwartet.«

Ach, das hätte sie nicht?

»Tut mir leid, aber daran bist du selber schuld«, erwidere ich kühl und setze mich nun endlich doch auf.

Dieses ganze Theater fängt an, mir auf die Nerven zu gehen. Beatriz und ich sind ein Paar, weil es eben passt. Wir sind beide Top-Studenten. Ich bin der vielversprechendste Sportler von ganz Yale, sie gewinnt Preise mit ihren Kurzfilmen. Wir sehen gut aus. Stammen aus denselben Kreisen. Und sie ist heiß.

Aber liebe ich sie oder bin ich auch nur verliebt in sie? Verdammt, nein. Wieso sollte ich? Wir sind ja keine Teenager mehr.

Und wenn sie sich in mich verliebt hat, ist das sicher nicht mein Problem. Sie weiß, wie ich bin. Sie weiß wie hinter vorgehaltener Hand über mich geredet wird. Die Frauen an der Uni warnen einander vor mir und landen dann doch reihenweise in meinem Bett.

Wenn Bea glaubt, dass sie die Eine ist, mit der alles anders wird, die Eine, die mich zähmen kann, dann ist das nicht meine Schuld. Dann habe nicht ich sie verletzt, sondern sie sich selbst. Durch ihre Naivität.

Beatriz sieht mich immer noch an und Tränen glitzern in ihren Augen.

Im Hintergrund zieht sich Stacy den Rock wieder an, so leise, als würde sie versuchen, unsichtbar zu sein.

»Bea.« Ich nehme ihre Hand, sehe ihr in die Augen und beschließe, das Ganze hier zu beenden. So dramafrei wie möglich »Ich sage dir was. Ich mag dich. Wirklich. Aber ich glaube, du hast viel zu große Erwartungen an die Sache mit uns. Vielleicht ist es besser, wenn wir uns trennen, bevor du dich noch ernsthaft verliebst, hm?«

Ihre Augen werden groß, ihre Finger sind eiskalt. Einen Moment lang rührt sie sich überhaupt nicht. Dann reißt sie sich los und stolpert zurück, als hätte ich sie geschlagen.

»Du bist betrunken«, presst sie hervor. »Wir ... wir reden morgen nochmal darüber.«

Betrunken, tz. Als würde ich so kurz vor dem ersten wichtigen Spiel der Saison trinken.

»Nicht nötig«, sage ich. »Mein Entschluss steht fest.«

Beatriz sieht mich noch einen Moment lang an. Dann macht sie sich los und hebt die Hände, als würde sie die Tatsache, dass ich nach einem halben Jahr mit ihr Schluss gemacht habe, einfach von sich wegschieben wollen.

Ohne ein weiteres Wort zu sagen, läuft sie raus.

Das ging jetzt unerwartet schnell. Ich warte, bis die Tür zu ist und wende mich an Stacy.

»Wieso hast du dich angezogen? Sie ist weg. Wir können da weitermachen, wo wir aufgehört haben.«

Stacy, die gerade ihr Top zurecht zieht, mustert mich ungläubig. »Sie hat die Wahrheit gesagt«, stellt sie fest. »Du bist wirklich ein Arschloch.«

Damit schnappt sie sich ihre Sandalen und stürmt ebenfalls aus dem Zimmer.

Überrascht blicke ich ihr nach, bis auch sie die Tür hinter sich geschlossen hat.

Na toll. Den Abend hatte ich mir anders vorgestellt.

Ein wenig enttäuscht werfe ich einen Blick auf die Uhr. Es ist spät und morgen ist das Abschlusstraining.

Vermutlich sollte ich schlafen gehen.

***

Haydon

Ihr Haar ist schwarz, ihre Lippen sind rot. Sie ist in blaues Licht gehüllt. Ihr langes Haar weht im Nachtwind wie ein Schleier. Eine feine Linie teilt die weiße Haut an ihrem Hals – ein Lederband, an dem ein winziges silbernes Kreuz baumelt. Sie hat noch mehr Silber an sich. Schnallen an ihrer Jacke, einen Reißverschluss.

Sie wirkt ganz ruhig, so als gäbe es nichts auf der Welt, das sie beschäftigt, das sie in irgendeiner Form berührt. Ihre dunkel umrandeten Augen sehen auf einen Punkt irgendwo in der Ferne.

Dann senkt sich ihr Blick wie in Zeitlupe und sie starrt in den Fluss. Erst jetzt wird mir klar, wie tief es dort hinunter geht. Es sind sicher 20 Meter. Das Wasser ist bunt, als hätte jemand Farbeimer darin ausgegossen.

Was tut sie da am Fluss? Ich sehe die Pfeiler, die dicken Stahlseile in ihrem Rücken und mir wird klar, dass sie auf einer Brücke steht.

Was hat sie da zu suchen?

Plötzlich geht ein Ruck durch ihren Körper, als wäre sie wach geworden. Und im nächsten Augenblick kippt sie nach vorn. Sie stürzt in die Tiefe, dem farbigen Wasser entgegen. Ich weiß, dass ihr Körper an der Oberfläche zerschellen wird wie der einer Porzellanpuppe. Sie fällt, wird schneller –

Und dann schrecke ich auf.

Für einen Moment kann ich nicht atmen, als wäre ich derjenige, der in den Fluss gestürzt ist, um dort zu ertrinken. Mein Hals fühlt sich verkrampft an, meine Muskeln schmerzen. Erst nach ein paar Sekunden gelingt es mir, Luft in meine Lungen zu saugen – Luft, kein Wasser.

Ruckartig setze ich mich auf, das Wasserbett bebt unter mir und das Laken klebt an meinem verschwitzten Körper.

Angewidert schiebe ich es von mir, wische mir über die Augen und spüre, dass meine Hände zittern.

Heilige Scheiße. Was war das gerade? Es hat sich so viel realer angefühlt als ein normaler Traum. Ich merke noch den leichten Wind, sehe den Abendhimmel vor mir, als wäre ich selber dort auf der Brücke gewesen.

Mit den Fingern fahre ich mir durchs feuchte Haar.

»Beruhig dich, du Idiot«, knurre ich. »Das war nichts.«

Aber ein Teil von mir weiß es besser. Er gesteht sich ein, dass ich genau so etwas schon mal erlebt habe. Es ist so lange her, dass ich eigentlich gar nicht mehr wissen kann, wie es sich angefühlt hat. Doch ich erinnere mich an jedes Detail.

Es war genau wie jetzt.

Ich stehe auf, ehe ich den Gedanken zu Ende denken kann, denn für so etwas ist kein Platz in meinem Leben. Ich habe vor langer Zeit beschlossen, nicht mehr an früher zu denken. Nicht an den Traum und nicht an das, was danach geschah.

Ist es so schwer, sich an seine eigenen Regeln zu halten?

Was damals passiert ist, war eine einmalige Sache. Etwas, das ich mir nie werde erklären können, weil es eigentlich gar nicht hätte passieren dürfen. Dennoch hat es mein Leben aus den Angeln gehoben. Danach war alles anders. Jeder Gedanke, jede Vermutung, jede einzelne Nacht.

Es hat ewig gedauert, bis ich in den Spiegel blicken konnte, ohne mich selbst unheimlich zu finden. Und das wird mir kein zweites Mal passieren, so viel steht fest.

Ich mache ein paar Schritte über den kühlen Schlafzimmerboden, fahre mir mit den Händen durchs Gesicht und sage mir in Gedanken immer wieder dieselben Worte vor: Egal, wie sich das gerade angefühlt hat. Es war nur ein ganz normaler Traum. Eine Aneinanderreihung von Bildern, die sich mein Unterbewusstsein zusammengesponnen hat.

Die Brücke kenne ich, ich überquere sie jeden Tag, wenn ich zur Uni fahre. Das bunte Wasser? Auf der Party gestern gab es knallbunte Drinks in den verschiedensten Farben. Und wenn ich weiter darüber nachdenken würde, käme ich sicher auch darauf, wo mein Hirn die restlichen Elemente des Traums hergekramt hat. Aber das will ich gar nicht.

Ich werfe einen Blick auf den Wecker. Es ist halb sechs, ich könnte mich eigentlich nochmal hinlegen. Aber ich spüre, dass ich sowieso keinen Schlaf mehr finden werde, also kann ich auch gleich wachbleiben.

Feindselig klaube ich die Laken zusammen und werfe sie auf den Boden. Das ist das Zeichen für die Putzfrau, dass sie das Bett neu beziehen soll.

Ich gehe ins Bad, das nur durch eine Glaswand von meinem Schlafzimmer getrennt ist. Keine Ahnung, wie vielen Frauen ich hier schon beim Duschen zugesehen habe, aber es waren einige. Ich stelle das Wasser an, doch anstelle von schönen Frauen habe ich plötzlich etwas anderes vor Augen: Den Fluss und einen Körper, der darauf zuschießt ...

»Scheiße, jetzt reicht es aber!« Ich donnere meine Faust gegen die Kacheln und schaffe es nicht mehr, mich zu bremsen.

Ein scharfer Schmerz rast bis hinauf in meinen Ellbogen.

Ich stöhne und schüttle den Kopf über mich selbst. So einen Blödsinn darf ich mir jetzt nicht erlauben. Nicht so kurz vor dem Match. Das sieht mir nicht ähnlich. Ich habe mich im Griff. Immer.

Hastig betaste ich meinen Arm, bewege probeweise die Finger. Nicht so schlimm. In ein paar Minuten wird es nicht mehr wehtun.

Am besten nehme ich erstmal eine lange kalte Dusche. Entschlossen trete ich unter den Strahl und regle auf dem Display, das in die Duschwand eingelassen ist, die Temperatur herunter. Erst als das Wasser so eisig ist, dass es fast wehtut auf der Haut, lasse ich die Hand sinken.

Ich schließe die Augen, spüre, wie mein Körper herunterkühlt und wie ich langsam wieder klar denken kann.

Es war nicht wie damals. Überhaupt nicht. Denn ich kenne die Schwarzhaarige auf der Brücke nicht. Vermutlich gibt es sie gar nicht. Wahrscheinlich hat mein Hirn sie aus all den Frauen zusammengesetzt, mit denen ich in der letzten Zeit etwas hatte. Das würde erklären, wie hübsch sie war. Wenn man von ihrem komischen Halloweenkostüm einmal absieht.

Das Klingeln meines Handys reißt mich aus meinen Gedanken. Ich atme noch einmal durch, dann wende ich mich erneut dem Display in der Duschwand zu. Es ist mit meinem Telefon verbunden. In diesem Haus ist alles irgendwie verbunden. Manchmal komme ich mir vor wie in einer riesigen Maschine, aber das gefällt mir. Ich mag es, wenn Dinge funktionieren.

Ich rufe die Nachricht auf und stelle fest, dass sie von Richard Rhodes ist, meinem Vater. Kurz frage ich mich, wieso um alles in der Welt er um nicht mal sechs Uhr morgens schon auf den Beinen ist. Dann wird mir klar, dass er sich vermutlich einfach in einem Land mit Zeitverschiebung befindet.

Hallo Haydon. Ich wollte nur Bescheid geben, dass Miranda und ich nächsten Montag vorbeikommen, um das Haus schätzen zu lassen. Sei dann bitte zu Hause.

Ich lese den Text einmal, dann ein zweites Mal und frage mich im selben Moment, wieso eigentlich. Wonach suche ich? Richards Worte sind klar und deutlich wie immer. Eigentlich sollte ich gar nicht darauf antworten.

Trotzdem steige ich nach einem Moment aus der Dusche, trockne mir die Hände ab, schnappe mir das Handy und schreibe:

Geht klar, ich bin dann da.

Damit lege ich das Smartphone weg, greife nach einem Handtuch und mustere mich prüfend im Spiegel.

Keine Ahnung, was ich erwartet hatte. Dass mir daraus die Schwarzhaarige von der Brücke entgegenblickt? Oder dass man mir den Albtraum ansieht? Nichts davon ist der Fall.

Ich sehe aus wie immer. Ich habe Richards stahlfarbene Augen und das dunkle Haar, das er auch mal hatte. Dank des Rugbytrainings sieht man mir deutlich an, dass ich es mit einer ganzen Mannschaft aufnehmen könnte – wenn nötig, im Alleingang. Da werde ich mich sicher nicht von ein paar dämlichen Bildern aus meinem Unterbewusstsein aus der Bahn werfen lassen.

Jetzt, wo ich richtig wach bin, fühle ich mich schon viel besser. Der Traum ist beinahe vergessen, meine schmerzende Faust genauso. Und den Rest dieses beschissenen Morgens wird ein starker Kaffee wegspülen.

***

Als ich ein paar Stunden später zum Campus fahre, bin ich wieder ganz der Alte. Ich lasse mein Auto durch die Straßen rollen und genieße die Blicke der Fußgänger, ohne zu wissen, ob sie mir oder dem Maserati gelten.

Dann erreiche ich das Unigelände und drossle das Tempo.

In den Sommermonaten gibt es in Yale normalerweise nur drei Gruppen von Studenten: Gasthörer von anderen Unis oder aus dem Ausland, Nerds, die nichts anderes mit sich anzufangen wissen, als die Sommerkurse zu besuchen und uns Athleten. Es ist längst nicht so viel los wie im restlichen Jahr – normalerweise.

Heute jedoch ist alles anders. Im Moment läuft eine Schnupperwoche für Erstsemester und heute ist der Tag, an dem sie sich entscheiden dürfen, wie sie in Zukunft ihre Freizeit verbringen wollen. Auf dem großen Platz, der die gotischen Campusgebäude mit den Sportplätzen verbindet, haben alle möglichen Clubs und AGs Stände aufgebaut, um neue Mitglieder zu rekrutieren.

Ich parke meinen Wagen abseits, steige aus und höre schon von weitem den A-Capella-Chor. Seit die Filme über diese A-capella-singenden Mädels rausgekommen sind, halten sich die Mitglieder der Truppe irgendwie für was Besseres. Sie denken, sie stechen aus der Masse der Musik-Spinner heraus. Tun sie aber nicht, und so gehen die meisten Erstsemester, die hier nach den passenden

Freizeitaktivitäten für sich suchen, einfach an ihnen vorbei.

Auch ich muss durchs Gedränge, um zum Sportplatz zu kommen. Vor dem Tor warten schon ein paar meiner Mannschaftskollegen. Zane, unser Hooker, und Cannon, unser Left Wing.

Ich bin in unserem Rugbyteam der Tighthead, was bedeutet, dass es meine Aufgabe im Spiel ist, den Weg freizuräumen. Mich jetzt durch die Masse aus Marschkapellen-Mädchen und Physikfreaks zu kämpfen, sollte also kein Problem sein.

Ich schultere meine Tasche, sehe mir im Vorbeigehen die bunt dekorierten Stände an und bin froh, dass wir Sportler nicht hier stehen müssen, um Mitglieder anzuwerben. In unsere Teams kann man sich nicht einfach einschreiben. Man muss sich schon an der Highschool dafür qualifizieren. Für mich war das kein Problem. Ich war seit der Grundschule im Sport immer einer der Besten. Ich hatte die freie Wahl. Hätte Leichtathlet werden können. Oder Basketballer. Aber Rugby liegt mir am meisten, denn ich mag die Härte des Spiels.

Für jemanden wie mich ist alles andere schon einfach genug.

Frauen herumzukriegen, beispielsweise. Kaum habe ich die Hälfte des Platzes überquert, wird es an einem der Stände laut. Ich höre Gekicher und dann wird plötzlich mein Name gerufen: »Go Haydon, go Haydon!«

Ich blicke auf und entdecke die Cheerleaderinnen. Sie haben ihren Stand komplett in Weiß und dunkelblau dekoriert, den Farben der Yale Bulldogs. Überall hängen Plakate mit Anfeuerungssprüchen und sämtliche Mitglieder tragen ihre knappen Uniformen. Vermutlich sind sie hier, um die hübschesten Erstsemester-Mädchen für ihr Team abzuwerben.

»Das will ich morgen aber ein bisschen lauter hören!«, rufe ich zu ihnen herüber.

»Für dich schreie ich, so laut du willst!«, erwidert eine Rothaarige, die ich tatsächlich noch nicht im Bett hatte, und die anderen johlen.

»Ich komme darauf zurück!«, grinse ich im Vorbeigehen – oder zumindest habe ich das vor.

Doch die Worte bleiben mir im Hals stecken, als ich abseits der Menschenmenge, hinter den Ständen, jemanden entdecke, der auf den ersten Blick auch ein Geist sein könnte.

Sie überquert den Platz zügig und mit gesenktem Kopf, wie eine Berühmtheit, die nicht erkannt werden will. Ihr weites Shirt flattert im Wind, genau wie ihr offenes schwarzes Haar. Sie trägt enge schwarze Jeans und trotz der Wärme eine Lederjacke. Ihre Haut ist bleich und sie hat eine riesige Sonnenbrille auf. Doch ich erkenne sie trotzdem. Obwohl sie bestimmt dreißig Meter von mir entfernt ist.

Es ist die Frau aus meinem Traum.

Die Selbstmörderin.

Ich spüre, wie mich ein eiskalter Schauer erfasst.

Dann wird der Schauer jedoch zu einem nassen Rinnsal, das meinen Rücken hinab und in meine Hose läuft. Ich fahre herum – und blicke in Zanes Gesicht.

Blöd grinsend hält er einen Becher hoch, in dem immer noch ein paar halb geschmolzene Eiswürfel schwimmen.

»Das Beste an den Schnuppertagen ist der kostenlose Eistee!«, sagt er und klopft mir auf die Schulter. »Findest du nicht auch, Hayds?« Er greift ein zweites Mal in seinen Becher, doch ehe er noch einen Eiswürfel in mein Shirt stecken kann, stoße ich ihn an der Schulter von mir.

»Den Mist kannst du dir sparen, du Trottel«, fahre ich ihn an, viel heftiger als beabsichtigt.

Ich muss die Fassung wahren.

Ich bin Haydon Rhodes, ein Vorzeigeathlet, der voll und ganz mit sich im Reinen ist. Kein aggressiver Idiot.

»Woh, woh, woh«, macht Cannon, der gemeinsam mit Zane aufgetaucht ist. Er heißt nicht wirklich Cannon, wir nennen ihn nur so, weil er verdammt schnell ist. »Wer hat denn da miese Laune?«

»Ich hab keine miese Laune«, brumme ich und drehe mich nach dem Mädchen in Schwarz um.

Sie hat sich auf eine Treppe zwischen zwei Gebäuden gesetzt, die zum Sekretariat führt und blättert durch ein paar Papiere. Ihr Haar verdeckt ihr Gesicht, sodass ich es jetzt nicht mehr erkenne und ich sage mir, dass ich mich entspannen sollte. Sie ist ein gewöhnlicher Gruftie. Davon gibt es eine ganze Gruppe hier in Yale und für mich sehen die alle gleich aus. Zumindest gibt es unter ihnen einige schwarzhaarige Mädels. Und von denen ist ganz bestimmt keine die Selbstmörderin aus meinem Traum.

Weil es eben nur ein *Traum* war.

»Was ist?«, fragt Zane und tritt neben mich. »Hast du etwa Dornröschen da hinten ins Auge gefasst?«

»Schneewittchen«, murmelt Cannon und tritt an meine andere Seite. »Wenn, dann Schneewittchen.«

»Was laberst du überhaupt?«, fragt Zane lachend. »Ist mir ziemlich egal, aber Fakt ist, dass es nichts Unschärferes gibt als diese Braut. Seht euch an wie sie sich verhüllt. Warum trägt die nicht gleich eine Burka?«

Ich gebe ihm keine Antwort darauf. Aber ich erinnere mich an ein Detail aus meinem Traum. Silberne Schnallen, ein Reißverschluss an ihrer Kleidung.

Sie hatte diese Lederjacke auch an, als sie auf der Brücke stand.

Schlagartig fühlt sich meine Kehle wieder wie zugeschnürt an. Unauffällig fasse ich mir an den Hals und zwinge mich, tief einzuatmen.

Ich muss damit aufhören. Was ich hier tue, ist irre. Total bescheuert. Wahrscheinlich habe ich sie schon mal auf dem Campus gesehen und sie deshalb in meinen Traum eingebaut, das ist alles. Wenn ich mir weiter einrede, dass mehr dahintersteckt, kann ich auch gleich an Zauberei glauben. Oder mich beim nächsten Jahrmarkt in der Schlange vor dem Wahrsagerzelt anstellen.

Aber wenn ich Recht habe – warum begegne ich dieser Frau ausgerechnet heute erneut?

Weil ich heute einfach mehr darauf achte als sonst. Normalerweise würde ich an jemandem, der sich so anzieht, einfach vorbeilaufen. Ich würde sie gar nicht bemerken. Wer weiß, wie oft sie mir schon hätte auffallen können. Vielleicht haben wir sogar Kurse zusammen.

»Wollen wir jetzt zum Training oder willst du Aschenputtel noch eine Runde anglotzen?«, fragt Zane.

»Schneewittchen«, brummt Cannon.

Ich höre die beiden kaum, weil ich immer noch versuche, mich selbst zu überzeugen.

»Geht schon mal vor zur Umkleide. Ich komm gleich nach.«, murmle ich, mache auf dem Absatz kehrt und gehe zurück zu einem der ersten Stände, an denen ich vorbeigekommen bin.

Eines steht fest: Für das Match morgen brauche ich einen freien Kopf. Das heißt, dass ich nicht länger über irgendwelchen irrationalen Mist nachdenken darf. Also werde ich dafür sorgen, dass die Frau aus dem Traum, falls sie wirklich existiert und dort hinten sitzt, nicht mehr mein Problem ist.

Und ich weiß auch schon ganz genau, wie.

***

Sie sieht nicht auf, als ich mich ihr nähere. Sie sitzt einfach nur da und blättert auf eine Art durch ihre Papiere, die erkennen lässt, dass sie sich kein Stück darauf konzentriert.

Wer weiß, vielleicht plant sie in Gedanken gerade ihren Sprung von der Brücke. Möglicherweise überlegt sie, wie es sich anfühlen wird, in die Tiefe zu rauschen, schneller und schneller ...

Sei nicht so ein Spinner, Hayds! Vermutlich denkt sie über das Mittagessen nach. Oder darüber, was sie mit ihren dauerdepressiven Freunden heute Abend so anstellen kann. Gläserrücken. Oder ein Tier opfern.

Ich bleibe vor ihr stehen und sage: »Hey.«

Sie blickt auf. Das Erste, was mir auffällt, sind die Sommersprossen, die auf ihrer hellen Haut ziemlich seltsam aussehen. Dann rutscht mein Blick Richtung Dekolleté – eine Angewohnheit. Doch ihr schwarzes Bandshirt hat keinen Ausschnitt. Stattdessen fällt mir etwas anderes auf, etwas, das mich dazu bringt, auf dem Absatz kehrtmachen und einfach weglaufen zu wollen: ein winziges Kreuz an einem Lederband.

Das Kreuz.

Unglücklicherweise bin ich jedoch niemand, der wegläuft. Also sehe ich sie nur an und warte auf eine Antwort, die aber nicht kommt. Die Frau aus meinem Traum sieht mich einfach nur an und ihr Gesicht ist so ausdruckslos, als wäre sie schon tot.

Na schön. Höflichkeit wird sowieso überbewertet. Kommen wir also zur Sache.

Ich greife in meine Hosentasche und ziehe den Prospekt hervor, den ich gerade vom Stand der *Christlichen Selbsthilfe für Studenten der Yale-Universität* geholt habe. »Ich hab hier was für dich«, sage ich und halte ihr das Heftchen hin.

Sie sieht mich weiter einfach nur an, lacht nicht, wird nicht sauer, fängt nicht an zu heulen.

Was ist denn mit der los? Hat sie eine Gesichtslähmung oder was?

Vielleicht nimmt sie Medikamente, irgendwelche Beruhigungsmittel oder so. Ich krame in meinen Erinnerungen. Wie verhält sich ein Mensch, der unter Beruhigungsmitteln steht?

Gerade noch kann ich mich bremsen. Hier geht es nicht um meine Vergangenheit, meine Familie oder meine Erlebnisse. Es geht um die Frau, die vollkommen unbewegt vor mir sitzt.

Weiß der Teufel, was mit ihr ist, aber die Situation fängt langsam an mich zu nerven. Ich hab echt was Besseres zu tun, als hier den Seelsorger für Lebensmüde zu spielen.

»Nimm schon«, sage ich und lasse ihr den Prospekt kurzerhand in den Schoß fallen. »Und dann ruf die Nummer auf der Rückseite an. Keine Ahnung, warum du dich umbringen willst, interessiert mich auch nicht, aber die Typen an der Hotline interessiert's.«

»Mich umbringen?«, krächzt das Gruftiemädchen.

Na, sieh mal einer an. Es kann sprechen. Und dabei bin ich sowas von nicht scharf auf eine Unterhaltung. Ich will einfach nur weg hier und diesen ganzen Mist vergessen, mich wieder auf das Wesentliche konzentrieren. Das Spiel morgen.

»Wie auch immer«, sage ich, weil das das Unverbindlichste ist, was mir einfällt.

Dann will ich mich eigentlich umdrehen und gehen – doch ehe ich mich von der Stelle rühren kann, tauchen Zane und Cannon neben mir auf. Offenbar sind sie mir gefolgt, anstatt in die Umkleide zu gehen.

»Was geht hier ab?«, fragt Zane und blickt auf die Broschüre, die noch unberührt im Schoß der Schwarzhaarigen liegt. Dann bricht er in Gelächter aus. »Alter!« Er klopft mir so begeistert auf die Schulter, als hätte ich gerade im Alleingang die Meisterschaft gewonnen. »Ich hatte ja keine Ahnung, dass du so krass bist!«

Na toll. Das läuft gerade alles in die völlig verkehrte Richtung. Zane glaubt offenbar, dass ich die Gruftiebraut verarschen will, dass die Broschüre eine blöde Anspielung auf ihre schwarzen Kleider sein soll. Wie alt ist er? 14? Ich wünschte, er und Cannon wären einfach hinten bei den Ständen geblieben.

»Ja, wirklich verdammt krass«, mischt sich jetzt auch die kleine Selbstmörderin ein, die ihre vorzeitige Totenstarre endlich überwunden zu haben scheint. Sie klingt anders, als ich gedacht hätte. Weder leise noch weinerlich, stattdessen ziemlich angepisst. Sie stopft ihre Papiere mitsamt der Broschüre in ihre Jackentasche, steht auf und fügt hinzu: »Ungefähr so krass wie ein Achtklässler, der anderen das Pausenbrot klaut. Oder ein Teenie, der einem Schlafenden einen Penis ins Gesicht malt.«

Ganz meine Meinung. Trotzdem ärgern mich ihre Worte, denn mein Rat war gut gemeint. Wofür hält sie mich? Für einen infantilen Schwachkopf?

Zane lacht immer noch und macht es damit nicht gerade besser. »Was hat die Kleine?«, fragt er und wendet sich dann an sie: »Nichts für ungut, aber wer im Hochsommer Trauer trägt, braucht sich nicht zu wundern, wenn er dafür verarscht wird!«

Sie beachtet ihn gar nicht, stattdessen sieht sie weiter mich an. Zumindest glaube ich das, denn die riesigen Gläser ihrer Brille sind auf mich gerichtet wie überdimensionale Fliegenaugen.

»Was auch immer diese Aktion sollte«, sagt sie, »ich hoffe, sie hat dir ein paar Haare am Sack wachsen lassen. Denn die kannst du offensichtlich gebrauchen.«

Damit dreht sie sich um und eilt die Treppen hinauf, ehe ich etwas erwidern kann.

Verblüfft blicke ich ihr hinterher. Was hat sie da gerade gesagt?

»Der hast du's gezeigt«, kommentiert Zane, immer noch lachend.

Ich schüttle den Kopf und frage mich, was ich mir bei der ganzen Aktion gedacht habe. Es war klar, dass das komplett in die Hose geht. Sowas sieht mir nicht ähnlich.

Ich bin Haydon Rhodes. Ich sollte mich nicht von einem dämlichen Traum dermaßen aus der Bahn werfen lassen. Wenn sich das rumspricht, stehe ich entweder als der größte Idiot oder der größte Clown in ganz Yale da. Das ist nicht gut für jemanden, der nächstes Jahr in die National Rugby League gehen will. Aber rückgängig machen kann ich es auch nicht mehr.

Also schön. Jetzt konzentriere ich mich erstmal aufs Training, dann werde ich für Ablenkung sorgen. Und ich glaube ich weiß, von wem ich mich ablenken lasse – denn wenn ich eins noch weniger abkann als Albträume, dann sind das Abfuhren.

***

Kapitel 2

Everley

Ich bleibe vor der Tür zu meinem Wohnheimzimmer stehen und bringe es einfach nicht über mich, die Klinke herunterzudrücken. Die Uni, meine Kommilitonen, das Modedesign-Studium – all das kommt mir vor wie aus einer anderen Zeit. Einem anderen Leben. Und ich bin mir nicht sicher, ob ich in dieses Leben einfach zurückkehren kann.

Ob ich es überhaupt noch will.

Ohne Keenan.

Ein schmerzhafter Stich durchfährt mich und sorgt dafür, dass sich mein Herz zusammenkrampft. Einen Moment lang ringe ich nach Luft, versuche, meine Gedanken unter Kontrolle zu bringen, bevor mich die Panik überfällt.

Ich möchte nicht schon wieder an ihn denken. Ich kann es einfach nicht.

Die Zeit im Krankenhaus war hart und die Tage danach, die ich bei meinen Eltern verbracht habe, waren noch härter. Deshalb bin ich trotz der Semesterferien nach Yale zurückgekehrt. Ich dachte, hier könnte ich auf andere Gedanken kommen. Aber das Gegenteil ist wohl der Fall. Die Uni ist mein Alltag. Ein Alltag, in dem bis vor drei Wochen noch Keenan einen Platz hatte.

Jetzt ist er weg.

Ich spüre Tränen in mir aufsteigen und öffne nun

doch die Tür. Denn wenn ich eines nicht will, dann ist es, hier auf dem Gang zusammenzubrechen.

Abgestandene Luft schlägt mir entgegen. Mia, meine Zimmernachbarin ist über die Ferien zu ihrer Familie gefahren. Ich bin froh darüber, endlich allein zu sein. Die letzten Wochen hatte ich keine Minute für mich. Ständig sind sie um mich gewesen mit ihren besorgten, mitleidigen Gesichtern.

Dabei bin nicht ich es, die gestorben ist. Wenn sie Mitleid mit jemandem haben wollen, dann mit Keen.

Ich atme tief durch und dränge ihn fort. Wieder einmal. Sofort übermannt mich das schlechte Gewissen. Aber es geht einfach nicht anders. Ich verschließe meinen Bruder in einer hinteren Ecke meines Bewusstseins. Dann lasse ich meinen Blick durchs Zimmer schweifen. Die Wände auf meiner Seite des Raums sind bedeckt mit düsteren Postern und Zeichenentwürfen.

Gott sei Dank bin ich niemand, der tolle Erlebnisse in Form von Fotos festhalten muss. Ich glaube, wenn hier Bilder von Keenan gehangen hätten, hätte ich keinen Fuß über die Schwelle setzen können.

So allerdings wirkt mein Zimmer wie das einer Fremden auf mich. Im Augenblick erkenne ich mich in nichts wieder. Die Poster, die Friedhofsszenen mit morbiden Schönheiten darauf zeigen, erscheinen mir mit einem Mal makaber. Die Klamottenentwürfe wirken langweilig und vergänglich auf mich.

»Das ist dein Leben, Eve«, sage ich, doch selbst meine

Stimme klingt fremd.

Was ist das für ein Leben, aus dem der wichtigste Mensch einfach von jetzt auf gleich herausgerissen wurde?

Ich habe keine Ahnung, was ich jetzt tun soll. Gestern kam es mir wie eine gute Idee vor, das Haus meiner Eltern zu verlassen. Dort schienen mich die Wände erdrücken zu wollen. Aber hier ist es nicht anders. Und raus will ich auch nicht, weil mir dort heute einfach zu viel los ist.

Vielleicht sollte ich mich an neuen Entwürfen versuchen. Aber alleine der Gedanke daran fühlt sich wie ein Verrat an meinem Bruder an. Wie kann ich jemals wieder irgendwas Normales tun?

Ich lasse mich aufs Bett sinken, wobei etwas in meiner Jackentasche knistert. Ich greife hinein und ziehe diese dämliche Selbstmord-Broschüre hervor.

Say Yes To Life.

Sag ja zum Leben.

Die violetten Buchstaben auf dem Titel springen mir entgegen.

Sag ja zum Leben.

Keenan hat das Leben bejaht. Und was hatte er davon? Gar nichts. Nichts bis auf einen furchtbaren Tod.

Immer wieder frage ich mich, wie lange es gedauert hat. Wie lange er leiden musste. Ob er in seinen letzten Minuten benommen war oder hellwach. Ob er wusste, dass er nicht wieder aufstehen würde. Nie wieder nach Hause fahren, nie wieder in seinem Bett schlafen, nie wieder die Morgensonne spüren, nie wieder …

Stopp. Dieses Nie-wieder-Spielchen darf ich nicht spielen, denn es hat kein Ende. Wenn ich eines in den letzten Wochen verstanden habe, dann das: Der Tod eines geliebten Menschen ist eine endlose Aneinanderreihung aus Dingen, die nie wieder sein werden.

Sag ja zum Leben.

Ich frage mich, was sich dieser arrogante Rugby-Spinner dabei gedacht hat, mir dieses Heftchen in die Hand zu drücken. Ich sehe ihn genau vor mir, wie er dastand, eine Hand lässig in der Tasche seiner perfekt sitzenden Designerjeans, das dunkle Haar vom Wind zerzaust. Die steile Falte zwischen seinen Brauen, den gehetzten Ausdruck in seinen tiefblauen Augen. Als wäre er gerade viel lieber woanders.

Ich habe noch nie jemanden erlebt, der sich einen blöden Scherz erlaubt und dabei so genervt wirkt. Vielleicht hat er eine Wette verloren.

Und dann sein grenzdebiler Freund.

Wer im Hochsommer Trauer trägt, braucht sich nicht zu wundern, wenn er dafür verarscht wird!

Wenn dieser Idiot geahnt hätte, wie recht er mit seiner Vermutung hatte. Welche Wunden er mit diesem Spruch aufgerissen hat. Normalerweise stehe ich über sowas drüber. Schon als Teenager sind die Leute auf meine schwarze Kleidung angesprungen. Haben mich als Satanistin beschimpft und nicht selten wurde ich gefragt, ob ich auf dem Weg zu einer Beerdigung sei. Das hat mich nie berührt. Und auch diesmal ist es nicht die Anspielung auf meine Kleidung im eigentlichen Sinne, die mich verletzt, sondern einfach die Wahrheit, die dahinter steckt.

Ich knülle den Prospekt zusammen und werfe ihn in den Müll. Denn wenn ich eins im Augenblick nicht kann, dann ist es, das Leben zu bejahen.

Eine Weile starre ich einfach nur so vor mich hin, weil ich nichts mit mir anzufangen weiß. Dann reißt mich das Klingeln meines Handys aus meiner Trance.

Es spielt meinen früheren Lieblingssong *Bulls in the Bronx*.

Mit einem Mal werde ich hektisch, zerre es aus meiner Jackentasche hervor und drücke den Anruf weg, bevor *Pierce the Veil* die Zeile singen, die ich jetzt gerade gar nicht ertragen kann: *Weil du das Einzige bist, das mich noch am Leben hält.*

Ich starre das Display an. Es zeigt 11 Nachrichten und 7 Anrufe an. Der neuste ist von meiner Mutter.

Der Rest ist von meinen Freunden. Keens Freunden.

Warum können sie mich nicht einfach eine Weile in Ruhe lassen?

Ich habe momentan keine Antwort auf die Frage, wie es mir geht. Zumindest keine, die sie hören wollen.

Und als hätte das Schicksal in diesem Augenblick beschlossen, noch einmal nachzutreten, geht eine weitere Nachricht auf meinem Smartphone ein. Schon wieder meine Eltern.

Ich rufe sie auf.

Liebes, du gehst nicht an dein Telefon. Wir wollten dir nur sagen, dass sein Körper endlich freigegeben wurde. Die Beerdigung ist am 3. Juli. Melde dich bitte. Wir lieben dich. Mom und Dad

Die Nachricht trifft mich wie ein Schlag ins Gesicht.

Am dritten Juli soll es also so weit sein? So schnell schon?

Es kommt mir viel zu früh vor, dass sie meinen Bruder beerdigen wollen. Als könnten sie es kaum erwarten, ihn loszuwerden. Dabei weiß ich eigentlich, dass es alles andere als schnell geht. Er ist seit drei Wochen tot.

Trotzdem bin ich noch nicht bereit für diesen endgültigen Abschied. Solange er kein Grab hat, solange sein Name nicht in einen Stein gemeißelt wurde, kann ich mir einreden, dass er noch irgendwo ist.

Aber nach der Beerdigung ...

Ich spüre, wie ich alleine bei dem Gedanken daran in ein tiefes Loch falle.

Wie soll es nur weitergehen?

***

Sie sieht in die Ferne. Lichter spiegeln sich in ihren Augen.

Rot, weiß, blau ... Ein Feuerwerk.

Das muss ein Feuerwerk sein. Sie blickt runter auf den Fluss. Deswegen ist das Wasser so bunt – weil das Feuerwerk über der Stadt sich darin spiegelt.

Ich höre sie atmen, ruhig und tief.

Ihr schwarzes Haar weht im Sommerwind.

Ein Ruck geht durch ihren Körper, so als würde sie plötzlich wach werden.

Sie schreit nicht, kreischt nicht, gibt nur ein erschrockenes Geräusch von sich. So als wäre sie gestolpert oder hätte eine Spinne in ihrem Bett entdeckt.

Wie in Zeitlupe lässt sie sich nach vorne kippen. Dann fällt sie, stürzt auf das Wasser zu, während das Feuerwerk am Himmel ungerührt weiter leuchtet.

Der Fluss kommt näher. Noch näher. Gleich wird sie auf die Oberfläche prallen. Ich will das nicht sehen, aber ...

Ich wache auf, höre jemanden keuchen und kapiere, dass ich es bin.

Mit offenem Mund versuche ich, Luft zu holen, aber es geht nicht. Ich kann nicht atmen.

Hastig sehe ich mich um. Ich bin nicht in meinem Schlafzimmer. Ich liege in einem Himmelbett, das mit Lichterketten geschmückt ist.

Ich greife mir an den Hals, spüre meinen

hämmernden Puls. Ich bin wach. Es ist vorbei. Ich kneife die Augen zu und zwinge mich Luft zu holen, auch wenn es im ersten Moment schmerzt. Ein paar Mal atme ich einfach nur tief durch. Dann mache ich die Augen wieder auf und blicke neben mich.

Dort liegt eine Frau, ihr Gesicht ist von wirren dunklen Strähnen verdeckt.

Stacy.

Mist, ich bin bei ihr. Also muss ich mich ganz dringend einkriegen, bevor sie wach wird und merkt, was mit mir los ist.

Mit der Decke wische ich mir den Schweiß aus dem Gesicht, dann sehe ich nochmal zu ihr herüber. Stacy schläft tief und fest.

Sie hat mich ohne zu zögern reingelassen, als ich gestern Abend vor ihrer Tür stand. Ich habe mich nicht entschuldigt, denn das tue ich grundsätzlich nicht. Doch es war auch nicht nötig. Dass ich mir die Mühe gemacht habe, ihre Adresse herauszufinden, hat ihr schon genug geschmeichelt, um mich in ihr Bett zu lassen.

Der Sex war nichts Besonderes. Aber wann ist er das schon?

Ich betrachte Stacy einen Moment lang, während ich versuche, wieder in der Realität anzukommen. Am liebsten würde ich auf der Stelle eine kalte Dusche nehmen, schließlich hat das gestern auch geholfen. Doch wenn ich bei Stacy dusche, wird sie das in den falschen Hals bekommen und die Sache mit uns ernster nehmen, als sie ist.

Verdammt, Hayds. Machst du dir gerade ernsthaft Gedanken darüber, dass Stacy zur Klette werden könnte?

Komm schon. Sieh den Tatsachen ins Auge. Du hast größere Probleme als eine verliebte Erstsemester-Studentin.

»Vergiss es«, flüstere ich und schwinge die Beine aus dem Bett.

Stacy rührt sich nicht und ich fange an, meine Sachen einzusammeln, wobei ich weiter krampfhaft versuche, nicht über den Traum nachzudenken. Wenn ich nicht daran denke, ist es nicht passiert, oder?

Nein, das ist Bullshit. Ich habe in meinem Leben nicht viel von meinem Vater gelernt, aber eine Sache hat er mir schon früh eingehämmert: Wenn man anfängt, sich selbst etwas vorzumachen, hat man ein Problem. Aber ich habe kein Problem. Alles läuft bestens bei mir. Ich muss einfach nur diesen Traum loswerden.

Doch so leicht ist das nicht – denn die Frau auf der Brücke ist jetzt keine Fremde mehr für mich. Ich habe sie erkannt. Es ist definitiv die Kleine von der Uni. Ihr blasses Gesicht, das lange Haar, der silberne Kettenanhänger. Es gibt keinen Zweifel mehr. Zumindest nicht an ihrer Identität.

Aber was ist mit der Bedeutung des Traums?

Wieso fühlt er sich genau so an wie der Traum, den ich vor vielen Jahren hatte?

Und wie viele Nächte wird er mir noch versauen, wenn ich nichts unternehme?

Ich bin Sportler. Ich bin im Abschlussjahr. Ich muss schlafen und mich auf das Wesentliche konzentrieren, anstatt mir den Kopf über eine Frau zu zerbrechen, für die ich mich unter normalen Umständen niemals interessieren würde.

Ich fange an, mich anzuziehen und werfe einen kurzen Blick in den Spiegel über Stacys Schminktisch. Ich sehe fertig aus und ich fühle mich alles andere als fit.

Wenn ich nachher beim Spiel unkonzentriert bin, kann mir das alles kaputtmachen.

Diese Frau will springen? Dann soll sie doch. Es ist ihr Leben.

Halbherzig fahre ich mir mit den Fingern durchs Haar, dann wende ich mich der Tür zu, ohne nochmal zu Stacy zurückzublicken. Dabei fällt mein Blick auf einen Flyer, den sie an eine Korkwand gepinnt hat.

THE BIG INDEPENDENCE DAY BASH
Die Party des Jahres
Freibier, BBQ und Feuerwerk

Feuerwerk.

Ich reiße den Flyer von der Wand und zerknülle ihn in der Hand, aber das ändert auch nichts an der Tatsache, die mir in diesem Augenblick klar wird: Am 4. Juli, dem Unabhängigkeitstag, gibt es Feuerwerke im ganzen Land. Die Farben der Lichter in meinem Traum waren rot, weiß und blau, genau, wie sie es am 4. Juli immer sind.

Das heißt, ich kenne jetzt das Datum, an dem sie springen wird.

Der Unabhängigkeitstag.

Diesmal ist der kalte Schauer, der mir über den Rücken läuft, echt. Mein gerade noch felsenfester Entschluss, mich nicht weiter um den Traum zu kümmern, bekommt erste Risse und fängt an zu bröckeln.

Bis dahin sind es nur noch neun Tage.

Es wird Zeit, mir eine Frage zu stellen, über die ich eigentlich nicht einmal nachdenken will. Weil sie so gut in mein Leben passt wie die Gruftiebraut mit der überdimensionierten Sonnenbrille.

Kann ich es vor mir verantworten, nichts zu tun?

Werde ich wirklich Ruhe finden, wenn ich bis zum 4. Juli abwarte? Es darauf ankommen lasse, ob sie wirklich springt oder mein Unterbewusstsein mir nur einen Streich spielt?

Ich denke an früher. Damals habe ich geschwiegen und es hat sich als falsch erwiesen. Als der vielleicht einzige große Fehler meines Lebens. Dem Kind, das ich damals war, kann ich nicht vorwerfen, eine falsche Entscheidung getroffen zu haben. Aber dem Mann, der ich jetzt bin, wird das nicht passieren.

Was damals geschehen ist, hat mich eines Besseren belehrt. Und deshalb muss ich etwas unternehmen.

***

Everley

Die Yale-Universität hat den vermutlich schönsten Speisesaal, den man sich vorstellen kann. Hohe Decken, Säulen, Torbögen und holzvertäfelte Wände – wenn man dort sitzt, hat man das Gefühl, man wäre mitten in Hogwarts gelandet.

Doch ich halte es in der Mensa im Moment nicht aus. Zu viele Menschen, zu viel Gedränge. Also habe ich mir mein Mittagessen nach draußen geholt. Zwischen den altmodischen Unigebäuden gibt es eine Menge Wiesen mit Bäumen, wo man im Schatten sitzen kann. Yale ist dabei nicht wie andere Unis. Die Studenten sind nicht wie anderswo. Sie bringen sich keine Decken mit und liegen in ihrer Freizeit auf den Grünflächen herum, denn das passt nicht zu den Staranwälten, Finanzgenies und Präsidenten von morgen.

Also bin ich die Einzige, die hier sitzt. Auf der Wiese vor der großen Dining Hall, unter einer der riesigen Ulmen, für die New Haven so bekannt ist. Es gibt Nudeln mit einer Soße, die irgendwie grau aussieht und auch so schmeckt. Vermutlich wärmen sie in den Semesterferien einfach alles auf, was während des restlichen Jahres nicht gegessen wurde. Vielleicht liegt es aber auch an mir. Ich habe einen Knoten im Magen, seit Keen weg ist. Essen macht keinen Spaß mehr. Bei jeder Mahlzeit denke ich an die gemütlichen Grillabende zu Hause. Oder an unsere Weihnachtsessen. Wie mein Dad sich immer darüber lustig gemacht hat, dass man mit dem, was Keenan so verdrückt, ein kleines europäisches Land satt bekommen würde.

Jetzt kann er nie wieder was essen. Oder trinken. Oder irgendetwas tun.

Er war nicht nur mein Bruder, sondern auch mein bester Freund. Er fehlt mir so schrecklich, dass ich einfach keine Ahnung habe, wie lange ich diesen Schmerz noch aushalten kann, ohne vollkommen verrückt zu werden.

Ich nehme das Tablett von meinem Schoß, stelle es neben mich, lehne mich an den Stamm und mache die Augen zu. Ich will nicht an ihn denken, will nicht 24 Stunden am Tag unglücklich sein.

Aber irgendwas erinnert mich immer an ihn. Meine Wunden, die noch nicht ganz verheilt sind. Die Sonnenwärme auf meiner Haut, weil er sie nie wieder spüren kann. Die Musik, die wir beide mochten. Die Stunden, die vergehen und mich immer weiter von ihm entfernen, die meine Erinnerungen schon bald verblassen lassen werden. Wenn ich irgendwas tun könnte, die Zeit anhalten oder besser noch zurückdrehen, dann wäre alles anders. Aber das kann ich nicht. Ich bin machtlos. Ich existiere einfach weiter und es fühlt sich falsch an, wie jeder Tag einfach nur wehtut.

»Hallo«, sagt eine Stimme dicht vor mir und reißt mich aus meinen trübsinnigen Gedanken. »Jemand zu Hause?«

Ich runzle die Stirn. Entweder führt dort jemand

Selbstgespräche oder er telefoniert. Muss das sein? Kann wer auch immer sich nicht irgendwo anders hinsetzen und dort seine Unterhaltung führen? Hier ist doch nun wirklich genug Platz!

»Du da. Mädchen in Schwarz.«

Mädchen in ...

Oh nein. Redet der etwa mit mir? Warum zur Hölle werde ich neuerdings dauernd angequatscht?

Unwillig mache ich die Augen auf. Dann wird mir klar, dass er das wegen meiner Sonnenbrille unmöglich erkennen kann und ich sage: »Damit bin wohl ich gemeint.«

Der Typ, der da mit mir spricht, sitzt mir gegenüber im Schneidersitz. Er ist vielleicht ein oder zwei Jahre jünger als ich, was seine Haare aber nicht daran hindert, ihm bereits auszufallen. Er trägt eine Brille, die aussieht, als hätte er sie eigenhändig aus Blumendraht zusammen gebogen und einen Pullunder über einem Poloshirt.

Was um alles in der Welt will der von mir?

»Richtig«, sagt er und lächelt mich an. »Mit dir rede ich. Wie geht's dir so?«

»Bis vor circa einer halben Minute ging es mir prächtig«, lüge ich.

Der Typ mir gegenüber gibt ein besserwisserisches Lachen von sich. »Nimm es mir nicht übel, aber ich glaube, das ist nicht ganz die Wahrheit.«

Ich sehe ihn zweifelnd an und frage mich, was das hier werden soll. Ist das jetzt etwa das zweite Mal innerhalb von zwei Tagen, dass ich wegen meines Aussehens verarscht werde? Ernsthaft? Und das im letzten Unijahr?

»Ich glaube, du solltest mich einfach in Ruhe lassen«, erwidere ich und schnappe mir meine Tasche, um aufzustehen.

»Warte, warte«, sagt der Typ und hält mich mit schwitzigen Fingern am Handgelenk fest. »Tut mir leid, ich wollte nicht mit der Tür ins Haus fallen. Ich sollte mich wohl erstmal vorstellen. Mein Name ist Calvin.«

»Und?«, frage ich.

»Und deiner?« Wieder dieses verständnisvolle Lächeln.

»Eve«, sage ich und weiß selbst nicht, wieso. Ich sollte einfach gehen.

»Eve«, wiederholt Calvin und nickt. »Schön, dich kennenzulernen, Eve. Ich studiere an der psychologischen Fakultät und würde mich ganz gerne mit dir unterhalten.«

Die psychologische Fakultät. Jetzt wird mir alles klar. Die Psychologen führen dauernd irgendwelche Experimente und Umfragen am Campus durch. Wahrscheinlich holt Calvin gleich ein paar Rorschachbilder heraus oder stellt mir komische Fragen.

»Okay«, sage ich. »Fünf Minuten. Aber dann muss ich los.«

In Wahrheit muss ich nirgendwo hin, aber ich habe einfach keine Lust auf ein Gespräch.

Calvin nickt zufrieden. »Fünf Minuten. Na schön. Was ich von dir wissen will, Eve, ist …« Er greift nach meiner

Hand, als würden wir uns irgendwie nahestehen. Seine Finger fühlen sich an wie glitschige kleine Fische. »Was ist es, das dir die Freude genommen hat? Wieso willst du deinem Leben ein Ende setzen?«

Augenblicklich ziehe ich meine Finger zurück und starre Calvin entgeistert an.

»Schau mal«, fährt er unbeirrt fort. »Ich weiß, dass es Phasen gibt, in denen man am liebsten alles hinwerfen möchte. Ich kenne das auch. Aber wir dürfen nie vergessen, dass unser Leben ein kostbares Geschenk ist. Von Gott, der ...«

»Wer schickt dich?«, unterbreche ich ihn sauer und fassungslos zugleich.

Dabei gehe ich im Kopf durch, wer dahinter stecken könnte. Meine Eltern? Meine Freunde? Dieser verrückte Rugby-Spieler? Hat es auf dem Campus etwa schon die Runde gemacht, was mir passiert ist?

Ich nehme den Psychologie-Studenten genau ins Visier und spüre, wie er unter meinem Blick unruhig wird. Eins steht schon mal fest: Es hat ihn definitiv jemand geschickt.

Calvin schluckt. Sein Adamsapfel hüpft dabei auf und ab. »Niemand.«

Ja, na klar. Er ist rein zufällig der zweite Kerl binnen zwei Tagen, der sich denselben dämlichen Scherz mit mir erlaubt. Und das ausgerechnet in einer Phase, in der ich diese Art von Humor so gar nicht gebrauchen kann.

Glauben eigentlich alle, ich wäre komplett bescheuert?

»Lüg mich nicht an«, fordere ich.

Calvin wird immer nervöser, das erkenne ich daran, wie sein Augenlid zu zucken beginnt und wie er anfängt, seine Hände zu kneten.

»Darum geht es doch gar nicht«, versucht er, wieder Oberwasser zu bekommen. »Es geht darum, dass das Leben zu wertvoll ist, um es einfach wegzuwerfen. Und davon möchte ich dich gern überzeugen. Wenn du mich lässt.«

Einen Moment lang sehe ich ihn einfach nur an und muss mich zurückhalten, ihm keine zu klatschen. Was weiß dieser Spinner in seinem Pullunder denn schon über den Wert des Lebens? Wie kann er so etwas beurteilen? War er dem Tod jemals so nahe wie ich? Das bezweifle ich.

Sterben, egal ob freiwillig oder nicht, ist etwas, das sich nicht mit flachen Motivationssprüchen oder einem kleinen Seitenhinweis auf Gott aus der Welt schaffen lässt.

Und es ist schon gar nichts, worüber man dämliche Scherze macht.

»Wir beenden dieses Gespräch jetzt«, sage ich und stehe auf. »Keine Ahnung, ob diese Aktion auf deinem eigenen Mist gewachsen ist oder ob dich dieser Typ aus dem Rugbyteam schickt, aber ich rate dir, mich besser nicht mehr anzusprechen!«

Damit wende ich mich ab, doch kaum bin ich den ersten Schritt gegangen, höre ich hinter mir das Klappern von Besteck und dann ruft Calvin: »Warte!«

Ich verdrehe die Augen und blicke zu ihm zurück.

Er steht mit meinem Tablett unter dem Baum wie ein begossener Pudel. »Dein Essen.«

»Das kannst du haben.«

Wieder schluckt er, gibt sich sichtlich einen Ruck. Dann sagt er: »Hör zu, Eve. Ich wollte dich nicht verletzen oder beleidigen. Ich habe Haydon Rhodes gleich gesagt, dass das eine blöde Idee ist. Aber dann hat er mir das Geld gegeben und ich wollte mir schon lange diese Vespa kaufen, also hab ich ...«

Haydon. Das ist also sein Name. Klingt auch schon nach einem Arschloch.

Was hat dieser Typ für ein Problem mit mir? Ich durchforste mein Gehirn danach, ob ich schon mal näher mit einem von ihnen zu tun hatte. Habe ich ihn irgendwann mal in seinem Stolz verletzt, dass er sich jetzt auf diese Art rächen muss? Oder gehört er zu der Sorte Menschen, die so wenig Selbstachtung besitzen, dass sie sich erst dann besser fühlen, wenn sie andere zur Schnecke machen?

Ich reiße mich zusammen, um Calvin keine Szene zu machen, denn er kann ja nicht wirklich etwas dafür.

»Wie viel?«, frage ich mit geballten Fäusten. »Wie viel hat er dir gegeben?«

Calvin klappt den Mund auf, klappt ihn wieder zu, seine Wangen werden plötzlich feuerrot.

»Wie viel?!«, herrsche ich ihn an.

»5000«, wispert er.

Was?

Das kann doch unmöglich wahr sein! Ich weiß ja, dass

viele der Yale-Studenten aus reichen Elternhäusern kommen. Aber niemand gibt 5000 Dollar für einen dummen Streich aus!

»Sag das nochmal«, fordere ich tonlos.

»5000 Dollar«, erwidert Calvin und sieht dabei so ängstlich aus, dass er mir fast leidtut.

Insgeheim frage ich mich immer noch, was hinter dieser ganzen Sache steckt. Doch ich glaube kaum, dass ich durch Grübeln auf die Antwort komme. Also bleibt mir nur eins: Ich werde diesen Rhodes zur Rede stellen. Und ich glaube nicht, dass das gut für ihn ausgeht.

***

Ich muss meine ganze Kraft aufwenden, um die gegnerische Mannschaft zurückzudrängen. Unsere Stürmerreihen drücken mit aller Macht gegen die Stürmer der Gegner. Wir wissen, dass es nur noch wenige Augenblicke bis zur Pause sind und dieser Spielzug entscheidend ist. Ich spüre, wie der Rasen unter unseren Schuhen aufgewühlt wird und gebe nochmal alles. Eigentlich ist das sogenannte *Gedränge* eine meiner leichtesten Übungen, doch heute lässt meine Konzentration immer wieder nach. Der wenige Schlaf und dieser dämliche Traum sorgen dafür, dass ich unaufmerksam und nicht so stark bin wie sonst.

Trotzdem schaffen wir es schließlich mit vereinten Kräften. Mein Team gewinnt diesen Spielzug und wir sind wieder am Ball.

Das ist die Chance für Jordan, unseren Scrum-Half. Während er sich den Ball schnappt, lösen wir das Gedränge auf. Ich stürme nach vorne, wobei ich einige Gegner mit der Schulter wegramme. Jordan sieht zu mir herüber und als er erkennt, dass ich mich mit gekonnten Haken freigespielt habe, passt er mir den Ball zu. Ich fange ihn, beschleunige und sehe die Malllinie auf mich zufliegen. Es ist fast geschafft. Doch kurz vor der Ziellinie bringt mich irgendein Idiot zu Fall. Bevor er mir den Ball wegnehmen kann, kommt zum Glück unser Right Wing angerannt. Ich spiele ihm den Ball zu, er wirft sich über die Malllinie und wir punkten.

Das Publikum jubelt, als hätten wir bereits das Spiel und nicht nur die Halbzeit gewonnen. Der Schiedsrichter läutet die Pause ein und ich spüre, wie mich gleich zwei meiner Teammitglieder wieder auf die Füße ziehen.

Scheiße, das hätte nicht passieren dürfen. Ich hätte den Gegner kommen sehen müssen.

»Denen haben wir den Arsch aufgerissen!«, sagt Zane, doch ich kann seine Euphorie nicht teilen.

Wir waren schon mal besser als heute. Sicher, wir liegen vorne, aber wir verpassen den Crimsons aus Harvard nicht die Abreibung, die sie verdient hätten. Sie sind einer unserer wichtigsten Gegner, praktisch ein Erzfeind der Bulldogs. Wann immer wir gegen sie spielen, ist das Stadion gut gefüllt. Normalerweise ist es ein erhebendes Gefühl, einen guten Zug zu machen, wenn einem mehrere hundert Menschen dabei zusehen. Heute jedoch stören mich ihre Blicke. Ich bilde mir ein, dass sie es erkennen, dass sie sehen, dass ich nicht ganz normal bin.

Nicht normal? Gott, was sind das für Gedanken, Haydon! So darf ich gar nicht erst anfangen.

»Na ja«, gebe ich nur zurück, während ich mit den anderen in Richtung Umkleiden gehe. Ich brauche was zu trinken, am besten etwas mit Koffein, und dann werde ich in der zweiten Halbzeit alle überzeugen. So, wie ich es normalerweise in *jeder* Halbzeit tue.

Doch kaum sind wir an der Zuschauertribüne angekommen, sehe ich aus dem Augenwinkel, wie jemand am Geländer hinaufklettert, rüberspringt und kurzerhand vor meinen Füßen landet.

»Du?«, keuche ich, als ich das Gothic-Mädchen erkenne.

Falsches Geländer, falscher Zeitpunkt, will ich zuerst sagen, aber dann erscheint es mir doch ein bisschen makaber, Selbstmord-Witze zu reißen.

Zumal ich die ganze Situation selber nicht zum Lachen finde. Im Gegenteil. Sie hat hier nichts zu suchen. Freaks wie sie gehören nicht ins Stadion und erst recht nicht in den Spielerbereich. Außerdem will ich wirklich ungern mit ihr gesehen werden.

Während sich die anderen Spieler an uns vorbei quetschen, irgendwelche steinzeitlichen Laute grölen und den kleinen Gruftie mit anzüglichen Bemerkungen versehen, trete ich einen Schritt näher an sie heran.

»Was willst du hier?«, flüstere ich und sehe mich nervös um.

»Die Frage ist wohl eher: Was willst du von mir?« Schon wieder klingt sie kein bisschen traurig oder deprimiert, sondern einfach nur sauer.

Ich lache ungläubig. »Äh ... gar nichts?«

Am liebsten würde ich sie fragen, ob sie mal in den Spiegel geguckt hat, spare mir aber auch das. Mit Labilen ist nicht zu spaßen.

Aber was mache ich dann mit ihr? Sie auf Calvin zu verweisen, wäre mir am liebsten, schließlich bezahle ich ihn für seine Dienste. Aber ich fürchte, damit wird sie sich nicht abspeisen lassen.

»Hör mal.« Ich will ihr einen Arm um die Schulter legen und sie ein Stück mitnehmen. Weg aus dem Blickfeld der Menge. Der Zuschauer, des Trainers und der anderen Spieler. Aber sie reißt sich von mir los und funkelt mich wütend an.

»Finger weg!«

Ich hebe die Hände. »Hey, du verstehst das vollkommen falsch. Dass ich dich gestern angesprochen habe, das war nicht *so* gemeint, okay? Ich wollte dich nicht anmachen.«

Denn du bist überhaupt nicht meine Liga, füge ich in Gedanken an. Haydon und der Freak. Der Rugby-Star und das Biest. Nein, danke.

»Ach nein? Du bezahlst aber ganz schön viel Geld, um mich rumzukriegen«, giftet die Schwarzhaarige weiter.

Bitte ... was?

Das Gothic Girl streckt ihren Finger aus und tippt mir gegen die Brust. »Hältst du mich eigentlich für beschränkt oder sowas? Mir ist klar, dass du nichts von mir willst und ich will auch ganz sicher nichts von einem aufgeblasenen Rugby-Arsch wie dir. Ich bin hier, weil ich weiß, dass du diesen Psychologiestudenten bezahlt hast, damit er mir einen Vortrag über Selbstmord hält.« Sie sieht mir in die Augen und ihrem Blick blitzt es zornig auf. »Was ist das? Der neuste Trend nach der Ice-Bucket- und der Tide-Pod-Challenge? Wer traut sich, den Gruftie am meisten zu verärgern? Wie unreif seid ihr eigentlich?«

Oh Mann. Calvin hat also bereits mit ihr gesprochen

und sie hat die Sache in den falschen Hals gekriegt.

Dabei will ich doch eigentlich nur … Ja, was will ich eigentlich? Im Endeffekt möchte ich, dass sie sich nicht umbringt. Aber nicht, weil mir dieses monochrome Mädchen irgendwie am Herzen liegt, sondern weil ich einfach mal wieder eine Nacht ruhig schlafen will.

»Hör zu«, sage ich wieder. »Du verstehst das alles vollkommen falsch.«

»Dann hast du ihm keine 5000 Dollar gegeben?«

Warum lüge ich sie nicht einfach an? Ich könnte es abstreiten und –

»Doch, habe ich«, höre ich mich sagen.

Wie erkläre ich das jetzt? 5000 Dollar sind für mich nichts, aber für normale Leute ist das ein halbes Vermögen, also muss ich ihr ganz schön durchgeknallt vorkommen. Wieso konnte dieser Calvin nicht einfach die Klappe halten? Eigentlich sollte ich ihn mir krallen und mir das Geld zurückholen.

»Erklär mir das.« Sie verschränkt die Arme vor der Brust. »Wieso hast du ihn bezahlt? Kennen wir uns? Kanntest du Keenan?«

Wer zur Hölle soll das jetzt wieder sein? Und warum muss sie mir ausgerechnet jetzt auf die Nerven gehen?

»Später«, sage ich ausweichend, auch wenn ich weiß, dass ich dann auch keine Erklärung haben werde. Denn eines steht fest: Von dem Traum erzähle ich ihr mit Sicherheit nicht. Es würde mein ganzes Image zerstören, wenn ich auf einmal der Esoterikspinner von der Yale wäre.

Ich drehe mich um und will weitergehen, doch das Gothic-Mädchen packt mich erstaunlich fest am Arm und zieht mich zurück.

»Erklär es mir«, verlangt sie wieder.

Ein Raunen geht durch die Zuschauer und ich sehe, dass sich einige am Geländer neben uns versammelt haben. Jetzt werde ich sauer. Das hier ist mein Leben, meine Welt, und es ist extrem wichtig für mich, dass ich darin nicht zum Gespött der Leute werde.

»Ich erklär dir einen Scheißdreck und jetzt verschwinde aus meinem Stadion«, fahre ich sie an und löse ihre Hand von mir.

Sie fängt an zu lachen. »Ach, dein Stadion ist das also! Gibt es noch was, das ich wissen muss? Ist das hier vielleicht auch deine Uni? Deine Stadt möglicherweise, Mr Großkotz?«

Großkotzig findet sie mich also. Ich blicke ihr ins Gesicht und erkenne nichts als Ungläubigkeit und Abneigung auf ihren Zügen.

»Ja, da gibt es noch etwas«, erwidere ich mühsam beherrscht. »Dass ich dich angesprochen habe, war ein Fehler. Wenn du meinst, dass du dein Leben beenden musst, dann tu es. Vielleicht ist es auch besser so!«

Ich reiße mich los und im selben Augenblick klatscht eine schallende Ohrfeige in mein Gesicht.

Zuerst kann ich es nicht glauben. Sie hat mir eine geknallt. Das hat ewig niemand mehr gewagt. Ich hatte ganz vergessen, wie sich das anfühlt.

Die Kleine sieht mich noch immer an, als würde sie

mir am liebsten an die Kehle springen. Ich erwidere ihren Blick fassungslos.

Dann packt mich jemand von hinten am Arm und dreht mich zu sich herum. Coach Porter. Verdammt, auch das noch.

Aus dem Augenwinkel sehe ich, wie zwei Mitglieder meiner Mannschaft die Gruftiebraut packen und sie aus dem Stadion entfernen.

»Endlich«, sage ich und grinse meinen Trainer an.

Doch er scheint das Ganze genau so wenig lustig zu finden wie ich.

»Wie oft muss ich euch noch sagen, dass ihr eure privaten Probleme nicht mit aufs Feld bringen sollt?!«

»Ich kenne das Mädchen nicht.«

»Eine blödere Ausrede fällt dir nicht ein?«

Na toll. Jetzt stehe ich auch noch wie ein Lügner da.

»Abmarsch in die Kabine, Rhodes. Über den Vorfall reden wir noch!«

Ich spare es mir, mich zu rechtfertigen, nicke stattdessen nur und jogge zu unserer Kabine.

Die Ohrfeige brennt noch auf meiner Wange, aber das ist es nicht, was mich stört. Als ich unter dem Getuschel der Zuschauer vom Feld gehe, fühle ich mich vor allem gedemütigt und das ist schlimmer, als hätte das Gruftiemädchen mit der Faust zugeschlagen und mir die Nase gebrochen. Ich wusste gar nicht mehr, dass ich mich überhaupt so fühlen kann und ich wünschte, ich hätte es nicht herausgefunden.

Was denken die Leute jetzt von mir? Sicher glauben

sie, dass ich was mit der Gothic-Braut hatte.

Es bleibt mir nur eines: In der zweiten Hälfte muss ich so gut sein, dass dieser dämliche Vorfall Geschichte ist.

***

Kapitel 3

Haydon

Ich parke den Wagen vor der dunklen Villa und schalte den Motor aus. Eine Weile bleibe ich einfach sitzen, denn ich bin zu müde, um auszusteigen. Mein ganzer Körper schmerzt. Ich bin übersät von blauen Flecken, aber das macht mir nichts.

Wir haben gewonnen. Natürlich. Nach der Geschichte in der Halbzeit musste ich erst recht alles geben, und genau das habe ich auch getan. Ich war verflucht gut, habe meinen Jungs den Weg freigeräumt wie ein Panzer. Das war wohl auch der Grund, aus dem der Trainer darauf verzichtet hat, seine Drohung wahrzumachen. Es gab kein Gespräch mehr über den Vorfall. Ich sollte mich darüber freuen, doch stattdessen ist ein gewisser Teil irgendwie enttäuscht darüber. Das ist schräg und ergibt keinen Sinn. Oder vielleicht doch, aber darüber will ich nicht nachdenken. Ich denke eh schon viel zu viel nach in der letzten Zeit.

Endlich steige ich aus dem Wagen und gehe rein. Das Haus empfängt mich mit Stille.

Es ist riesig: Drei Schlafzimmer, drei Bäder, eine Küche, die verbunden ist mit einem Loungebereich am Pool. Zwei Hochterrassen und ein großer Garten mitten im Grünen. Das Haus ist L-förmig gebaut und die gesamte Innenseite ist mit Glas verkleidet. Wäre ich nicht der Sohn von Richard Rhodes, hätte ich ein

Vermögen dafür hinblättern müssen.

Ich betrete das Wohnzimmer und lasse meine Trainingstasche auf den Boden fallen.

Die Putzfrau wird sich darum kümmern.

Ich gehe zur Bar, die in die Wand eingelassen und so ziemlich das Einzige ist, was hier nicht auf Knopfdruck funktioniert. Erschöpft gieße ich mir einen doppelten Whisky ein und lasse mich damit in einen der Ledersessel fallen. Vermutlich sollte ich mir etwas Eis aus der Küche holen und die frischen Blutergüsse damit kühlen, aber jetzt, wo ich einmal sitze, bin ich viel zu träge, um wieder aufzustehen. Der Schmerz stört mich nicht. Das tut er nie. Der Sport ist das Wichtigste in meinem Leben. Alle denken, dass es nur der Ruhm und die Bewunderung sind, was mir daran gefällt, aber so ist es nicht. Es ist auch der Schmerz, weil er sich so echt anfühlt. Viel echter als alles andere.

Ich schüttle den Kopf über mich selbst und trinke einen großen Schluck. Was ist dein Problem, Haydon? Dein Leben ist perfekt. Dein Haus ist perfekt. Du bist perfekt. Alles ist super.

Aber es hilft nichts, mir das einzureden. Der Whisky hat meine Gedanken in Gang gesetzt und jetzt wirbeln sie durch meinen Kopf wie ein Strudel. Ich bräuchte Ablenkung. Aber ich bin ganz allein hier. Wo sind Stacy, Bea und all die anderen, wenn man sie braucht?

Ich lache trocken und merke, dass ich die Ohrfeige noch spüre. Sie brennt auf meiner Wange und erinnert mich an noch mehr Dinge, an die ich eigentlich nicht denken will.

Was, wenn der Traum zurückkommt? Wenn er mir eine weitere Nacht lang den Nerv raubt?

Ich versuche, die Gedanken zu verscheuchen, indem ich mein Glas auf ex leere. Der Whisky brennt in meiner Kehle und lässt den Gedankenstrom in meinem Kopf abreißen. Ich habe schon mal einen Körper zerschellen sehen. Ich will das kein zweites Mal erleben. Auf gar keinen Fall.

Ich stehe auf, gehe zur Bar und fülle mein Glas nach.

Wieso lässt dieser verfluchte Traum mich nicht los? Ich schulde dieser Frau nichts. Ich schulde niemandem etwas, denn genau darauf ist mein Leben ausgelegt. Ich muss mich nur um mich kümmern und alle anderen sich um ihre eigenen Probleme.

In einem Zug leere ich das zweite Glas, dann spüre ich, wie der Alkohol Wirkung zeigt. Schlagartig wird mir schwindelig und ich muss mich an der Wand neben der Bar abstützen.

Was tue ich denn hier? Es ist mehr als bescheuert, sich während der Sommersaison zu betrinken!

Ich lehne die Stirn an den kühlen Granit und warte darauf, dass der Schwindel nachlässt, aber das tut er nicht. Stattdessen sorgt er nur dafür, dass die Gedanken und Bilder in meinem Kopf völlig durcheinanderwirbeln. Ich sehe das Gruftiemädchen vor mir, zornig und fassungslos. Keine Ahnung, was ich tue, wenn ich heute Nacht wieder von ihr träume.

Vielleicht müsste ich mit jemandem reden, um die

Sache loszuwerden. Doch mit wem? Zane? Cannon ist nicht ganz so bescheuert, aber auch er würde nicht kapieren, worum es geht. Bea vielleicht? Oder der Coach? Nein. Auch sie würden meinen Traum, der viel mehr eine Vision zu sein scheint, als reine Spinnerei abtun.

Das sind alles keine Optionen. Jeder halbwegs zurechnungsfähige Mensch würde mich einfach nur für verrückt erklären, das weiß ich aus Erfahrung. Meine sogenannten Uni-Freunde kommen aus einer Welt, in der man absolut kein Verständnis für sowas hat.

Du kommst selbst aus dieser Welt, sage ich mir. Auch du hast dich als Kind in den unzähligen Räumen deines Elternhauses verlaufen. Auch du musstest dich nie für etwas anstrengen, weil dein Weg vorherbestimmt war – jede wichtige Abzweigung war mit den Geldnoten deines Vaters markiert und du musstest ihnen einfach nur folgen. Auch du kannst nächstes Jahr Karriere machen, ohne dich dafür abmühen zu müssen wie andere.

Der Name Rhodes öffnet Türen. Die in den oberen Stockwerken.

Ich weiß das alles. Ich weiß, dass ich genauso leben könnte wie Zane und die anderen. Nichts ernst nehmen, nur dem Geld folgen.

Wenn ich nicht gerade auf dem Feld stehe, tue ich das ja auch. Ich gehe auf Partys. Bestelle Champagner. Feiere auf Yachten. Zeige mich mit den richtigen Menschen an den richtigen Orten. Ich weiß, wie beneidenswert das klingt. Aber die Wahrheit ist, dass einen dieses Leben nicht glücklich macht. Es saugt einen aus. Wenn man alles haben kann, was man will, hat man irgendwann von allem genug. Und dann fühlt man sich nur noch leer.

Das Einzige, was mir noch etwas bedeutet, sind die Momente auf dem Feld. Wenn ich spiele, fühle ich mich lebendig. Und das darf ich mir nicht nehmen lassen.

Ich fülle mein Glas ein drittes Mal nach, blicke in die goldbraune Flüssigkeit. Erkenne mein eigenes Spiegelbild darin, vage und verschwommen wie einen Geist. Es verändert sich, die Haut wird bleich, das Haar schwarz ...

Ruckartig drehe ich mich um, hole aus und werfe das Glas an die gegenüberliegende Wand. Eine Spur aus Whisky zieht sich durch die Luft und klatscht in dem Moment zu Boden, als das Glas zerschellt.

Ich sehe auf die Scherben und beiße die Zähne aufeinander.

Die Putzfrau wird sich darum kümmern.

Ich sollte schlafen gehen.

***

Haydon

Ich verlasse das Schlafzimmer über die Hochterrasse und nehme die Außentreppe runter in den Garten.

Aufs Frühstück habe ich heute lieber verzichtet. Drei Gläser Whisky und kein Abendessen haben dafür gesorgt, dass ich ziemliche Kopfschmerzen habe. Aber das macht nichts.

Ich ziehe mir eine der Liegen an den Pool, lasse mich darauf sinken und mache die Augen zu. Dabei grinse ich vermutlich wie ein Idiot, denn ich fühle mich bestens. Der Traum ist nicht zurückgekehrt. Keine Ahnung, was in den letzten Tagen und vor allem gestern Abend mit mir los war, aber was immer es war, es ist jetzt vorbei. Mein Kopf ist wieder klar. Jetzt gönne ich mir erstmal ein paar Stunden Entspannung und später will ich noch trainieren, auch wenn wir am Tag nach dem Spiel offiziell alle frei haben. Wenn man der Beste sein will, muss man eben mehr tun als alle anderen.

Doch dafür ist nachher noch genug Zeit. Ich lasse die Augen geschlossen, spüre die Hitze der Morgensonne auf meinen Lidern. Nach ein paar Minuten reißen mich Motorengeräusche aus dem Halbschlaf. Mehrere Wagen, dabei erwarte ich niemanden.

Ich lausche. Die Motoren verstummen, stattdessen sind jetzt Stimmen zu hören. Ich erkenne Zane, Cannon, einen der anderen Jungs aus dem Team. Und ein paar Frauenstimmen. Eine davon hört sich nach Beatriz an. Ich habe sie abgeschossen. Was will sie noch hier?

Die Stimmen werden lauter. Ich setze mich auf und blicke hinter mich. Neben dem Haus gibt es einen schmalen gepflasterten Weg, der von der Zufahrt in den Garten führt. Und genau dort tauchen in diesem Moment meine Freunde auf. Alle haben ihre Handys in den Fingern und lachen sich über irgendwas kaputt.

Ich scanne kurz die Mädels ab. Beatriz trägt ein weißes Jeanskleid und hat ihre Haare zu einem hohen Zopf gebunden. Ihr pinkfarbener Lippenstift leuchtet bis zu mir herüber. Zwei ihrer Freundinnen flankieren sie, beide zickig und nicht sehr hübsch. Dennoch hat Zane den Arm um eine davon gelegt.

»Das ist der Hammer!«, grölt Tom, unser Right Wing.

»Ich kann es kaum erwarten, was ...«, beginnt Cannon und scheint mich dann zu entdecken. »Hayds!«, ruft er. »Du bist jetzt ein Star, Alter!«

Ich blicke der Gruppe entgegen. »Was hat das zu bedeuten?«, rufe ich.

Keiner gibt mir eine Antwort. Bea sagt irgendwas, das ich nicht verstehe und erneut lachen alle.

Dann erreichen sie den Pool, ziehen sich Stühle und Liegen heran und schon war es das mit der Ruhe.

»Was hast du hier zu suchen?«, frage ich Bea, als sie anfängt, ihr Kleid aufzuknöpfen. Offenbar hat sie vor, schwimmen zu gehen.

»Wonach sieht es denn aus?« Sie öffnet den zweiten Knopf.

Den weißen Glitzerbikini, den sie drunter trägt, kenne ich genau. Das Höschen besteht aus einem winzigen

Stück Stoff, das mich heute nicht weniger anmachen wird als sonst. Aber das wird an meiner Entscheidung nichts ändern. Eine eifersüchtige Frau an meiner Seite kann ich nicht gebrauchen. Ich brauche jemanden, der so vorzeigbar ist wie sie, aber keine Probleme macht.

»Du kannst woanders schwimmen«, sage ich.

»Sicher kann ich. Aber ich tue es hier.« Sie lässt das Kleid zu Boden gleiten und gönnt mir einen Blick auf ihren nahtlos braunen Hintern, ehe sie mit einem eleganten Kopfsprung im Pool verschwindet.

»Probleme?«, fragt Cannon leise.

»Ist doch vollkommen egal, zeigt ihm das Video!«, plärrt Zane dazwischen.

»Was für ein Video?«, frage ich und ahne nichts Gutes.

Auch Cannon fängt wieder an zu grinsen. »Du bist auf YouTube, Alter.«

»Na und?« Ich versteh die Aufregung nicht. Auf YouTube gibt es einige Videos von mir. Besonders gelungene Spielzüge oder besonders harte Zusammenstöße mit gegnerischen Spielern, die irgendjemand online gestellt hat. Das Match gestern war nicht so spektakulär, aber ein paar gute Aktionen waren schon dabei.

Zane schüttelt lachend den Kopf. »Diesmal geht es nicht ums Spiel!« Damit hält er mir sein Handy hin.

Ich sehe ihn misstrauisch an, dann nehme ich es ihm ab.

Sofort fällt mir etwas auf: Der Clip wurde von

‚QueenBee' hochgeladen. Das ist Bea.

Ich lese mir den Titel durch und mein mieses Gefühl verstärkt sich.

SCHOCKMOMENT IN DER HALBZEITPAUSE: TIGHTHEAD DER BULLDOGS VON IRREM FAN ATTACKIERT!

Ich beiße die Zähne aufeinander und drücke auf Play.

Das Video wurde von der Tribüne aus aufgenommen, ist jedoch erstaunlich scharf. Es zeigt die Gruftiebraut und mich in der Halbzeitpause. Sie steht vor mir und ist schon dabei, mir eine Szene zu machen. Wie wütend sie war. Das zornige Funkeln in ihren Augen kann ich sogar auf der Aufnahme erkennen. Ich hingegen komme ziemlich gleichgültig herüber. Mein Gesicht ist nur schräg von der Seite zu sehen, meine nervösen Blicke ins Publikum erkennt man daher nicht. Zum Glück.

Dieses Video dürfte es trotzdem nicht geben und mein schlechtes Gefühl verstärkt sich.

Das Bild zoomt herein, bis nur noch unsere Oberkörper zu sehen sind. Einen Moment lang läuft unser Streit noch weiter, dann kommt der Augenblick, in dem sie mir eine knallt, unterlegt mit einem lauten Klatschen.

Die Aufnahme spult zurück und die Ohrfeige ist nochmal zu sehen.

Dann nochmal, und jedes einzelne Mal ist dazu dieses Klatschen zu hören.

Während ich mir diesen Mist ansehe, lachen sich alle um mich herum kaputt.

»Die Kamera ist der Hammer«, sagt eine von Beas Freundinnen. »Wo hast du die her?«

Bea, die mittlerweile am Poolrand hängt, grinst über beide Ohren und erwidert: »Aus unserem Technikbereich. Wofür studiert man Medienwissenschaften?«

Damit stößt sie sich ab und schwimmt wieder davon.

Ich sehe ihr finster hinterher, dann drücke ich Zane das Telefon in die Hand, stehe auf und trete selbst an den Poolrand. »Du wirst das sofort wieder löschen!«, rufe ich.

Bea tut, als würde sie mich nicht hören.

»Was regst du dich denn so auf?«, fragt Tom. »Ist doch lustig.«

Ich fahre zu ihm und den anderen herum, die mittlerweile Tränen in den Augen haben vor Lachen.

»Lustig, ja? Und was glaubst du, wie lustig man das in der National Rugby League findet?«

Cannon stöhnt. »Hayds, vergiss doch mal die National League. Du nimmst das alles viel zu ernst.«

Sauer sehe ich ihn an. Rugby ist für ihn und die meisten anderen Jungs aus dem Team nur ein Ausgleich zum Studium. Sie spielen zum Spaß, so lange, bis sie ihren Abschluss haben und in die Geschäftswelt gehen, wo ihre hohen Posten schon auf sie warten. Aber bei mir sieht die Sache anders aus und das wissen sie eigentlich auch.

»Ich kann so einen Skandal nicht gebrauchen! Wenn die denken, dass ich mein Privatleben nicht im Griff habe, werden sie gar nicht erst in Betracht ziehen, mich zu verpflichten!«

»Dann ist das kleine Kampfschwein also Teil deines Privatlebens?«, ätzt Beas Freundin Nummer zwei. »Das nenne ich mal einen sozialen Abstieg.«

Ich sehe erst sie, dann den Rest der Truppe fassungslos an. Mit einem hatte das Gruftiemädchen Recht – was hier abgeht, ist wirklich verflucht kindisch.

Das hat man davon, wenn man einem anderen Menschen helfen will.

»Ihr kapiert es nicht, oder? Für mich ist das alles andere als ein Spiel.«

Ich drehe mich wieder zum Pool um und höre noch, wie Zane etwas davon sagt, dass ich mit der ganzen Aktion gar nicht erst hätte anfangen sollen, wenn ich jetzt nicht damit klarkomme.

Dann springe ich hinein.

Ich hole Luft, tauche ab, sehe mich um und entdecke Bea links vor mir. Mit gekonnten Kraulzügen schwimmt sie mir davon. Aber nicht mehr lange. Ich nehme die Verfolgung auf, hole sie innerhalb von ein paar Sekunden ein und kriege ihr Fußgelenk zu fassen. Ruckartig ziehe ich sie zurück, sie fängt an zu strampeln, reißt sich los und taucht einen Moment später prustend vor mir auf.

»Sag mal, spinnst du?! Das hat wehgetan.«

»Von wegen, ich hab dich kaum angepackt. Aber das

kann sich noch ändern, wenn du jetzt nicht aus meinen Pool steigst und diesen Mist löschst!«, fahre ich sie an.

Bea schwimmt vor mir auf der Stelle und lächelt spöttisch. »Was hast du gedacht, Haydon? Dass ich es einfach auf mir sitzen lasse, wie du mich abserviert hast? Ich weiß, du hältst dich für den König der Welt, aber ich bin keine deiner kleinen Schlampen, die du rumschubsen kannst, wie du willst. Mich verlässt man nicht einfach so. Schon gar nicht für den wandelnden Tod.«

Ich packe ihre Schulter und dränge sie mit dem Rücken gegen den Beckenrand. Ganz kurz blitzt es in ihren Augen erschrocken auf. Natürlich würde ich sie nicht wirklich verletzen, aber das muss sie ja nicht wissen.

»Ich glaube, du hast mich nicht verstanden. Du wirst diese Scheiße löschen, und zwar jetzt gleich.«

»Und was soll das bringen?«, fragt sie. »Das Video hatten schon 10 Leute geteilt, bevor ich zu Hause losgefahren bin. Mittlerweile ist es vermutlich überall im Netz und ganz New Haven lacht über dich und deine Schlampe.«

Scheiße. Das darf doch nicht wahr sein. Da versucht man, einmal was Nettes zu tun, und was hat man davon? Man wird erst vor dem gesamten Stadion und dann vor der ganzen Uni blamiert. Hätte ich die Kleine mal springen lassen!

»Haydon ...« Beas Gesichtsausdruck verändert sich und sie setzt auf einmal sowas wie ein entschuldigendes

Lächeln auf. »Komm schon. Du musst doch verstehen, dass ich die Sache neulich Nacht nicht einfach auf mir sitzen lassen konnte. Du hast dich mies verhalten, das habe ich dir heimgezahlt. Jetzt sind wir quitt. Ich würde sagen, die Zeichen stehen auf Neuanfang, oder?«

Sie streicht mit dem Finger über meine Brust, doch ich wische ihre Hand zur Seite wie ein lästiges Insekt. »Du hast sie doch nicht mehr alle. Lass dir helfen, Bea!«

Damit schiebe ich mich an ihr vorbei und klettere aus dem Pool.

»Danke für den Tipp«, ruft sie mir nach. »Ist das dein neues Hobby, den Freund und Helfer für alle zu spielen? Wie rührend!«

Als ich mich aufrichte und mir die nassen Haare aus dem Gesicht streiche, hat sich mir der Rest meiner Besucher schon wieder zugewandt.

»Und hier haben wir den Held des Tages«, sagt Zane, der sein Handy auf mich gerichtet hat. »Haydon, erzähl doch mal. Wie war denn der Kampf mit dem Geistermädchen so?«

Sprachlos blicke ich ihm entgegen. Diese Schwachköpfe wissen einfach nicht, wann es gut ist!

Im ersten Moment bin ich drauf und dran, ihm das Telefon abzunehmen und es im Pool zu versenken. Dann besinne ich mich jedoch eines Besseren.

Der barmherzige Samariter, der sich zum Gespött der ganzen Stadt macht? Das bin ich ganz sicher nicht.

Ich setze mein Siegerlächeln auf, trete näher an die Kamera heran und sage dabei: »Ich weiß auch nicht, was die Kleine von mir wollte. Hat sich total verrückt aufgeführt, wenn ihr mich fragt. Wer weiß, vielleicht ist sie meine neue Stalkerin oder so. Ich würde jedenfalls sagen, sie braucht Hilfe. Warum sie damit ausgerechnet zu mir kommt? Keine Ahnung, aber ich helfe immer gern. Nur bin ich in dem Fall leider nicht qualifiziert.«

Ich zwinkere in die Kamera, dann wende ich mich ab und gehe zum Haus, um mir ein Handtuch zu holen. Ein Blick zurück verrät mir, dass sich alle über Zanes Handy gebeugt haben. Gut so. Sollen sie den Clip nur hochladen. Meine weiblichen Fans werden drauf stehen, ich werde jede Menge positive Kommentare bekommen, weil ich mich um eine offensichtlich labile Kommilitonin sorge und am Ende stehe ich wieder als der Gewinner da.

Schlagartig fühle ich mich besser. »Will jemand was trinken?«, rufe ich, ehe ich reingehe.

Im Erdgeschoss ist die Putzfrau gerade dabei, die Scherben von gestern Abend aufzufegen. Wortlos gehe ich an ihr vorbei nach oben.

Dort trockne ich mich ab, ziehe mir was an und hole anschließend mein Handy aus dem Schlafzimmer, um nachzusehen, ob der Clip schon online ist. Doch als ich gerade den Browser öffnen will, entdecke ich eine WhatsApp-Nachricht. Von Calvin Peterson, diesem Psychologie-Trottel. Was will der denn noch von mir? Seine Kohle hat er doch schon bekommen. Und das vollkommen unverdient.

Ich rufe die Nachricht auf und sehe, dass er das Video

vom Pool bereits erhalten hat, denn er hat es mir mitgeschickt. Sehr gut. Dann scrolle ich weiter und lese.

Sag mal, hattest du nicht Sorge, dass sich Eve umbringt? Dann war es natürlich extrem klug, wie du gestern und heute auf ihr rumgetrampelt bist.

Langsam lasse ich das Handy sinken.

Das Erste, was ich denke, ist absurderweise: Ihr Name ist also Eve.

Und das zweite ist: Verdammt. Dieser Spinner hat Recht.

Auf einmal erfasst mich etwas, das ich ewig nicht gespürt habe. Eine eiserne Faust schließt sich um mein Herz und ich denke voll böser Ahnungen an die Nacht, die vor mir liegt.

Was, wenn ich es versaut habe?

Was, wenn der Traum jetzt zurückkehrt?

***

Everley

Ich liege auf der Wiese der Uni, lasse die Abendsonne auf meine Haut scheinen und blicke in den Himmel. Eine ganze Weile schaffe ich es, an gar nichts zu denken und nur den Wolken dabei zuzusehen, wie sie sich durch das orangefarbene Licht jagen. Ein paar Mal gehen ein paar Studenten an mir vorbei und tuscheln.

Ich ignoriere sie.

Natürlich habe ich die Videos bereits gesehen, die auf dem Campus die Runde machen. Aber sie sind mir egal. Meine Kommilitonen scheinen in den Ferien wirklich Langeweile zu haben, wenn sie sich ernsthaft mit so einem Unsinn beschäftigen.

Gerade schiebt sich eine besonders große Wolke über mich hinweg, als sich meine Gedanken wieder in Gang setzen. Schade. Den Kopf frei zu haben war für einen Moment ein schönes Gefühl.

Doch jetzt schleicht sich eine Frage wieder ein: Was hat Haydon Rhodes für ein Problem mit mir? Warum ist er so besessen davon, dass ich mich umbringe?

Immerhin ist dieser Gedanke neu. Er dreht sich um mein neues Leben, um mein Leben nach Keen. Das ist ein Fortschritt, trotzdem will ich mich nicht weiter damit beschäftigen. Der Tag heute ist entgegen meinen Erwartungen ziemlich gut gelaufen und ich möchte mich nicht über Rhodes ärgern.

Seufzend setze ich mich auf und schnappe mir meine Tasche. Zuerst war ich in der Bibliothek der

Kunstfakultät und habe mir vorgestellt, dass sie mir ganz allein gehört. Yale besitzt über 12 Millionen Bücher in fünfundzwanzig Bibliotheken und ich komme mir zwischen den alten Regalen immer vor wie im Paradies.

Nachdem ich mir ein paar Anregungen geholt habe, bin ich runter ins Atelier gegangen. Da Ferien sind, war ich die Einzige dort. Niemand konnte mich ablenken, kein nerviger Dozent hat mir über die Schulter geschaut. Und so konnte ich ein paar Designentwürfe machen, die ich so sonst nie zu Papier gebracht hätte.

Während ich zurück zum Wohnheim gehe, überlege ich, ob ich mir irgendwo noch etwas zu Essen holen soll. Dann kommt mir der Automat im Gemeinschaftsraum in den Sinn und ich beschließe, mich dort mit Cheetos einzudecken.

Der Gedanke an mit Käse und Makkaroni gefüllte Cheetos lässt mich schneller gehen. Auch Keenan hat die Dinger geliebt. Manchmal, wenn wir die Wochenenden zusammen verbrachten, haben wir uns nur von Chips ernährt. Cheetos Rings zum Frühstück, zum Mittag Chipitos und abends einen mit Hackfleisch und Käse überbackenen Cheetos-Auflauf.

Ich lasse die Erinnerung an Keen bewusst zu und stelle fest, dass sie nicht nur wehtut. Ich spüre auch das warme Gefühl von Vertrautheit, dass ich in seiner Nähe stets hatte. Auch wenn ich keinen Beschützer brauche, war er der große Bruder, der immer für mich da war. Es war ein beruhigendes Gefühl, jemanden zu haben, auf den man sich stets verlassen kann.

Doch auch wenn er jetzt fort ist, wird uns niemand die Momente nehmen können, die wir miteinander hatten. Ich muss mich daran gewöhnen, meine Jahre mit ihm als schöne Erinnerung zu betrachten. Als ein kostbares Souvenir von einer langen gemeinsamen Reise. Nur wenn ich akzeptiere, dass er Vergangenheit ist, kann ich weitermachen, ohne ihn so sehr zu vermissen, dass es mich umbringt.

Ich schlucke hart und zwinge mich weiterzugehen. Meine Augen brennen, aber es kommen keine Tränen. Auch wenn ich weiß, dass ich noch lange nicht über den Berg bin, deute ich das als gutes Zeichen. Es ist ein Anfang. Ein Schritt in die richtige Richtung. Trotz des ganzen Haydon-Rhodes-Chaos war es vielleicht doch keine so schlechte Idee, jetzt schon zurück nach New Haven zu kommen.

Als ich mich dem Wohnheim nähere, dringen Stimmen und Musik an mein Ohr. Die Fenster einiger Zimmer stehen auf und lassen die warme Abendluft herein. Ich werde es gleich ähnlich machen und mich mit einem Buch und Musik an mein offenes Fenster setzen. Im Moment ist es gut, wenn ich Schritt für Schritt plane. Nicht zu weit in die Zukunft denke, aber auch nicht in der Vergangenheit hängenbleibe.

Auf den Stufen vor dem Gebäude sehe ich eine Gestalt sitzen, die mir entgegenblickt. Am liebsten würde ich kehrtmachen und wieder gehen, als ich sie erkenne.

Es ist Haydon Rhodes.

In Jeans und einem einfachen dunklen Shirt sitzt er

da, die Augen hinter einer Sonnenbrille verborgen. Wie ein Star, der inkognito hier ist. Und wie ein Star sieht er irgendwie auch aus. Er ist nicht mein Typ – ich stehe nicht auf perfekte Männer. Aber attraktiv ist er zweifellos mit seinem zerzausten Haar, den scharf geschnittenen dunklen Brauen und seinen sinnlichen Lippen, die weder zu schmal noch zu voll sind.

Aber egal, wie gut er aussieht: Ich wünschte, er wäre zu Hause geblieben. Auch wenn ich gestern noch unbedingt mit ihm sprechen wollte, bin ich nach seinem »Statement« heute alles andere als scharf darauf, auch nur ein Wort mit ihm zu wechseln. Dieser Typ hat es sich irgendwie zur Aufgabe gemacht, mir das letzte Jahr an der Uni schwer zu machen und ich werde ihm sicher keinen neuen Zündstoff bieten.

Er nimmt die Brille ab und steht auf, als ich mich nähere, doch ich tue, als würde ich ihn gar nicht sehen.

»Eve?«

Ich nehme die erste Stufe.

»Tu nicht so, als wäre ich nicht da.«

Noch eine Stufe.

»Hey. Eve!«

Das wird mir jetzt doch zu blöd. Ich bleibe stehen und sehe zu ihm herunter. »Was willst du hier?«

»Können wir reden?«

Ich mustere ihn. Irgendetwas an ihm hat sich verändert. Aus der Nähe betrachtet wirkt er erschöpft.

»Nein«, sage ich und will ihn wieder stehen lassen, doch er ist mit wenigen Sätzen neben mir auf der

Treppe, überholt mich und verstellt mir mit seinen breiten Schultern den Weg.

»Lass uns reden, komm schon. Diese Nummer schadet uns beiden. Ich meine –«

»Ich habe nein gesagt. Und jetzt lass mich durch oder ich sorge dafür, dass das ganze Wohnheim mitbekommt, wie du mir nachstellst.«

»Wie ich dir ...«

Ich kann sehen, wie er schluckt.

In Wahrheit fühle ich mich kein bisschen bedrängt von ihm, aber darum geht es auch nicht. Gestern beim Spiel habe ich genau mitbekommen, wie nervös er wurde, als unser Streit die allgemeine Aufmerksamkeit auf sich gezogen hat. Anscheinend ist ihm sein Image extrem wichtig, also will er garantiert nicht, dass ich wegen ihm das ganze Haus zusammenschreie.

Widerwillig geht er einen Schritt zur Seite. »Na schön. Aber du wirst mir auf diese Weise nicht davonkommen.«

»Soll das eine Drohung sein?«

»Das soll heißen, dass ich so lange bleibe, bis du mit mir sprichst.«

Ich lache trocken. »Du hättest gestern im Stadion mit mir reden können. Chance vertan. So ist das Leben.«

Damit nehme ich die restlichen Stufen und schließe die Tür auf.

»Ich werde hier bleiben, bis du wieder rauskommst«, ruft Haydon mir nach. »Die ganze Nacht, falls nötig!«

Ist das sein Ernst? Gestern noch gerät er in Panik, als er mit mir gesehen wird und jetzt will er mein

Wohnheim belagern? Der Typ muss echt verzweifelt sein. Ungläubig schüttle ich den Kopf und blicke zu ihm zurück.

»Ich habe keine Ahnung, was mit dir nicht stimmt, aber auf jeden Fall brauchst du Hilfe. Warum du ausgerechnet zu mir kommst, weiß ich nicht«, zitiere ich, was mir aus seinem Video im Kopf geblieben ist. »Ich helfe eigentlich immer gerne, aber in deinem Fall bin ich leider nicht qualifiziert.«

Ich sehe, wie Haydon vor Sprachlosigkeit der Mund aufklappt und lasse ihn einfach stehen. Ich bin bereits im Flur, als er seine Sprache wiederfindet.

»Das war so nicht gemeint und –« Er stoppt sich selber.

Gut so. Denn wir wissen beide, dass es nicht der Wahrheit entspricht.

»Okay!«, ruft er mir jetzt eine Spur kühler hinterher. »Ich warte hier auf dich. Wir reden morgen!«

Ich biege um die Ecke zu meinem Wohnheimzimmer und habe schlagartig keine Lust mehr auf Cheetos.

Dieser Typ hat wirklich einen Schaden.

Wenn hier jemand jemanden stalkt, dann er doch wohl mich.

Meine Zimmertür werde ich heute Nacht jedenfalls doppelt abschließen.

***

Kapitel 4

Everley

Eigentlich mag ich Überraschungen. Das war schon immer so. Dieser leichte Schauer, der einen erfasst, wenn etwas völlig Unerwartetes geschieht. Als ich heute Morgen jedoch die schwere hölzerne Tür des Wohnheims öffne, ist der Schauer, der mir über den Rücken läuft, alles andere als angenehm.

Kaum bin ich nach draußen getreten, bleibe ich ruckartig stehen, als wäre ich gegen eine Wand gelaufen. Und fast genauso ist es auch, denn vor mir steht Haydon Rhodes. Er sieht übernächtigt aus und trägt immer noch dieselben Sachen wie gestern. Dunkle Schatten liegen unter seinen blauen Augen und sein Gesicht ist nicht so glatt rasiert wie sonst.

Hat er etwa wirklich ...?

»Ich habe dir gesagt, ich bleibe hier, bis du rauskommst«, begrüßt er mich.

»Und ich habe dir gesagt, dass ich nicht mit dir reden will«, erwidere ich und versuche, an ihm vorbeizukommen, doch er stellt sich mir mit einem blitzschnellen Schritt zur Seite in den Weg.

Na toll. Er spielt das Spielchen von gestern also einfach weiter.

»Eve«, beginnt er, aber ich unterbreche ihn sofort.

»Für dich Everley.«

Haydon zieht eine Braue in die Höhe. »Everley. Das

ist also dein richtiger Name.«

»Ja, Überraschung, ich heiße weder *Gothic-Schlampe* noch *Freak*!«, erwidere ich aufgebracht und bereue es sofort.

Mist. Jetzt weiß er, dass ich die Kommentare unter den Videos gelesen habe.

Haydons Mundwinkel zucken und er antwortet: »Na ja. Ich heiße auch nicht *sexy Rugby-Schnittchen*, aber was soll man machen? Von der Junior High bis zum Ende der Uni bekommen wir alle unsere Rolle, ob sie uns passt oder nicht.«

Ich runzle die Stirn. »Oh ja, es ist sicher hart für dich, von allen angehimmelt zu werden. Musstest du deshalb so dringend beweisen, dass du im Grunde genommen auch nur ein Arschloch bist?«

Rhodes wird schlagartig ernst. Ernster, als ich es ihm zugetraut hätte. Zwar hatte ich nie viel mit den beliebten Sportstars zu tun, aber man weiß doch, wie die sind: so vollgepumpt mit Testosteron, dass sie sich 24 Stunden am Tag fühlen wie Gottes Geschenk an die Welt. Und das tragen sie dann auch gerne durch ihr anscheinend festgetackertes Siegerlächeln nach außen.

Aber Haydon lächelt in diesem Moment nicht. Er schluckt hart und es wirkt ganz anders als bei diesem Calvin. Als würde er versuchen, etwas zurückzuhalten, das dringend aus ihm heraus müsste. Als würde er Gift schlucken, das er eigentlich ausspucken sollte.

Doch der Moment dauert nur ganz kurz, dann kehrt seine coole Fassade zurück. »Ich will ehrlich zu dir sein,

Everley. Mir ist ziemlich egal, was du über mich denkst. Halt mich ruhig für ein Arschloch, wenn du willst. Interessiert mich nicht. Aber reden müssen wir trotzdem. Und zwar jetzt.«

Er kapiert es einfach nicht. »Ich kann mir vorstellen, was du willst: die ganze Sache wieder ausbügeln, nachdem sie gestern durchs halbe Internet gegeistert ist. Kein Wunder, denn die Mädchen, auf die du so stehst, feiern dich vielleicht dafür, genau wie deine total verblödeten Rugby-Freunde, aber alle anderen lachen dich genauso aus wie mich. Das ist blöd gelaufen für dich, aber ich fürchte, damit musst du jetzt leben. Alles, was wir tun, hat Konsequenzen. Und ich finde es gar nicht so schlecht, wenn ein Möchtergern-Alphamännchen wie du das auch mal lernt.« Ich klopfe ihm auf die Schulter, spüre seine muskulöse Statur und versuche, den Funken an Eindruck, den das auf mich macht, zu ignorieren. »Sowas festigt den Charakter. Es wird dir also nicht schaden.«

Damit starte ich einen neuen Versuch an ihm vorbeizukommen, jetzt auf der anderen Seite, und diesmal versperrt er mir nicht den Weg.

»Everley«, sagt er.

Ich mache keine Anstalten, stehenzubleiben.

»Eve!«

Ich verdrehe die Augen und blicke zu ihm zurück. Dieser Kerl ist wirklich hartnäckig.

Er presst für einen Moment die Lippen aufeinander und ich sehe deutlich, dass seine nächsten Worte ihm nicht leichtfallen. »Dieser Flyer und auch die Sache mit Calvin. Das waren keine blöden Scherze. Ich glaube wirklich, dass du dich umbringen willst.«

Für einen ganz kurzen Moment bin ich versucht, ihn auszulachen. Doch dann sehe ich wieder diesen Ausdruck auf seinen Zügen, der vorhin schon mal ganz kurz darauf aufgeblitzt ist, und mir wird klar, dass er das ernst meint.

»Ach ja, und wie kommst du darauf?«, frage ich entgeistert.

Er druckst herum. Komisch für einen so smarten Kerl wie ihn. »Es gibt ... Es gibt Gerüchte auf dem Campus«, sagt er schließlich und scheint sich dabei zwingen zu müssen, mich anzusehen.

»Über mich?«, frage ich skeptisch.

Er nickt. »Du weißt schon.«

Ja, ich kann es mir denken. Und trotzdem kann ich es irgendwie nicht fassen. Was bilden sich die Leute ein? Woher wollen sie auch nur annähernd wissen, wie es mir geht?

»Okay, von mir aus«, erwidere ich schließlich. »Dann gibt es eben Gerede. Trotzdem verstehe ich nicht, dass du dich da einmischst. Du kennst mich gar nicht. Wir haben noch nie ein Wort miteinander gewechselt, bevor du mir diesen dämlichen Flyer in die Hand gedrückt hast.«

»Und?«, fragt er, als hätte er den Rest meiner Worte gar nicht gehört. »Hast du die Nummer angerufen?«

Ich sage nichts. Was schert ihn das?

So was passt nicht zu einem Mann wie ihm. Und genau das macht mich jetzt irgendwie doch neugierig.

Ich verschränke die Arme vor der Brust und gehe im Kopf meine Pläne für heute durch. Eigentlich wollte ich in der Sonne liegen und lesen und dann den Nachmittagskurs von meinem Design-Dozenten besuchen. Lesen kann ich eigentlich später auch noch und bis heute Nachmittag ist noch genug Zeit.

»Okay«, sage ich darum. »Nur, damit du das jetzt nicht falsch verstehst. Ich habe keinerlei Interesse an dir, also soll das sicher keine Anmache sein, sondern nur ein fairer Handel. Du willst reden und ich hab Hunger, also lad mich zu einem fetten Frühstück ein und wir unterhalten uns.«

Haydon kneift die Brauen zusammen. »Zu einem fetten Frühstück«, wiederholt er.

Ich nicke. »Du hast mich verstanden.«

Haydon lacht kurz, nicht amüsiert, sondern eher ein bisschen fassungslos. Er streicht sich mit den Fingern durchs Haar, das davor genauso perfekt liegt wie danach, geht ein paar Schritte und murmelt etwas, das wie »Oh Mann« klingt.

Dann sieht er mich an und nickt.

»Also schön. Deal.«

»Deal«, antworte ich und obwohl Haydon Rhodes ein arroganter Sack ist, den ich normalerweise nicht mal ansehen würde, spüre ich in diesem Moment etwas, das ich lange nicht gefühlt habe: diesen Hauch von Abenteuer, der einen immer überkommt, wenn man was völlig Neues ausprobiert.

Schon klar, mit dem Sport-Ass der Uni zu frühstücken ist nicht zu vergleichen mit einer Rafting-Tour oder einem Tauchgang mit Haien.

Aber es ist eine Abwechslung von dem Alltag, den ich kaum noch ertrage.

Und das ist gut.

***

Haydon

Ich fasse es nicht. Mit Everley über den Campus zu meinem Auto zu laufen, kommt mir total unrealistisch vor. Fast wie ein weiterer Albtraum. Denn machen wir uns nichts vor: Wenn wir zusammen gesehen werden, wird das für noch mehr Gerede sorgen. Ich muss das Thema Everley so schnell wie möglich abschließen, und zwar ein für alle Mal. In der letzten Nacht kam der Traum nicht zurück, was wohl daran lag, dass ich die ganze Zeit wach war, während ich auf der Treppe vor ihrem Haus saß.

Aber ich weiß, dass die Dinge heute Nacht anders aussehen werden. Nach der dämlichen Aktion mit dem Video spüre ich praktisch, wie er über mir lauert und nur darauf wartet, mich erneut um den Verstand zu bringen.

»Rhodes.«

Ich blicke auf und stelle fest, dass wir den Parkplatz erreicht haben. Ich war so in Gedanken versunken, dass ich die letzten Meter des Weges nicht mitbekommen habe. Das sieht mir gar nicht ähnlich.

Everley ist stehengeblieben und macht eine ausladende Handbewegung. »Welche von den Schwanzverlängerungen ist denn jetzt deine?«

Schwanzverlängerungen, tz. Der Frau sollte mal jemand Manieren beibringen. Ganz offensichtlich hat sie keine Ahnung von Autos, und dann redet sie auch noch wie ein Bauarbeiter.

Wortlos deute ich auf meinen Maserati.

Everley grinst vielsagend. »Oh, tut mir leid.«

Dann geht sie weiter.

Ich runzle die Stirn und folge ihr. »Was tut dir leid?«

»Dass er *so* klein ist.«

Ich beiße die Zähne zusammen, um nicht auf ihre Provokation einzusteigen und meinen Schwanz vor ihr in Schutz zu nehmen. Hab ich gar nicht nötig, zumal sie niemand ist, den ich auch nur ansatzweise in meinem Bett haben will. So wie sie aussieht, liegt sie wahrscheinlich einfach nur da wie eine Leiche.

Wortlos schließe ich den Wagen auf, steige ein und warte, bis sie neben mir Platz nimmt. Ein Hauch von Himbeerduft weht zu mir herüber. Ist sie das? Okay, das hätte ich nicht erwartet.

»Anschnallen«, sage ich.

Glücklicherweise gehorcht sie, was dafür spricht, dass ihre Lebensmüdigkeit zumindest noch Grenzen kennt.

»Wohin fahren wir?«, will sie wissen.

»Zum Newport Grill.«

»Kenne ich gar nicht. Ist das auf dem Campus?«

Ich schüttle den Kopf und spüre, wie sich ihr Blick auf mich heftet.

»Es gibt dutzende Lokale auf dem Campus und du fährst mit mir nach außerhalb«, sagt sie. »Hast du so eine Angst davor, mit mir gesehen zu werden, Rhodes?«

»Ich hab vor gar nichts Angst!«, fahre ich sie an.

Für einen Moment sehen wir einander in die Augen und mir fällt auf, dass ihre dunkel geschminkt sind, genau wie in meinem Traum. Sie haben eine ungewöhnliche Farbe. Ein leuchtendes Smaragdgrün, das im Sonnenlicht ganz anders wirkt als in der Dunkelheit meiner Vision. Und noch etwas ist anders. Das vergnügte Blitzen in ihrem Blick.

»Das muss schrecklich sein«, sagt sie. »Sich so dermaßen abhängig von der Meinung anderer zu machen. Aber bitte, fahr mit mir bis nach Wyoming, wenn du dich dann sicherer fühlst. Stört mich nicht. Es gibt unangenehmere Arten zu reisen.«

Damit stellt sie ihren Sitz nach hinten, klappt die Lehne in eine bequeme Position, lehnt sich zurück und legt ihre klobigen Boots auf dem Armaturenbrett ab.

Einen weiteren Moment lang sehe ich sie nur an. Es fühlt sich unrealistisch an, so eine Frau in meinem Auto zu haben. Und die Art, wie sie sich aufführt, macht es nicht gerade besser.

»Nimm die da runter«, fordere ich, während ich den Wagen vom Parkplatz lenke.

»Wieso? Hast du kein Geld für die Reinigung? War Calvins Honorar zu hoch?«

Ich lache kurz. »Du hast keine Ahnung«, sage ich.

»Keine Ahnung von was?«, will sie wissen. »Dem Reichtum der Rhodes-Familie? Nein, hab ich nicht. Interessiert mich auch nicht. Es gibt Wichtigeres als Geld.«

Ein Teil von mir stimmt ihr zu. Doch ein anderer Teil würde sie genau deswegen am liebsten per Schleudersitz aus dem Wagen befördern. Es ist nicht cool, das

Vermögen, das sich jemand erarbeitet hat, kleinzureden.

»Kannst du das Dach aufmachen?«, fragt sie.

Wortlos betätige ich den Knopf, der das Verdeck des Wagens nach hinten gleiten lässt. Ich fahre keine dreißig Meilen schnell, da ist das kein Problem. Augenblicklich blendet mich das Morgenlicht und ich setze meine Sonnenbrille wieder auf. Die dunklen Gläser erlauben es mir, verstohlen zu Everley herüberzusehen.

Ihre Füße liegen immer noch auf dem Armaturenbrett. Sie trägt eine schwarze Strumpfhose mit pinken Streifen. Ich lasse den Blick weiter hoch wandern, zu ihrem Rock, der an einigen Stellen durchlöchert ist und von Sicherheitsnadeln zusammengehalten wird.

Unmerklich schüttle ich den Kopf. Sie ist schlank, ihre Beine sind nicht gerade kurz. Warum verschandelt sie sie mit diesen grauenhaften Klamotten?

Ich blicke lieber wieder nach vorn. Everley schweigt und das macht mich irgendwie nervös. Wer weiß, woran sie denkt. Nicht, dass sie doch noch ausflippt, sich abschnallt und bei voller Fahrt aus dem Wagen springt, sobald wir gleich die Hauptstraße erreicht haben.

Zur Sicherheit umfahre ich die East Grand Avenue Bridge.

»Ein interessanter Gesprächspartner bist du nicht gerade«, sagt Everley, nimmt endlich die Beine runter und beugt sich vor, um das Radio aufzudrehen.

Der Schlüssel zum Erfolg ist absoluter Wille, sagt eine Stimme aus den Lautsprechern. *Wer an der Spitze der*

Nahrungskette stehen will, und das in sämtlichen Be-

Ich schiebe ihre Hand zur Seite und drehe den Ton aus, aber es ist zu spät.

Everley lacht sich bereits kaputt. »Der Schlüssel zum Erfolg ist absoluter Wille«, wiederholt sie. »Wer hat das aufgenommen? Adolf Hitler?«

»Das war ein ziemlich berühmter englischer Rugby-Spieler, dessen Name dir sowieso nichts sagen würde«, wiederhole ich und versuche, ruhig zu bleiben.

Ich hasse es, wenn jemand die Dinge ins Lächerliche zieht, die mir wichtig sind.

»Er hat insgesamt 12 große Titel gewonnen, und das nicht nur durch hartes Training, sondern vor allem dank absoluter Willensstärke.«

Everley mustert mich, als würde sie versuchen, etwas aus meinen Worten zu erkennen, etwas mit einem tieferen Sinn. Und das gefällt mir nicht.

»Was?«, frage ich. »Ich bin Sportler. Das Rugbyspielen ist mir wichtig. Nächstes Jahr werde ich in die National League gehen. Da muss man mental topfit sein.«

Sie öffnet den Mund, schließt ihn dann jedoch wieder und scheint sich die Worte, die sie eigentlich sagen wollte, nochmal zu überlegen.

»Immer raus damit«, fordere ich.

Everley schüttelt den Kopf. »Du weißt selbst, was ich sagen wollte.«

Ich mustere sie stirnrunzelnd und muss zugeben, dass ich keine Ahnung habe.

Dass jemand, der wahre mentale Stärke besitzt, solche Tapes nicht nötig hat?

Dass ich das Rugby zu ernst nehme?

Dass ich zu verbissen bin?

Keine Ahnung, und ich glaube, ich will es auch nicht wissen. Ich sehe wieder nach vorn, verlasse den Campus und lenke den Wagen auf die State Street Richtung City Point.

Außerhalb von Yale ist New Haven nicht gerade schön. Viele Flachbauten, viel Industrie.

Doch je näher man dem Wasser kommt, desto besser wird es und als ich das Auto am Long Wharf Drive abstelle, wo uns nur noch die Promenade von der Bucht trennt, bessert sich meine Laune ein wenig.

Ich mochte es schon immer, am Meer zu sein. Die Weite, die gefühlte Grenzenlosigkeit. Man denkt, man könnte einfach losschwimmen, wohin auch immer man will, und nichts könnte einen stoppen.

»Ans Meer also. Man könnte fast meinen, du willst mich beeindrucken. Aber ich muss dich enttäuschen. Ich steh mehr auf die Berge.« Everley steigt aus und knallt die Tür so fest hinter sich zu, wie es ein geistig gesunder Mensch bei einem Maserati nie tun würde.

Kurz blicke ich ihr nach, wie sie zielstrebig auf den Newport Grill zuläuft, der direkt am Wasser liegt.

Die Frauen, mit denen ich bisher aus war, haben immer erst gewartet, bis ich ihnen die Tür geöffnet habe. Aber gut. Das hier ist ja auch kein Date.

Seufzend schnalle ich mich ab und steige dann

ebenfalls aus.

***

Mir läuft das Wasser im Mund zusammen, während die Kellnerin gleich drei Teller vor mir abstellt. Auf dem einen befinden sich Pancakes mit Butter und Sirup, auf dem zweiten pochierten Eier mit Schinken auf Röstbrot, die mit Sauce Hollandaise bedeckt sind und der dritte Teller enthält Hash Browns mit Würstchen.

»Kein Käse«, sage ich, sobald die Bedienung weg ist. »Ich hätte noch was mit Käse bestellen sollen.« Dann widme ich mich den Eggs Benedict.

Haydon schweigt und ich blicke zu ihm herüber, sobald ich mir den ersten Bissen in den Mund geschoben habe.

Er schaut derart zweifelnd auf mein Frühstück, als hätte ich ein kleines Kind und keine Eier auf meinem Teller.

Ich sehe mir das Chicken-Sandwich an, mit dem er sich begnügt und sage: »Als dein Rugby-Guru von der Spitze der Nahrungskette gesprochen hat, hätte ich irgendwie mehr erwartet als zwei traurige Scheiben Toast mit Hühnchen. Hab ich mich verhört oder hast du das ohne Mayo bestellt?«

Haydon wendet seine Aufmerksamkeit seinem eigenen Teller zu und runzelt die Stirn. Er wirkt enttäuscht von seiner Mahlzeit, auch wenn er das natürlich nie zugeben würde.

»Ich muss aufpassen, was ich während der Saison esse«, sagt er so eindringlich, als wolle er sich selbst davon überzeugen. »Viele kleine Mahlzeiten über den Tag verteilt sind ideal. Viel Eiweiß, wenig Kohlenhydrate und möglichst fettarm.«

»Gott, dein Leben will ich wirklich nicht führen«, murmle ich und nehme einen weiteren Bissen.

Dieser Laden hier ist nicht gerade billig, wie ich in der Karte gesehen habe, und das merkt man dem Essen auch an. Das Brot ist knusprig, der Schinken mager, das Ei auf den Punkt und die Soße schmeckt himmlisch. Allerdings würde ich das hier auch essen, wenn das Brot labberig, der Schinken durchzogen und das Ei eine Schuhsohle wäre. Ich habe seit gestern Mittag nichts mehr gegessen und einen Bärenhunger wie schon lange nicht mehr.

»Das hat noch nie jemand zu mir gesagt«, erwidert Haydon und schneidet einen Bissen von seinem Sandwich ab.

»Wer denn auch?« Noch eine Gabel voll, dann füge ich hinzu: »Deine Freunde, die alle ganz genauso leben wie du? Die wären ziemlich blöd, wenn sie ein Leben führen, das sie gar nicht führen wollen.«

»Was studierst du?«, fragt mich Haydon und jetzt bin ich diejenige, die ihn verwundert mustert.

Das ist mal ein plötzlicher Themenwechsel.

»Modedesign«, sage ich.

Haydons Augen werden groß, dann fängt er an zu lachen.

»Was?«, frage ich irritiert.

Mit seiner Gabel deutet er auf mich. »Du siehst aus,

als hätte man Wednesday Addams durch den Fleischwolf gedreht. Nichts für ungut, aber wen willst du einkleiden? Obdachlose? Zombies? Komm schon.«

Er widmet sich wieder seinem Essen und ich sehe ihn ungläubig an.

Dann blicke ich an mir herunter.

Zu meinem Rock trage ich eines meiner Lieblingsshirts von *Bring Me The Horizon*, darüber einen dünnen, gelöcherten Strickpulli, der eine Schulter freilässt. Meine Nägel sind ... Oh, klar. Abgeblättert. Und mein Haarschnitt hat auch schon mal mehr Sinn gemacht. Aber darauf, meinen schrägen Pony nachzuschneiden, habe ich im Moment genauso wenig Lust wie darauf, meine Mähne zu glätten oder zu toupieren.

Zum Teil kann ich Haydons Kommentar also verstehen. Trotzdem. »Du kennst mich nicht gut genug, um meinen Geschmack zu beurteilen«, stelle ich fest. »Aber wo wir gerade beim Thema sind: Was studierst du? Sport?«

Er hält im Essen inne und ein Schatten huscht über seine Augen.

Also, entweder habe ich ein Talent dafür, die falschen Fragen zu stellen oder mit Haydons mentaler Stärke ist es im Moment nicht so weit her.

»Finanzmanagement«, sagt er knapp.

»Ah, ja. So wie alle zukünftigen Rugby-Stars.«

Haydon schüttelt den Kopf, spült sein dröges Sandwich mit einem Schluck Kaffee herunter und sieht mich dann mit immer noch leicht finsterem Blick an. »Kommen wir zur Sache.«

»Nichts lieber als das«, erwidere ich. »Hör zu. Ich weiß, dass das, was beim *Open and Out* passiert ist, durch die Presse gegangen ist. Und vermutlich hat es sich an der Uni herumgesprochen, dass ich dort war. Es war …«

Auf einmal wird mein Mund trocken und meine Zunge scheint förmlich an meinem Gaumen zu kleben.

Shit. Es ist doch nicht so einfach, darüber zu sprechen. Wieso habe ich auch geglaubt, dass es das plötzlich wäre?

Vielleicht, weil mich die ganze verrückte Haydon-Geschichte so gut von Keenan abgelenkt hat, dass ich für eine Weile nicht an ihn gedacht habe. Aber jetzt tue ich es. Nein, es ist nicht wirklich ein Gedanke. Es ist mehr wie ein kurzer Film.

Ich sehe ihn im Gedränge, höre, wie er meinen Namen brüllt. Er streckt die Hand nach mir aus, sein Blick verrät, dass er panische Angst hat. Um mich, nicht um sich. Menschen schieben sich zwischen uns, ich kann ihn nicht mehr sehen, muss mir den Weg freikämpfen.

Und dann entdecke ich ihn am Boden.

Ich lege die Gabel weg und atme durch.

Heul jetzt nicht los, Eve.

»Was war denn beim *Open and Out*?«, fragt Haydon von der anderen Seite des Tisches und seine Stimme klingt für einen Moment, als wäre er ganz weit weg.

Langsam blicke ich zu ihm auf, sobald ich den Sinn

seiner Worte realisiert habe. Meint er das etwa ernst?

»Das Festival. Drüben in Hamden. Das kennst du doch«, mutmaße ich.

»Keine Ahnung, vielleicht hab ich schon mal davon gehört.«

»Das gibt's doch nicht.« Kopfschüttelnd betrachte ich ihn und stelle fest, dass er tatsächlich keine Ahnung hat. Ich fasse es nicht. Wie desinteressiert am Leben anderer kann man eigentlich sein? »Du weißt wirklich nicht, wovon ich rede, oder? Ist schon klar, in deiner perfekten Hochglanz-Aufreißer-Welt gibt es sowas wie Tod und Unglück nicht, hm?«

Haydons Augen werden schmal. Wäre ich nicht so sauer, würde ich das bemerkenswert finden – er hat alles perfekt im Griff, seine Mimik, seine Haltung, seine Gestik. Nur seine Augen nicht. Die verraten immer genau, was er fühlt. Und er wird gerade wütend.

»Du bist auch ziemlich schnell mit deinen Urteilen«, wirft er mir vor.

»Nur dass deine Urteile sich auf meine Klamotten berufen und meine sich darauf, dass du offenbar der ignoranteste Mensch in ganz New Haven bist! Praktisch vor deiner Haustür sind vor gerade einmal drei Wochen sieben Menschen gestorben und du ...« Ich fasse mir an die Stirn. »Du *weißt* es nicht einmal!«

»Du kanntest jemanden davon«, mutmaßt Haydon finster. »Darum willst du dich umbringen. Glaubst du, derjenige würde wollen, dass du auch noch stirbst, hm?«

Ich lache fassungslos. »Hast du mir vorhin nicht

zugehört? Ich will mich doch überhaupt nicht umbringen! Und ich weiß auch nicht, wie du auf diese beknackte Idee kommst oder darauf, dass du das Recht hast, dich in irgendeiner Form in mein Leben einzumischen. Ich versuche gerade, meinen Alltag wieder in den Griff zu bekommen und kann mir dabei dauernd anhören, dass ich angeblich irgendwelche Todessehnsüchte habe, die ich nie hatte und auch nie haben werde! Keine Ahnung, was du damit bezweckst, Haydon, ob du dein Karma verbessern, dein Gewissen reinwaschen oder mir einfach nur auf die Nerven gehen willst, aber lass es bitte.«

»Ich wollte dir nur helfen, das ist alles«, erwidert er plötzlich kühl.

»Ach ja? Das würde mich wundern, denn Typen wie du wollen doch eigentlich immer nur sich selbst helfen!«

Haydon öffnet den Mund, doch ehe er etwas sagen kann, tritt auf einmal jemand zu uns an den Tisch.

»Danke, wir haben noch Kaffee!«, sage ich und blicke weiter Haydon an.

Er hält meinem herausfordernden Blick mühelos stand und scheint noch nach den richtigen Worten zu suchen.

Doch ehe er etwas sagen kann, unterbricht dämliches Gelächter unseren Schlagabtausch und im nächsten Moment sagt eine Stimme: »Wir sind nicht wegen Kaffee hier, Gruselmädchen, sondern wegen ihm.«

Ich blicke auf.

Nicht etwa die Kellnerin ist an unserem Tisch

aufgetaucht, sondern stattdessen zwei Frauen, von denen ich im ersten Moment denke, dass sie Zwillinge sind. Dann jedoch fallen mir die feinen Unterschiede auf. Die eine ist wasserstoffblond, die andere eher strohblond. Die eine hat künstliche Wimpern, die Wimpern der anderen sind einfach nur viel zu stark getuscht. Beide haben sich die Brüste machen lassen. Aber die Eine sieht aus, als hätte sie sich zusätzlich noch ein paar Rippen entfernen lassen, während sich die Hüften der anderen ein kleines Stück zu weit über ihre Jeans quetschen. Trotzdem sieht sie hübsch aus. Sie sind beide hübsch. Wenn man auf die 2018er-Version von Paris Hilton und Nicole Richie steht.

»Was gibt's?«, fragt Haydon und wirkt im ersten Moment nicht weniger irritiert als ich.

»Wir haben deine Videos gesehen«, sagt die rippenlose Paris. »Die waren ziemlich cool.«

»Findet ihr«, sagt Haydon.

Nicole nickt. »Nicht nur gutaussehend und begabt, sondern auch noch humorvoll und sozial engagiert. Das hat uns wirklich imponiert.«

Sozial engagiert?! Soll ich jetzt lachen, heulen oder mich darüber wundern, dass die falsche Blondine solche Fremdwörter überhaupt kennt?

»Danke«, erwidert Haydon. »Freut mich, dass es euch gefallen hat.«

Schnell sehe ich ihn an. Er hat sich zurückgelehnt und selbstzufrieden die Arme vor der Brust verschränkt. Sein Ernst? Lässt er sich von den zwei Tussis gerade wirklich beeindrucken?

»Es hat uns sogar ziemlich gefallen«, sagt Nicole und streckt ihre Brüste raus, die sowieso stehen wie eine Eins. »Wir werden uns auf jeden Fall dein nächstes Spiel ansehen. Vielleicht können wir uns danach ja mal ... unterhalten.«

»Wir arbeiten für die Uni-Zeitschrift«, fügt Paris hinzu, »und wir würden unseren derzeit vielversprechendsten Sportler gern mal vorstellen. Da wäre es hilfreich, wenn wir uns vorher ganz privat kennenlernen könnten.«

»Privat klingt gut«, sagt Haydon mit einem gewinnenden Lächeln und ich kann es langsam wirklich nicht mehr glauben. Da kann er sich genausogut mit zwei Gummipuppen unterhalten!

»Vielleicht ja jetzt gleich«, sagt Paris und wirft mir einen Seitenblick zu. »Deine Komparsin brauchen wir dafür allerdings nicht. Ist das Frühstück deine Bezahlung, Kleine?«

Das reicht mir jetzt. Ich lege meine Gabel weg und stehe auf. »Weißt du, ich erwarte nicht für alles im Leben eine Bezahlung«, sage ich. »Aber ich wette, du schon.« Damit wende ich mich an Haydon. »Pass auf, dass du dir bei den beiden keine Chlamydien holst, Haydon. Aber wenn du auf jede billige Anmache so anspringst, hast du vermutlich eh schon welche.« Damit schnappe ich mir meine Tasche. »Wenn ihr entschuldigt. Das Gruselmädchen geht jetzt.«

Ich schiebe mich aus meiner Bank und sehe, wie

Haydon ebenfalls aufsteht. »Eve! Wie willst du denn zurück zum Campus kommen?«

Im Gehen drehe ich mich nochmal zu ihm um. »Ich hab es dir schon einmal gesagt: Ich brauche deine Hilfe nicht, Haydon.«

Damit wende ich mich endgültig der Tür zu.

»Lass sie doch. Wir drei können uns viel besser allein amüsieren«, höre ich eine der Blondinen noch sagen.

Oh ja, da bin ich mir sicher.

Ich verlasse das Restaurant und bin froh, damit auch Haydons Welt wieder verlassen zu haben.

Doch gleichzeitig spüre ich, dass wir zwei noch nicht fertig miteinander sind.

***

Kapitel 5

Everley

In Yale gibt es Sommerkurse, die man besucht, weil man entweder Langeweile hat oder mit dem Stoff hinterher hängt. Bei mir ist der Grund ein ganz anderer: Ich bin im Modedesignkurs meines Profs, weil ich die neu entstandene Leere füllen will.

Normalerweise habe ich die Ferien nie auf dem Campus verbracht. Doch dieses Jahr ist eben alles anders und dieser Teil hier gefällt mir definitiv besser als mein morgendlicher Ausflug mit Haydon Rhodes. Oder zumindest als dessen Ende.

Was er wohl treibt? Ob er und seine blonden Fans sich zu dritt vergnügen?

Das sollte mir total egal sein.

Ich konzentriere mich wieder auf den Kurs.

Die Designseminare finden nicht in einem Hörsaal, sondern in kleineren Handwerksräumen im Untergeschoss statt. Jeder hat dort eine kleine Ecke für sich. Meine befindet sich in der Nähe des Fensters. Ich lasse mich von den Sonnenstrahlen kitzeln und schalte ab, während mein Prof über moderne Schnittmuster spricht. Ich steh weder auf die A-Linie noch auf Oversize-Hosen, die einen aussehen lassen, als wäre man auf Stelzen unterwegs.

Die anderen – bis auf einen jungen Mann alles Studentinnen –, hören zu und notieren sich irgendwelche Begriffserklärungen, die sie auch genauso gut googlen könnten.

Wie gesagt, ich bin nicht hier, um irgendwas aufzuholen. Zumindest nicht theoretisch. Ich habe die Techniken drauf, ich weiß, was aktuell angesagt ist und was im nächsten Jahr angesagt sein könnte. Allerdings weigert sich etwas in mir, Entwürfe zu zeichnen, die in diese Richtung gehen.

Ich liebe dunkle Klamotten, alles, was irgendwie anders ist und Aufsehen erregt. Düster, rockig und exzentrisch darf es sein. Und so sehen auch meine Klamottenentwürfe aus.

Vor mir auf dem Tisch liegt die Zeichnung eines Korsagenkleides in Bordeauxrot mit dunklen Metallapplikationen. Es gefällt mir schon recht gut, doch irgendwie fehlt dem Ganzen der letzte Schliff. Das Besondere.

Ich blättere weiter zu den Zeichnungen mit der Herrenmode, die wir heute zum Beginn des Kurses gemacht haben.

Ein Brokatmantel, ein schwarzer Anzug, weißes Hemd. Austauschbar. Langweilig. Noch nicht einmal sonderlich gut gezeichnet.

Das einzig Gute an dem Entwurf ist das Gesicht meines Models. Auch wenn ich gar nicht bewusst mitbekommen habe, dass ich ihm eins gegeben habe. Ich schiebe das Bild herüber ins Sonnenlicht und stöhne innerlich auf, als ich erkenne, wessen Züge ich meiner Skizze verpasst habe. Stahlblaue Augen, dichtes dunkles

Haar, dieser störrische Zug um den Mund … Haydon Rhodes.

Ich klappe den Skizzenblock schnell und etwas zu heftig wieder zu. Scheiße, warum beschäftigt mich dieser Typ? Jetzt schleicht er sich schon in meine Klamottenentwürfe. Dabei ist er viel zu muskulös für ein Laufstegmodel. Sein Gesicht allerdings passt ziemlich gut zu meinen Entwürfen.

Ich öffne den Block und sehe mir das Ganze nochmal an. Der Gegensatz gefällt mir. Meine Klamotten lassen ihn weniger smart, weniger makellos aussehen. Sie lassen die Maske des perfekten Yale-Studenten bröckeln. Wenn er sein Bulldogs-Trikot trägt, gibt es nichts, an dem man hängen bleibt. Er passt einfach ideal zu den anderen Yale-Athleten. Dieser gesichtslosen Masse aus reichen Söhnchen und Töchterchen, die sich an der Uni eine gute Zeit machen, auch wenn sie es gar nicht nötig hätten, hier zu sein. Ihre Jobs in den Führungsetagen sind ihnen bereits seit der Grundschule sicher.

Und Haydon ist einer von ihnen.

Reich, gutaussehend, arrogant und innerlich doch voller Selbstzweifel.

Zumindest kommt es mir so vor.

Meine Gedanken schweifen ab zu unserem Frühstück heute Morgen. Alleine sein Vorschlag, den Campus zu verlassen, zeigte doch schon, dass er sich viel zu viele Sorgen darüber macht, was andere von ihm denken könnten. Ich frage mich, ob Menschen wie er das in die Wiege gelegt bekommen. Ob sie ein Radar dafür entwickeln, welche Leute sie meiden sollten und in wessen Gesellschaft sie sich zeigen sollten. Oder wird ihnen sowas antrainiert?

Ich weiß nur eins: Dass ich gerne schwarze Klamotten trage und Rockmusik höre, hat mir in seiner Welt bereits einen Stempel aufgedrückt.

F-R-E-A-K.

Für ihn und seine Freunde bin ich ein Freak, weil ich nicht genau so angepasst bin wie sie. Und trotzdem glaube ich irgendwie, dass Haydon anders ist als die Leute, mit denen er sich umgibt. Nicht von seinem Verhalten her, oh nein. Das passt genau zu dem Kerl, den er darzustellen versucht.

Aber da sind diese kurzen Momente, in denen er seine Maske fallenlässt, vermutlich ohne es selbst zu merken. Er wirkt, als würde er vor sich selbst etwas verbergen und das macht mich neugierig. Hinter seiner Arschloch-Fassade steckt mehr, das spüre ich.

Da ich aber nicht vorhabe, persönlich herauszufinden, was er verbirgt, ziehe ich Google zurate. Wer weiß, was das Netz so alles über ihn bereit hält. Ich lege mein Smartphone auf den Tisch und gebe »Haydon Rhodes« in die Suchmaschine ein.

Als allererster Link erscheint die Webseite der Yale Bulldogs. Natürlich. Alles, was Haydon nach außen darstellen will, ist der perfekte Athlet. Dafür sprechen auch die nächsten Links: Berichte über Siege des Rugby-Teams, Bestenlisten, all sowas.

Ein Facebook-Profil finde ich nicht. Haydon Rhodes

beim Trinken aus einer Bierbong würde die Oberklasse vermutlich nicht sehr begeistern.

Ich klicke auf die Fotos und entdecke eine Menge Bilder, die Haydon beim Rugby zeigen. Aufgrund der fehlenden Schutzkleidung kann ich auf den meisten dieser Fotos sein Gesicht sehen. Mir fällt auf, dass er auch beim Spielen nicht sein perfektes, gleichgültiges Elitestudenten-Lächeln aufsetzt. Seine Züge sind hart, eine Maske aus Entschlossenheit. Auf jedem dieser Bilder erkenne ich, wie sehr er siegen will. Eins zeigt ihn mit einer großen Platzwunde an der Stirn, sein Gesicht ist blutüberströmt und sein Blick brennt so leidenschaftlich, wie ich es bei ihm gar nicht für möglich gehalten hätte.

Wie kann jemand, der so kühl und kontrolliert wirkt, für etwas so viel Begeisterung entwickeln? Dieser Typ ist mir ein Rätsel.

Neben mir räuspert sich jemand und ich fahre erschrocken zusammen. Für einen Moment befürchte ich, dass Haydon an meinem Tisch stehen und mich bei meiner virtuellen Stalking-Aktion erwischt haben könnte. Doch als ich aufsehe, blicke ich direkt in das Gesicht meines Dozenten. Shit. Ich war so vertieft in Haydons Leben, dass ich nicht mitbekommen habe, dass der Kurs zu Ende gegangen ist. Um mich herum packen bereits alle zusammen.

Ich will etwas zu meiner Verteidigung sagen, aber mir fällt nichts ein. Also sehe ich meinem Prof nur fest ins Gesicht.

Er erwidert meinen Blick einen Moment, dann zieht er meinen Skizzenblock zu sich herüber und klappt ihn auf. Er blättert durch meine Entwürfe und eine steile Falte bildet sich zwischen seinen Brauen. Ich kann nur hoffen, dass er Haydon nicht erkennt, denn das wäre mir ganz schön peinlich.

Ich beobachte meinen Dozenten dabei, wie sein Blick immer skeptischer wird, dann legt er den Block vor mir ab und lehnt sich mit verschränkten Armen an den Tisch mir gegenüber.

»Everley, ich will ehrlich zu dir sein.«

Ich nicke. »Klar, immer raus damit.« Ich weiß selber, dass die Zeichnungen, die ich im Kurs zustande bringe, nicht perfekt sind.

»Deine Zeichnungen ...« Er zuckt hilflos mit den Schultern, als würde er nach den richtigen Worten suchen. »Mode, weißt du, bedeutet nicht das da.« Er tippt auf meinen Block. »Was du zeichnest ist schön und kreativ, aber gleichzeitig ist es auch alt und ausgelutscht. Grunge, Steampunk, Gothic ... All das gibt es bereits. Was wir hier schaffen wollen, sind Innovationen. Wir kreieren neuartige Dinge, um uns von der Masse abzuheben.«

In Form von A-Linien-Röcken und Oversize-Pullis, schon klar. Sehr innovativ. Aber im Prinzip weiß ich schon, was er meint. Ich sehe ja selber, dass meinen Entwürfen das gewisse Etwas fehlt.

»Verstehe«, murmle ich und will zusammenpacken, aber mein Prof legt die Hand auf meinen Skizzenblock und hindert mich so daran.

»Everley, kannst du mir erklären, was dein Problem ist?«

»Ähm …« Ich überlege kurz, dann nicke ich. »Ich denke schon. In meinem Zimmer habe ich einige Entwürfe, die ich persönlich ganz gut finde. Ich würde sie schon als neuartig bezeichnen, aber sie passen nicht hierher. Was wir hier lernen und das, was ich im Kopf habe, passt einfach nicht zusammen. Ich glaube, deswegen tue ich mich ein bisschen schwer.«

Das Gesicht meines Dozenten hellt sich auf und er gibt endlich meinen Skizzenblock frei. »Zeig mir diese Entwürfe doch mal.«

»Klar. Gerne. Ich kann sie beim nächsten Mal mitbringen.«

»Toll.« Mein Prof lächelt, dann wünscht er mir noch einen schönen Tag und lässt mich gehen.

Auf dem Weg über den Campus zu meinem Zimmer überlege ich mir, welche Zeichnungen ich ihm zeigen könnte. Die an meinen Wänden auf keinen Fall. Sie sind alle im Unterricht entstanden und haben genauso wenig Persönlichkeit, wie das, was ich heute im Kurs zu Papier gebracht habe. Ich habe unter meinem Bett allerdings eine Mappe mit Klamottenentwürfen, die ich zu Hause angefertigt habe. Bevor Keenan …

Ich verbiete mir den Gedanken an meinen Bruder. So verfahre ich seit neuestem immer. Schöne Gedanken an ihn lasse ich zu, alles Traurige schiebe ich beiseite.

Als ich mich dem Wohnheim nähere, bin ich beinahe

enttäuscht, dass Haydon nicht mehr davor herumsteht. Aber warum sollte er auch? Wir sind vorhin nicht gerade in Freundschaft auseinandergegangen.

Trotzdem muss ich zugeben, dass mich etwas an ihm neugierig macht. Wahrscheinlich ist es die Tatsache, dass er nicht so zu sein scheint, wie er nach außen tut. Hinter seiner oberflächlichen Mr-Perfect-Fassade steckt noch mehr.

Ich kann ihm seine arrogante Art nicht einmal richtig übelnehmen, weil ich ihm seine Sprüche einfach nicht glaube. Genauso wenig wie seine Besorgnis aufgrund irgendwelcher Gerüchte. Es steckt mehr dahinter. Aber was?

Ich betrete das Gebäude und kühle, staubig riechende Luft schlägt mir entgegen. Ich bin froh über die Abkühlung, denn draußen ist es unerträglich heiß. Ich gehe den Gang entlang und zerbreche mir weiter den Kopf über meine angeblichen Selbstmordabsichten, als ich sehe, dass meine Tür einen Spalt breit offen steht.

Entweder ist meine Mitbewohnerin doch schon zurück oder Haydon übertreibt es jetzt völlig.

Ich packe meinen Block fester, bereit, ihn einem möglichen Einbrecher über den Schädel zu ziehen und stoße die Tür auf.

Doch statt auf Haydon, Mia oder jemand anderen zu treffen, erwartet mich nur ein grenzenloses Chaos. Meine Klamotten sind durch den ganzen Raum verteilt, Poster sind von den Wänden gerissen und was das Schlimmste ist: Alle meine Skizzen liegen zerrissen auf dem Boden.

»Ach du Scheiße«, höre ich mich selbst, dann lasse ich den Block fallen und hocke mich hin, um den Schaden zu inspizieren.

Die ersten zwei, drei Schnipsel zeigen die alten Zeichnungen aus dem Unterricht und ich will gerade erleichtert aufatmen. Doch dann erkenne ich darunter auch meine neusten Entwürfe. Wer auch immer das hier getan hat, hat ganze Arbeit geleistet. Und dann entdecke ich auch schon die Mappe, die sich eigentlich unter meinem Bett befinden sollte: Sie liegt inmitten des ganzen Chaos, ist ebenfalls zerfetzt und alles, was sich darin befunden hat, ist nicht mehr zu gebrauchen.

Ich kann es kaum glauben.

Wochenlange Arbeit – einfach zerstört.

Ich schlage die Hände vors Gesicht und versuche nicht zu verzweifeln. Ich zwinge mich, ruhig zu atmen.

»Das kommt davon, wenn man sich an meinen Freund ranmacht«, sagt plötzlich eine Stimme hinter mir und ich fahre herum.

In der Tür steht eine Blondine, wie es sie in Yale zuhauf gibt. Ihr Rock und die roséfarbene Bluse sehen teuer aus, ihre langen Haare sind top gestylt und ihrem perfekt geschminkten Gesicht sieht man schon an, dass sie außer ein paar Gemeinheiten nicht viel zu bieten hat.

Soweit ich weiß, ist das Beatriz Asher, die Exfreundin von Haydon.

Ich stehe auf und blicke ihr entgegen. »Exfreund. Aber ich erwarte nicht, dass du den Unterschied kennst.«

Auch wenn ich nicht näher mit Haydon und seinen Leuten zu tun habe, hat es sich trotzdem wie ein Lauffeuer verbreitet, dass er und Beatriz Schluss gemacht haben. Eine Tatsache, welche die beide Blondinen vorhin wohl direkt für sich nutzen wollten.

Zuerst bin ich versucht, ihr von den beiden zu erzählen, dann lasse ich es jedoch. Was bringt das schon, wenn sie deren Zimmer auch noch verwüsten geht?

»Wenn du so etwas noch mal machst, dann ...«, sagt Beatriz, lässt den Rest des Satzes jedoch offen.

»Ja? Ich höre. Was dann? Zerreißt du die Entwürfe dann in noch kleinere Stücke?« Ich hebe eine in der Mitte durchgerissene Zeichnung auf und halte sie ihr hin. »Nur zu. Reagier dich ab.«

Beatriz fegt meine Hand mit dem Entwurf weg und er segelt zu Boden. »Du wirst schon sehen, was ich dann mache!«

»Auf leere Drohungen stehe ich ganz besonders.« Ich sehe sie auffordernd an. »Ist noch was? Möchtest du dich vielleicht noch an meiner Bettdecke auslassen oder gehst du jetzt?«

Ich spüre, dass ich Beatriz den Wind aus den Segeln genommen habe. Wahrscheinlich fällt ihr gerade selber auf, wie armselig diese Aktion von ihr war. Und wie wenig sie ihr Haydon zurückbringen wird.

»Bitte.« Ich deute auf mein Bett, um noch eins draufzusetzen. »Du kannst richtig die Krallen ausfahren, wenn es dir dann besser geht. Aber ich bezweifle, dass es irgendetwas ändern wird.«

Beatriz' Blick wird noch eine Spur fassungsloser. »Du wirst es mir noch büßen, wenn du deine Finger nicht von Haydon lässt!«, faucht sie. Dann macht sie auf dem Absatz kehrt und ich schließe die Tür hinter ihr.

Was für ein Abgang.

Während ich die Entwurf-Schnipsel aufhebe, fällt mir auf, dass ich Beatriz eigentlich dankbar sein sollte. Ich wollte neu anfangen. Dazu gehört es auch, mir vollkommen neue Schnitte und Designs zu überlegen.

Das ist die Chance. Denn ohne sie hätte ich mich niemals von meinen früheren Ideen getrennt.

Ich werfe die Papierreste in den Müll, ohne nochmal einen Blick darauf zu werfen.

Dann lege ich mich aufs Bett und, sehe an die Decke. Wollen wir doch mal sehen, welche Ideen mir so in den Sinn kommen ...

***

Ich liege wach, lausche auf Lindseys und Cynthias Atemzüge und warte darauf, dass sie einschlafen. Ihre Körper kleben an mir. Es ist warm und stickig im Schlafzimmer und ich würde am liebsten sofort aufstehen. Doch ich fürchte, dass ich sie damit aus dem Halbschlaf reißen würde.

Am besten sollte ich liegenbleiben und einfach ebenfalls schlafen. Doch das Problem ist: Ich traue mich nicht. Ich weiß selbst, wie dämlich das ist. Ich bin ein erwachsener Mann, ein Rugbyspieler von fast 1,90m Körpergröße, der sich in der echten Welt vor nichts und niemandem fürchtet. Aber die Dinge in meinem Kopf habe ich nicht im Griff. Darum muss ich aufstehen, aber ohne dass die beiden Blondinen wach werden und mir auf die Nerven gehen.

Nach guten zehn Minuten sind ihre Atemzüge so gleichmäßig, dass ich es wagen kann. Ich löse zuerst Lindseys Arm von mir, der über meiner Brust liegt, dann Cynthias Hand von meinem Oberschenkel. Vorsichtig rutsche ich zwischen den beiden herunter zum Fußende und sehe mich noch einmal nach ihnen um. Sie sind beide nackt und keine von ihnen ist zugedeckt. Ihre Körper sind makellos gebräunt, ihre Brüste perfekt operiert.

Es kommt mir vor, als hätte ich sie bereits unzählige Male in meinem Bett gehabt.

Leise stehe ich auf, steige über unsere Klamotten

hinweg und gehe hinaus in den Flur. Die Tür lehne ich hinter mir an, dann atme ich auf.

Nach dem Frühstück mit Eve bin ich die beiden Blondinen erstmal losgeworden. Bis zum Training. Sie haben auf der Tribüne gestanden und mich in ihren knappen Klamotten angefeuert. Nach dem Spiel haben sie darauf bestanden, mit zu mir zu fahren. Auf die Schnelle ist mir keine Ausrede eingefallen und spätestens, als Zane blöde Witze darüber gemacht hat, dass ich immer noch Beatriz hinterher trauern würde, habe ich sie in mein Auto eingeladen und mit nach Hause genommen.

Der Sex mit den beiden war ausgiebig und unbefriedigend.

Jetzt fühle ich mich wie gerädert und will eigentlich nur noch schlafen. Die letzten Tage waren einfach die Hölle und ich sehne mich nach ein paar Stunden traumlosem Schlaf.

Wer weiß, möglicherweise habe ich Glück und bin zu erschöpft, um zu träumen. Vielleicht sollte ich es versuchen. Aber nicht hier. Sollte ich wieder nassgeschwitzt und atemlos aufschrecken, will ich allein sein.

Ich wechsle in eines der anderen Schlafzimmer, schließe die Tür hinter mir ab und reiße die Fenster auf. Frische Luft weht herein. Ich lasse mich aufs Bett fallen und blicke nach draußen in den vom Mond erhellten Himmel. Der Wind fährt über meine aufgeheizte Haut und ich merke, wie ich schläfrig werde. Ich sehe weiter in den Nachthimmel, an dem ich immer mehr Sterne erkennen kann. Und dann sehe ich noch etwas. Ein Feuerwerk. Rot, weiß und blau explodieren die Raketen in der Dunkelheit. Sie spiegeln sich auf dem Wasser und in Everleys Pupillen. Einen Moment lang bin ich vollkommen fasziniert von dem Farbenspiel in ihren Augen. Dann geht ein Ruck durch ihren Körper und -

Ich wache auf, ringe nach Luft.

Schwer atmend sitze ich im Bett und starre zum Fenster herüber. Der Stand des Mondes verrät mir, dass nicht viel Zeit vergangen ist. Hastig suche ich den Himmel nach Feuerwerkskörpern ab, aber außer dem Vollmond und den Sternen ist nichts zu sehen.

Ich bin eingeschlafen. Und ich habe geträumt. Wieder einmal.

Für einen kurzen Augenblick bin ich weggedämmert und schon ist dieser verdammte Traum zurückgekehrt. Mein Puls rast, ich fühle mich so machtlos wie noch nie.

Ich bin total müde und gleichzeitig so vollgepumpt mit Adrenalin, dass meine Hände zittern. Ich weiß nicht, wie ich die nächsten Tage, das Training und das Zusammentreffen mit meinem Vater überstehen soll, wenn ich mir vorkomme wie eine lebende Leiche.

Diese Scheiße muss ein Ende haben, aber ich weiß beim besten Willen nicht, wie.

Eve lässt mich nicht an sich heran, behauptet, sie würde keine Selbstmordgedanken hegen. Dabei sehe ich es doch Nacht für Nacht deutlich vor mir. Und es fühlt sich tatsächlich exakt an wie damals.

Damals, als ich sechs Jahre alt war und vom Tod meiner Mutter träumte.

Ich saß auf der Rückbank ihres Autos. Es war November, manche der Gärten in Cumberland Hill, wo ich zur Schule ging, waren schon weihnachtlich geschmückt. Ich bewunderte die Lichter. Wie sie näherkamen und sich wieder entfernten, weil Mom Schlangenlinien fuhr.

Ich sah zu ihr nach vorn. Sie hatte eine Wasserflasche dabei, so wie meistens. Aber in Wahrheit war das Wasser in ihrer Flasche mit Wodka versetzt.

Sie hatte Probleme, seit ich denken konnte. Ich war zu jung, um zu verstehen, worum es ging, wenn sie und Dad stritten, doch er warf ihr immer wieder vor, dass sie verrückt war. Dass sie Wahnvorstellungen hatte.

An diesem Tag mussten sie ebenfalls gestritten haben. Sie sprach nicht, trank nur alle paar Minuten einen schnellen, aggressiven Schluck aus ihrer Flasche.

Wir bogen auf den Highway ein. Sie wurde schneller und geriet immer mehr ins Schlingern.

Ich musste mich am Türgriff festhalten und fing an zu befürchten, dass etwas passieren könnte, wenn sie weiterfuhr. Ich beugte mich nach vorn, um ihr zu sagen, dass sie anhalten soll ...

Und noch ehe ich zu sprechen begonnen hatte, kam der Knall.

Es war kein Baum oder Brückenpfeiler, nichts, das man von weitem gesehen hätte. Es war ein Vogel, der mit voller Wucht gegen unsere Scheibe knallte. Seine

Federn stoben in alle Richtungen.

Mom riss das Lenkrad herum. Der Wagen schleuderte, drehte sich. Dann erst war ein Baum im Weg. Wir prallten hart dagegen. Überschlugen uns. Mehrfach.

In diesem Moment wachte ich auf.

Es war der erste und bis vor kurzem auch der einzige Traum dieser Art, den ich je hatte. Instinktiv wusste ich damals, dass es mehr als nur ein Traum war. Es fühlte sich so echt an, so plastisch. Ich ahnte auch, dass sie den Unfall nicht überleben würde. Genau, wie Eve ihren Sturz in den Fluss nicht überleben wird, wenn sie erst springt.

Aber sie sagt, dass sie gar nicht vorhat zu springen.

Auf einmal kommt mir ein Gedanke in den Sinn, den ich vorher noch nicht hatte. Vielleicht plant Eve aktuell wirklich nicht, sich das Leben zu nehmen. Möglicherweise kommt ihr diese Idee erst später, ganz spontan.

Wenn sie wirklich so traurig ist, wie sie es zweifellos sein muss, um sich umzubringen, wird sie nur eines daran hindern können – sie von ihrer Traurigkeit abzulenken.

Ich stehe auf und trete leise in den Korridor. Lindsey und ... keine Ahnung mehr, wie die andere Blondine heißt, scheinen noch zu schlafen.

Gott, ich wünschte, sie würden sich noch vor morgen früh aus meinem Haus schleichen. Ich habe keine Lust, mit Barbie und Barbies Zwilling zu frühstücken und sie beide wieder mit zum Campus nehmen will ich erst recht nicht.

Ich betrete mein Arbeitszimmer und fahre den Laptop hoch. Morgen findet am Strand eine Beach-Party statt. Selbst wenn Everley mehr auf die Berge steht, kann sie dazu sicher nicht nein sagen.

Zuerst will ich ihre Mailadresse aus dem Uniregister heraussuchen, dann entschließe ich mich, es eine Spur persönlicher zu machen. Ich logge mich in meinem Facebook-Account ein, den ich unter dem Namen Hayds R. betreibe und von dem eigentlich niemand etwas weiß. Die meisten Einstellungen sind privat, mein Foto zeigt eine Aufnahme vom Meer und ich habe nur wenige Freunde, die allesamt aus einer anderen Zeit stammen. Von den Yalies kennt niemand dieses Profil und das fühlt sich gut an. Als würde es einen Teil von mir geben, den ich noch nicht an die Uni und meine Karriere verkauft habe.

Ich gebe ‚Everley' in die Suchleiste ein, aber entgegen meinen Erwartungen gibt es einige Mädchen, die unter diesem ungewöhnlichen Namen angemeldet sind.

Also muss doch das Uniregister herhalten. Ich öffne es und werde nach kurzem Suchen fündig. Everley May Welldon.

»Everley May Welldon«, flüstere ich ihren Namen und der Klang gefällt mir. »Everley May ...«

Oh Mann. Der Schlafmangel und der Vollmond vernebeln mir bereits das Gehirn.

Ich tippe ihren Namen bei Facebook ein und bin

verwundert, dass ich sie darunter finde. Ohne einen komischen Zusatz à la Black Beauty oder wie sich diese Gothic-Freaks gerne nennen.

Auch ihr Foto ist weit weniger düster, als ich es erwartet hätte. Es zeigt ihr Gesicht in Großaufnahme. Ihre grünen Augen leuchten im Sonnenlicht, ihre Wangen sind gerötet. Hinter ihr erkenne ich Bäume und einen kleinen Wasserfall. Sie steht irgendwo in der freien Natur und wirkt vollkommen glücklich auf mich.

Ich rufe ein paar weitere Bilder auf. Es sind nicht viele, aber sie erstaunen mich alle. Auf keinem davon opfert Eve irgendwelche Tiere, schändet Gräber oder liegt in Särgen. Die Aufnahmen zeigen sie bei irgendwelchen Extremsportarten in der Wildnis.

Canyoning, Klettern, Rafting ... Auf manchen Fotos steht sie am Rand von irgendwelchen Klippen, taucht in Höhlen herum oder fliegt an meterlangen Seilbahnen durch die Luft.

So viel Power und Abenteuerlust hätte ich ihr gar nicht zugetraut. Es rückt sie in ein vollkommen anderes Licht. Es gefällt mir, sie so zu sehen.

Sie wirkt so frei.

Ich suche nach weiteren Infos über sie, aber der Rest ihres Profils ist ziemlich leer, bis mir klar wird, das mich das auch nicht zu interessieren braucht. Ich will sie nicht wirklich kennenlernen, sondern nur von einer Dummheit abhalten, um endlich wieder beruhigt schlafen zu können.

Entschlossen öffne ich die Nachrichtenfunktion und

tippe:

Hey Eve, hier ist Haydon Rhodes. Du hast gesagt, du willst deinen Alltag wieder in den Griff kriegen. Und was gehört mehr zum Studentenalltag als Partys? Morgen Abend

Ich werfe einen Blick auf die Uhr. Es ist bereits weit nach Mitternacht, also lösche ich die letzten zwei Worte wieder und beginne neu.

Unten am Strand, im Gold 33, findet heute Abend nach dem Spiel eine Beach-Party statt. Komm vorbei, okay? Oder sag Bescheid, dann hole ich dich ab. Haydon

Bevor ich die Nachricht abschicken kann, überlege ich, was ich den anderen sagen soll, wenn sie tatsächlich auftaucht. Ich beschließe, dass es mir egal sein kann, schließlich bin ich derjenige, der von diesen Träumen geplagt wird und nicht sie.

Ich sende die Nachricht, fahre den Laptop herunter und fühle mich gleich etwas besser.

Mit einem guten Gefühl lege ich mich ins Bett und schlafe tief und traumlos ein.

***

Haydon

Rugby-Training in der Mittagssonne ist die Königsdisziplin. Uns allen rinnt bereits nach dem Aufwärmen der Schweiß in Strömen herunter, doch ich fühle mich gut. Der Schlaf hat dafür gesorgt, dass ich meine Reserven aufladen konnte. Auch die beiden Blondinen waren heute Morgen nicht mehr da, was meine Laune zusätzlich verbessert hat.

Und als hätte das Schicksal beschlossen, die Strapazen der letzten Tage wieder auszumerzen, kommt auch noch Coach Porter zu mir und nimmt mich beiseite.

»Rhodes«, sagt er förmlich und ich straffe die Schultern.

»Ja, Coach?«

»Du weißt sicher, dass du unser fähigster Spieler bist.«

Ich nicke. Natürlich weiß ich das. Ich habe hart dafür gearbeitet.

»Und du weißt auch, dass bei uns Fleiß, Disziplin und Ehrgeiz honoriert werden.«

Mein Herz beginnt ein bisschen schneller zu schlagen. Ich hoffe, er sagt das, worauf ich hoffe.

»Ja, Coach.«

»Dein Talent hat sich herumgesprochen. Samuel Saunders wird zum nächsten Spiel kommen, ein Vertreter der NRL und Talentscout bei den CT Rebels. Er will dich ein bisschen unter die Lupe nehmen. Du weißt, was es bedeutet, wenn ihm gefällt, was er sieht?«

Oh, verflucht, ja. Natürlich weiß ich das. Die National Rugby League ist es, worauf ich seit Jahren hinarbeite. Und die CT Rebels sind das größte Rugby-Team der Ostküste!

Ich nicke hastig. »Ja, Coach. Ich werde weder Sie noch die NRL enttäuschen.«

Mein Trainer wirkt zufrieden und haut mir auf die Schulter. »In zehn Minuten geht es weiter.«

Damit lässt er mich stehen.

Ich sehe, dass die anderen Jungs zu mir rüberschauen. Sie tuscheln miteinander. Auch Zane und Cannon werfen mir fragende Blicke zu, aber ich kann gerade nichts sagen. Wie in Trance gehe ich zu meiner Trainingstasche, die am Rand des Feldes steht und krame mein Handy daraus hervor. Die NRL. Wenn sie mich aufnehmen, dann war es das endgültig mit der Finanzmanagement-Karriere.

Meine Hände zittern und ich spüre, dass ich anfange zu grinsen wie ein Idiot. Ich kann es kaum glauben. Ich tippe eine Nachricht an meinen Vater. Er hat den Sport nie sonderlich ernst genommen, aber jetzt wird er sehen, wie ernst die Sache wirklich ist.

Hey Dad. Jemand von der NRL (National Rugby League) kommt zum nächsten Match, um mich spielen zu sehen. Drück mir die Daumen! Grüße, Haydon

Ich verschicke die Nachricht und bin gespannt, was er dazu sagt.

»Hey Rhodes, leg das Handy weg! Es geht weiter!«, ruft der Coach.

Ich nicke, sehe jedoch im selben Moment, wie hinter meiner Nachricht zwei blaue Häkchen auftauchen. Dann verrät mir der Messenger, dass mein Vater bereits dabei ist, zurückzuschreiben. Das wundert mich. Normalerweise dauert es bei ihm Stunden, bis man eine Antwort bekommt. Er handelt mit Edel-Immobilien und ist ständig beschäftigt oder hält sich gerade in einem Land auf, in dem es mitten in der Nacht ist, wenn ich ihm schreibe. Jetzt jedoch erscheint seine Antwort schnell:

Gut, dass du dich meldest. Vergiss bitte nicht, dass wir am Montag wegen dem Haus kommen. Hast du schon Bewerbungen rausgeschickt? Sobald ein Job in NYC in Sicht ist, suche ich dort nach der passenden Immobilie. Gruß, Dad

Stirnrunzelnd lese ich seine Nachricht gleich zweimal. Das ist alles, was er dazu zu sagen hat?

»Rhodes, na los jetzt! Alle warten nur auf dich!«

Ich zögere, dann feuere ich das Handy zu meinen Sachen und trabe zurück aufs Feld.

»Kommt schon, wir trainieren die Tackles! Rhodes, Perry, Falkner …«

Der Coach ruft unsere Namen auf und zeigt uns die Aufstellung. Wir müssen uns in Dreierreihen gegenüberstellen, immer zwei von uns hintereinander.

Aufs Kommando hin gehen die zwei vorderen in den Tackle, wechseln die Seite und stellen sich hinten wieder an.

Ich stelle mich gleich vorne auf, um einer der Ersten zu sein, die drankommen. Mein Gegner ist Holt Perry, einer der größten und kräftigsten Typen im Team. Die Münze entscheidet, dass er den Ball bekommt, was mir nur recht ist. Natürlich ist es mir im Spiel am liebsten, wenn meine Mannschaft im Ballbesitz ist. Dennoch gibt es nichts Befriedigenderes, als zu sehen, wie ein Gegner ihn verliert, nachdem man ihn im Tackling besiegt hat.

»Fertig?!«, ruft der Coach.

Perry nickt.

Ich reagiere nicht, starre ihn nur an. Aber Coach Porter kennt mich gut genug, um zu wissen, wenn ich so weit bin.

Er gibt das Signal mit seiner Trillerpfeife, dann stürmen Perry und ich los. Er will an mir vorbei, aber das werde ich nicht zulassen. Ich sehe, wie er nach rechts ausweicht, mache einen Satz nach links und werfe mich gegen ihn, nach vorn gebeugt, sodass ich mit der Schulter seine Seite ramme.

Damit hat er nicht gerechnet. Er fliegt aus der Bahn, wir heben beide kurz ab und landen auf dem Rasen.

Perry dreht sich reflexartig auf die Seite und versucht, den Ball mit seinem Körper zu schützen, doch ich packe seinen Arm, drehe ihn auf seinem Rücken und greife nach dem Ball, während ich wie durch Watte meinen Namen höre.

Perry ruft auch irgendwas und versucht, sich zu befreien, aber ich halte ihn mit meinem Gewicht am Boden und habe seinen Arm so weit verdreht, dass er ihn sich ausrenken wird, wenn er weiter so herumzappelt. Das scheint ihm klarzuwerden, denn er lässt den Ball los und ich lockere meinen Griff, um ihn mir zu schnappen …

Doch in dem Moment werde ich an der Schulter zurückgerissen.

Ich hole aus, ramme dem Gegner hinter mir meinen Ellbogen in die Rippen. Eine leise Stimme in meinem Kopf sagt, dass das, was ich hier gerade tue, gegen die Regeln ist, aber ich höre ihr nicht zu. Erst recht nicht, als der Idiot hinter mir nicht lockerlässt. Er versucht, mich zu umklammern, doch ich fahre herum, reiße die Faust hoch –

Und dann trifft mich etwas hart an der Seite, ich falle, jemand wirft sich über mich und nagelt meine Arme auf dem Rasen fest. Ich erkenne, dass es Cannon ist.

»Woh, Kumpel!«, entfährt es ihm. »Ganz ruhig, okay?«

Schwer atmend sehe ich zu ihm auf. Was soll das? Was hat er auf einmal hier zu suchen? Perry ist mein Trainingspartner.

Ich sehe mich nach ihm um und erkenne, dass er gerade zum Spielfeldrand geführt wird. Er hält sich den Arm fest, als hätte ich ihn ernsthaft verletzt.

Verdammtes Weichei.

»Was ist denn?«, frage ich atemlos und versuche mich

aufzusetzen, aber Cannon macht keine Anstalten, von mir runterzugehen.

»Du musst dich beruhigen«, sagt er eindringlich, und im nächsten Moment ist der Coach zur Stelle.

Er beugt sich über mich und fährt mich an: »Sag mal, hast du den Verstand verloren, Rhodes?! Ist dir der Ruhm schon zu Kopf gestiegen oder was?! Wir trainieren hier Tackles, keine Schlägereien!«

Entgeistert sehe ich ihn an, während ich langsam wieder zu Atem komme. Spinnen die alle oder was?

»Du hast ihm fast den Arm ausgekugelt, Mann«, sagt Cannon und mustert mich, als wäre er sich nicht sicher, ob ich bei klarem Verstand bin.

»Verpiss dich jetzt, runter von mir«, sage ich und versuche ihn von mir zu stoßen.

Cannon steht auf und hebt die Hände. »Schon gut, komm klar.«

»Ich muss nicht klarkommen!«, fahre ich ihn an, stehe auf und wische mir das Gras vom Trikot.

Insgeheim ahne ich jedoch, dass er Recht hat. Ich habe es übertrieben. Ich habe Perry viel zu hart angepackt, und das nur, weil ...

Ja, weil was, Hayds? Weil sich Daddy nicht für deinen Sport interessiert? Hat er das je? Gott, du bist zu alt, um deswegen so auszuticken. Normalerweise würde mir das nie passieren. Ich bin nervlich einfach total am Ende, aber das ist keine Entschuldigung. So darf ich mich nicht aufführen. Nicht in der Öffentlichkeit.

»Doch, musst du«, pflichtet der Coach Cannon bei,

»aber nicht hier auf dem Rasen. Für dich war's das heute, Rhodes.«

Meine Wut, die ich gerade halbwegs unter Kontrolle hatte, flammt wieder auf. Er suspendiert mich vom Training? Nur wegen eines zu harten Tacklings? Was hätte ich denn machen sollen? Perry mit einer Feder kitzeln, bis er mir den Ball freiwillig überlässt?!

»Das ist nicht fair«, beschwere ich mich. »Wenn das hier ein echtes Spiel wäre ...«

»Wenn es so wäre und der Vertreter der NRL diesen Auftritt von dir erlebt hätte, könntest du deine Karriere direkt vergessen, das kannst du mir glauben. Und jetzt Abmarsch. Nimm eine kalte Dusche und fahr nach Hause!«

Noch einen Augenblick lang sehe ich den Coach an, dann blicke ich mich nach dem Rest des Teams um. Die meisten haben sich um Perry geschart, der am Spielfeldrand mit schmerzverzerrtem Gesicht seinen Arm betastet. So hart kann ich ihn unmöglich angepackt haben. Aber gut, wenn der Trainer meint, dass er diesen Blödsinn glauben muss!

Ich wende mich ohne ein weiteres Wort ab und stürme vom Feld.

***

Bisher habe ich Haydon Rhodes für einen Snob gehalten. Und für einen Weiberhelden. Jetzt gerade jedoch hat er sich auch noch als brutaler Schlägertyp entpuppt. Das wird ja immer besser.

Wie er seinen Teamkollegen zuerst zu Boden geworfen und ihm dann den Arm verdreht hat, war schon so brutal, dass es nicht mehr nach Rugby, sondern eher nach einem Straßenkampf aussah.

Klar, ich weiß nicht viel über Rugby, aber um zu erkennen, dass solche Aktionen nicht in Ordnung sind, muss man auch kein Profi sein.

Spätestens aber, als er seinem anderen Teamkollegen auch noch mit voller Wucht einen Stoß in die Rippen verpasst hat, ist mir klargeworden, dass dieser Typ sie nicht alle hat.

Ich sitze schon seit einer Weile hier und beobachte ihn. Ich habe seine Nachricht erhalten und bin eigentlich gekommen, um mit ihm über diese Party zu sprechen. Darüber, dass er mich nicht in irgendwelche Beach-Clubs einladen muss, die so gut zu mir passen wie Selbstbräuner, nur weil er denkt, dass ich kurz davor stehe, mir die Kugel zu geben. Aber dann bin ich irgendwie mitten ins Training geplatzt und habe beschlossen, in der Sonne zu warten, bis es vorbei ist. Und das ging nun schneller als gedacht.

Ich sehe, wie Haydon nach einem kurzen Streit mit seinem Coach verärgert abwinkt und das Spielfeld verlässt. Unter den skeptischen Blicken der Mannschaft rafft er seine Sachen zusammen. Dann wendet er sich dem Kabinengang zu und müsste mich eigentlich spätestens jetzt sehen, aber das tut er nicht.

Ich stehe auf, nehme die paar Stufen runter zum Rasen und stelle mich direkt an die Bande. Haydon kommt mir entgegen. Er blickt auf den Boden und ich erkenne eine steile Falte zwischen seinen Brauen. Sein Gang ist der eines Boxchampions kurz vor dem entscheidenden Fight. Nur dass in der Kabine kein Gegner auf ihn wartet. Dort wird er allein sein mit seinem angekratzten Ego.

Was er dann wohl macht? Die Umkleide verwüsten wie ein beleidigter Rockstar?

»Rhodes«, sage ich.

Irritiert blickt er auf, erst dann bleibt er stehen.

Der Ausdruck in seinen Augen überrascht mich. Einen Moment lang sieht er einfach nur verletzt aus. Dann jedoch flammt Wut in seinem Blick auf und ich erkenne deutlich, dass sie mir gilt. Nicht nur mir – aber auch.

»Was willst du?«, fragt er schroff, nachdem er den ersten Moment der Überraschung überwunden zu haben scheint.

Die Härte in seiner Stimme passt, genau wie sein Blick, nicht zu der coolen Gleichgültigkeit, die er sonst an den Tag legt. Und sie beeindruckt mich kein bisschen.

Ich deute zum Feld. »Was war da los?«

Haydon schüttelt den Kopf. »Darüber werde ich nicht

ausgerechnet mit dir sprechen!«, fährt er mich an und verschwindet in Richtung Kabinengang.

Unentschlossen blicke ich ihm hinterher. Er hat Recht, seine Probleme gehen mich nichts an. Wäre ich ein bisschen oberflächlicher, würde ich jetzt einfach gehen. Aber so bin ich nun einmal nicht. Darum blicke ich kurz herüber zum restlichen Team, wo gerade heftig diskutiert wird, vermutlich über Haydon und seine unfaire Aktion. Dann springe ich kurzerhand über die Bande und folge ihm.

Im Kabinengang des Sportplatzes ist es schattig und kühl. Ein muffiger Geruch liegt in der Luft, ein Netz mit Ersatzbällen liegt herum. Ich gehe daran vorbei und entdecke ein paar Türen auf der rechten und linken Seite. Alle sind geschlossen, aber unter einer davon quillt kühles weißes Neonlicht hervor.

Ich trete näher heran und erkenne die Aufschrift *Umkleide* auf einem kleinen Metallschild neben der Tür.

Zuerst lausche ich, doch es dringt kein Laut nach draußen. Das ist gut. Dann zerlegt Haydon schon mal nicht die Einrichtung. Ehrlich gesagt passt das auch nicht zu ihm. Einen Mannschaftskollegen anzugreifen passt allerdings genauso wenig zu ihm.

Na ja, korrigiere ich mich. Zu dem seltsamen Blick, der manchmal in seinen Augen aufflammt, irgendwie schon.

Diesem unterdrückten … Frust? Zorn? Hass? Ich weiß nicht, was es ist. Aber ich verstehe mehr und mehr, dass es ihm zu schaffen macht.

Ich lege die Hand an den Türgriff, zögere jedoch. Es fühlt sich komisch an, in die Privatsphäre von Haydon Rhodes einzudringen. Andererseits hat er mich auch einfach so auf meinen angeblichen drohenden Selbstmord angesprochen, obwohl wir uns nicht kennen. Also drehe ich den Türgriff und trete ein.

Noch während ich die Tür hinter mir schließe, entdecke ich Haydon.

Er sitzt auf einer der Bänke, die zwischen den blau lackierten Spinden des Umkleideraums stehen und hat mir den Rücken zugedreht. Sein Trikot hat er ausgezogen und der Anblick seines nackten Oberkörpers irritiert mich. Vielleicht, weil er nicht so perfekt ist, wie ich dachte.

Seine Figur ist es zweifellos. Seine Schultern sehen genauso muskulös aus, wie sie sich anfühlen und sein breites Kreuz zeugt davon, dass er seit vielen Jahren trainiert. Doch es ist etwas anderes, was meinen Blick auf sich zieht.

Blaue Flecken und Schrammen, die seine gebräunte Haut bedecken. Und eine Narbe. Sie beginnt knapp unter Haydons rechter Achsel und zieht sich über seine Rippen bis rüber zur Wirbelsäule. Sie ist blass, offensichtlich ziemlich alt, aber groß, und ich kann nicht anders, als sie und die anderen Blessuren anzustarren.

Keine Ahnung, warum, aber ich glaube, der Anblick seines halbnackten Körpers hätte mich kälter gelassen, wenn er so makellos wäre wie sein Gesicht. So jedoch wirkt er echt auf mich und mir wird bewusst, dass

Haydon Rhodes nicht nur Yales berühmt-berüchtigter Rugby-Star und Frauenheld ist. Nicht diese Kunstfigur, als die er sich gibt und die man aus jedem Teeniefilm kennt. Sondern vor allem ein Mann aus Fleisch und Blut.

»Ich sagte doch, es geht dich nichts an«, knurrt er, ohne sich umzudrehen.

Ich komme näher, auch wenn mein Herz schlagartig ein bisschen schneller klopft. »Nein, du sagtest, dass du darüber nicht mit mir sprechen willst. Aber das kannst du ruhig. Du scheinst dich ja schließlich auch um mich zu sorgen.«

»Ich brauche niemanden, der sich um mich sorgt!«, zischt er.

Ich setze mich auf die Bank schräg hinter ihm, schlage ein Bein unter und blicke auf seinen Rücken. »Ich auch nicht.«

»Du kannst mir viel erzählen«, sagt Haydon und blickt über die Schulter zu mir. Ziemlich prüfend, beinahe lauernd sieht er mich an und ich erkenne dunkle Schatten unter seinen Augen.

»Entweder trinkst du zu viel oder du schläfst zu wenig«, stelle ich fest.

»Ich trinke nicht während der Saison«, sagt er und klingt dabei wie eine Imitation von sich selbst. Er versucht sich an dem Tonfall, den er in dem Diner draufhatte, als er mir erklärt hat, wie man sich als Sportler ernähren sollte. Professionell. Das ist seltsam. Wir beide sind absolut privat hier. Weshalb versucht er, professionell zu klingen?

»Was ist mit dir?«, frage ich. »Wieso bist du gerade auf dem Rasen so ausgetickt?«

»Ich bin nicht ausgetickt. Rugby ist einfach ein harter Sport.«

»Mir brauchst du nichts vorzumachen«, unterbreche ich ihn ruhig. »Ich bin keiner aus deinem oder einem gegnerischen Team. Ich bin nicht dein Coach, ich bin keiner deiner Freunde und niemand, der hier ist, um über dich zu urteilen. Du kannst offen zu mir sein, Haydon.«

Er sieht mich an, ziemlich lange und ziemlich nachdenklich. Schatten verdunkeln das Blau seiner Augen. »Wenn ich offen zu dir wäre«, sagt er schließlich, »dann würdest du mich nie wieder so ansehen wie jetzt.«

»Wie sehe ich dich denn an?«, will ich wissen. »Wie den eingebildeten Rugby-Star einer Elite-Uni, von deren Studenten ich im Großen und Ganzen nicht viel halte, weil sie viel zu viel Wert darauf legen, wie sie von anderen angesehen werden?«

Haydon springt auf, ganz unvermittelt, fährt zu mir herum und mustert mich feindselig. »Und du? Was ist mit dir? Du beobachtest uns alle von außen wie Tiere in einem Zoo und bist was Besseres, weil du das Theater nicht mitspielst? Willst du etwa sagen, dass du glücklich bist in deiner Rolle?«

»Ich spiele keine Rolle«, gebe ich zurück und meine Stimme klingt immer noch absolut ruhig. »Sag schon.

Weshalb bist du so wütend?«

Haydon starrt mich an. Sein Zorn würde jeden anderen einschüchtern, da bin ich mir sicher. Wie er dasteht, groß und durchtrainiert, sieht er verdammt beeindruckend aus, das muss ich zugeben. Aber mir fällt etwas anderes viel mehr auf als seine zur Schau gestellte Aggressivität: die Hilflosigkeit in seiner Wut.

»Ich sag es dir gerne nochmal: Das geht dich nichts an!«, fährt er mich mit bebender Stimme an.

Sicher ist er es gewohnt, dass seine Kontrahenten zurückweichen, wenn er sich so vor ihnen aufbaut.

Ich jedoch stehe auf und trete näher. So nah, bis ich die fiebrige Wärme seines Körpers und den männlichen Duft seines Deos wahrnehmen kann. »Kann sein. Aber du wirst dich besser fühlen, wenn du es ausgesprochen hast.«

»Ach ja?«, fragt er zynisch. »Ich glaube eher, dass ich daran ersticken werde.« Er runzelt die Stirn, als würde ihm jetzt erst klarwerden, dass er diese Worte laut ausgesprochen hat.

»Schon gut«, sage ich. »Von mir erfährt keiner was.«

Haydon blickt an mir vorbei. Er schluckt und ich sehe eine Ader an seinem Hals hervortreten.

Am liebsten würde ich die Hand ausstrecken und ihn berühren. Irgendwie glaube ich, dass ich damit die Mauer durchbrechen könnte, die er um sich selbst errichtet hat. Dass seine perfekte, aber ebenso kalte und einengende Fassade dann einfach in sich zusammenfallen würde. Die Frage ist, weshalb ich es nicht tue. Vielleicht, weil ich keine Ahnung habe, was dann passiert. Weil mein Herz trotz aller Gelassenheit immer noch etwas schneller schlägt, als es sollte. Weil Haydon nun mal ein verdammt gutaussehender halbnackter Kerl ist, ob er nun mein Typ ist oder nicht.

»Ich bin so verflucht müde, Eve«, sagt er ganz unvermittelt. »Ich weiß nicht mehr, was ich tue. Ich verliere die Kontrolle. Kannst du mir nicht einfach die Wahrheit sagen?«

Überrascht blicke ich zu ihm auf – überrascht und ziemlich verwirrt. »Die Wahrheit?«, frage ich.

Haydon nickt und sieht an mir vorbei ins Leere. »Oder auch nicht. Ich weiß nicht, worauf ich hoffen soll. Ich will einfach nur, dass es endet, bevor ich komplett den Verstand verliere.«

Woh. Ich habe jetzt mit vielem gerechnet, aber mit einer derart seltsamen Aussage irgendwie nicht. »Ist ... Bist du okay, Haydon?«, frage ich. »Hast du vielleicht doch was getrunken oder so?«

Haydon kneift die Brauen zusammen. In seinem Blick flackert etwas auf, das ihn schlagartig wieder wacher wirken lässt. Er blinzelt. Etwas scheint ihm klarzuwerden.

Dann richtet er sich auf, räuspert sich und sieht mich fest an. »Ja, ich ... Ich hatte zu wenig Schlaf und hab ein paar Koffeintabletten genommen. Deshalb bin ich auch so ...« Er wendet sich ab, atmet durch und fährt sich mit den Fingern über die Augen.

Ich blicke ihm hinterher. Koffeintabletten – das würde

einiges erklären. Viele der Spitzenstudenten putschen sich mit den Dingern auf und wissen nicht, wann es genug ist. Trotzdem kommt mir die ganze Angelegenheit mit Haydon immer komischer vor. Aber nicht auf eine Art, die mich abschrecken würde. Im Gegenteil. Alles, was nicht perfekt an ihm ist, macht ihn mir sympathischer.

»Tut mir leid, wie ich mich gerade aufgeführt habe«, sagt er, dreht sich zu mir um und scheint sich wieder im Griff zu haben.

Zumindest das für ihn typische Lächeln ist wieder da. Schade eigentlich.

»Du bist wahrscheinlich gekommen, um mir für die Party heute Abend zuzusagen, oder?«, fragt er.

Ich mustere ihn kritisch. Na ja, nicht wirklich. Ich zucke mit den Schultern. »Ich wollte mich für die Einladung bedanken, aber …«

Eigentlich wollte ich Haydon sagen, dass eine Strandparty mit seinen versnobten Freunden nichts für mich ist. Aber irgendwie bringe ich es jetzt doch nicht über mich.

Ich atme tief durch. Ich war ewig auf keiner Party und dafür gibt es gute Gründe. Aber andererseits bringt mich jede Begegnung mit Haydon dazu, wieder mehr am richtigen Leben teilzunehmen. Und das ist nicht alles. Die Wahrheit ist, dass jedes Wort aus seinem Mund, das nicht gekünstelt klingt, mich dazu bringt, ihn besser kennenlernen zu wollen. Da sind so viele unbeantwortete Fragen.

»Ja, ich schätze schon«, sage ich daher.

Haydons Lächeln wird noch breiter, noch attraktiver, aber kein bisschen echter. Ich spreche ihn nicht darauf an. Ich glaube, er braucht das jetzt.

»Dann sehen wir uns da«, sagt er.

Ich nicke.

Haydon mustert mich noch einen Augenblick, dann löst er sich von mir und geht an mir vorbei Richtung Duschraum.

***

Ich lehne meine Stirn gegen die kühle Wand der Dusche, während das Eiswasser auf mich herunterprasselt. Nichts hilft. Ich fühle mich beschissen. Entlarvt. Keine Ahnung, wie ich es nennen soll, aber Fakt ist, dass mir Everley viel zu nahe gekommen ist.

Es gibt Dinge, über die ich normalerweise nicht rede, denn sie gehen niemanden etwas an. Darüber zu sprechen, lässt die Menschen mich in einem anderen Licht sehen und ich weiß genau, was dann passiert.

Zuerst verändert sich ihr Blick.

Dann die Art, wie sie mit mir reden.

Und dann fangen sie an, mich zu meiden.

Ich habe das einmal erlebt. Es fing an, als ich gerade mal sechs war und dauert bis heute. Es war verflucht hart damals. Es war hart, als mich mein Vater nicht mehr im Krankenhaus besuchte. Und nach fast zwei Monaten Reha nach Hause zu kommen, nur um festzustellen, dass …

Auf einmal schmecke ich Blut.

Ich betaste mein Gesicht und stelle fest, dass ich Nasenbluten habe. Das hatte ich früher dauernd, wenn ich mich aufgeregt habe, aber es kam seit Jahren nicht mehr vor. Ich stelle das Wasser ab, greife nach meinem Handtuch und presse es mir auf die Nase. Der Blutgeschmack wird stärker. Ich lehne mich an die Wand, lege den Kopf in den Nacken und schließe die Augen. Doch dann öffne ich sie direkt wieder, weil ich befürchte, dass mit der Dunkelheit hinter meinen Lidern die Bilder zurückkehren.

Everleys Körper, der fällt.

Everley.

Es fühlt sich an, als würde es zwei Versionen von ihr geben. Einmal ist da die Frau aus meinem Traum. Die Frau, die mein eigentlich so gut organisiertes Leben seit Tagen zu einem einzigen Horrortrip macht, die daran schuld ist, dass ich nicht mehr schlafen kann und dass Dinge aus meiner Vergangenheit hochkommen, an die ich nie wieder denken wollte.

Und dann ist da die andere Everley. Die mit dem lauten Lachen, die mir so unglaublich stark erscheint. So stark, dass sie meine Fassade mit ein paar einfachen Worten zum Bröckeln bringt.

Keine Ahnung, welche von den zwei Everleys mir mehr Angst macht. Ich weiß nur eins: Der Vorfall eben auf dem Feld hat deutlich gezeigt, wie sehr ich mit den Nerven am Ende bin. Denn so wütend es mich macht – dass mein Vater sich einen Dreck für meine Zukunftspläne interessiert, ist nicht neu und normalerweise komme ich damit klar. Ich komme eigentlich mit allem klar. Doch stattdessen habe ich das Gefühl, als wäre ich mit dem ersten Auftreten des Traums in einen Strudel geraten, der mich jetzt immer weiter in die Tiefe zieht ...

Ich muss an meinem Plan festhalten. Ich muss sie einfach nur ablenken, ihr zeigen, dass das Leben Spaß machen kann.

Spaß? Auf einer Party im Gold 33?, flüstert eine zynische Stimme in meinem Inneren, doch ich ignoriere sie.

Nehmen wir mal an, Eve und ich sind einfach nur zwei Yale-Studenten, die sich heute Abend auf einer Party treffen werden. Frauen auf Partys zu treffen gehört doch eigentlich zu meinen leichtesten Übungen. Und dafür zu sorgen, dass sie Spaß haben, ist eigentlich auch nicht so schwer.

Ich trete an den Spiegel, der über dem Waschbecken gegenüber den Duschen hängt und betrachte mich selbst. Zuerst wische ich mir die letzten Reste von Blut aus dem Gesicht, dann setze ich mein Siegerlächeln auf.

Es täuscht beinahe mühelos über die Müdigkeit in meinem Blick hinweg und ich bin erleichtert, den alten Haydon zu sehen. Geht doch.

Dann wollen wir mal sehen, was der Abend bringt.

***

Kapitel 6

Everley

Das Gold 33 liegt unten am Wasser und ist von der Straße aus kaum zu erkennen. Einzig das lackschwarze Schild mit der goldenen Aufschrift hat mir den Weg gezeigt. Ich stapfe durch den Sand herunter zum Beach Club und bereue es, dass ich meine geschnürten Boots angezogen habe. Damit ist das Vorwärtskommen ziemlich schwierig. Ich fühle mich wie ein Soldat auf einer Wüstenmission. Der feine Sand überzieht meine Schuhe, sodass sie bald beige und nicht mehr schwarz aussehen. Passt ja wirklich perfekt zum Rest meines Outfits, das aus einem kurzen Seidenkleid mit Spitze besteht. Natürlich in Schwarz.

Kurzerhand hocke ich mich hin und beschließe, meine Stiefel auszuziehen. Ich gehöre sowieso nicht hierher, da ist es auch egal, ob ich zusätzlich dadurch auffalle, dass ich keine Schuhe trage. Und wer weiß, vielleicht ist es in einer Strandbar ja auch üblich, barfuß zu kommen.

Ich sehe herüber zum Gold 33.

Wie eine kleine Insel aus Licht liegt es inmitten der aufziehenden Dunkelheit. Überall stehen weiße Lounge-Möbel herum, die von versteckten Strahlern violett und pink angeleuchtet werden. Sonnensegel spannen sich wie ein Baldachin über den Club, daran baumeln kleine Lampions in Rosa, Weiß und Orange. Am Horizont ist noch ein schmaler orange-roter Streifen zu erkennen, dort, wo es bereits ganz dunkel ist, funkeln die ersten Sterne. Fackeln sind links und rechts in den Sand gesteckt worden und weisen den Gästen den Weg.

Es sieht wunderschön aus, auch wenn ich eigentlich nicht auf solche Locations stehe.

Ich klemme mir meine Boots unter den Arm und gehe weiter. Der Strand ist noch aufgeheizt von der Sonne und unglaublich weich. Ich verstehe, dass Haydon gerne am Meer ist. Das Rauschen der Brandung zieht mich schon jetzt in seinen Bann.

Alles in allem fühle ich mich gut. Vielleicht liegt es daran, dass ich endlich wieder etwas unternehme. Vielleicht aber auch an dem Gin, den ich getrunken habe, bevor ich aufgebrochen bin.

Im Augenblick ist ein Teil der Dunkelheit aus meinen Gedanken verschwunden und ich nehme mir vor, dass es heute Abend auch so bleiben soll.

Mein Herz beginnt schneller zu schlagen, als ich näherkomme. Noch immer fasse ich es kaum, dass ich hier bin. Dennoch denke ich, dass es richtig so ist und bin trotzdem ein bisschen aufgeregt.

Ich höre hämmernde Beats und bin überrascht. Irgendwie hätte ich mehr mit chilliger Lounge-Musik als mit Elektro gerechnet, aber wahrscheinlich ist diese Musik gerade bei den oberen Zehntausend angesagt.

Vor den Fackeln bleibe ich stehen und atme tief durch. Der Club ist gut besucht, aber nicht überfüllt. Es herrscht kein Gedränge, niemand ist in Panik.

Das packe ich.

Ich atme tief durch, schaffe es aber dennoch nicht, einen Fuß vor den anderen zu setzen, da etwas meinen Blick auf sich gezogen hat.

Haydon.

Er sitzt mit ein paar Jungs, die glaube ich ebenfalls Rugby-Spieler sind, und seiner Exfreundin unten am Wasser in einer Lounge-Ecke und macht ein Gesicht, als hätte ihm jemand sein Pausenbrot geklaut. Wenn er keine Lust hat, hier zu sein, warum ist er es dann?

Insgeheim kann einem Haydon Rhodes richtig leidtun. Es muss furchtbar sein, wenn man sich nur über die Meinung anderer definiert.

Ich beobachte ihn weiter. Haydons Ex sitzt an seiner Seite wie ein Wachhund.

Die Frau kann froh sein, dass ich mich nicht auf ihr Kindergarten-Niveau herablasse, sonst könnte sie jetzt etwas erleben.

Ich beschließe, mir von ihr nicht die Laune verderben zu lassen, stelle meine Schuhe vor dem Eingang ab und gehe los.

***

Haydon

Ich lehne mich in den Loungemöbeln zurück, schließe die Augen und konzentriere mich nur auf den Beat. Der hämmernde Rhythmus erfüllt meinen Kopf und lenkt mich von Beatriz’ hohlem Gerede ab. Sie quatscht irgendetwas über eine Rooftop-Bar in Bangkok, die sich auf dem Dach eines 63-stöckigen Hotels befindet. Dabei war sie noch nie in Thailand, so weit ich weiß.

Was interessiert es sie also?

»... unglaublich sein, bei dieser Aussicht Sex zu haben, Haydon.«

Gott, bitte. Hat sie das gerade wirklich gesagt?

Glaubt sie, damit kann sie mich ködern?

Ich stöhne genervt, setze mich auf und öffne die Lider. Das Gold 33 ist immer noch genauso langweilig wie vor einer Stunde. So langweilig, wie es vor einer Woche war und in einem Monat immer noch sein wird. Überall rennen Frauen herum, die aussehen, als wären sie geklont worden. Große Brüste, blonde Haare, schmale Taille und lange Beine, die in extrem knappen Shorts oder Röcken stecken.

»Aah, da wirst du wach, was?« Bea grinst so siegessicher zu mir herüber, dass ich ihr am liebsten an die Gurgel gehen würde.

Was versteht sie nicht daran, dass wir getrennt sind?

Als wolle sie mir noch einmal verdeutlichen, dass sie es auch wirklich nicht begriffen hat, legt sie mir eine Hand auf den Oberschenkel und lässt sie langsam nach oben wandern.

»Bea.«

Ich kann nicht verleugnen, dass ein gewisser Teil meines Körpers auf die Berührung reagiert.

»Hayds, du bist ein verdammter Glückspilz.«

Zane. Kann er nicht einmal die Klappe halten? Muss er Beatriz auch noch bestärken?

Wie eine Katze schmiegt sie sich jetzt an mich und lässt ihre Finger weiter wandern.

Ich packe ihre Hand und schiebe sie beiseite. Dann setze ich mich vollends auf, beuge mich nach vorne, um nach meinem Longdrink zu greifen und versperre ihr so den Weg.

Ausnahmsweise trinke ich heute Alkohol. Weil es sowieso egal ist, was ich tue. Coach Porter hat ohnehin immer irgendwas zu meckern.

Insgeheim weiß ich, dass ich es im Moment mit meinen Ausnahmen übertreibe, aber was soll's?

»Was bist du heute so schlecht drauf, Haydon?« Bea klingt vorwurfsvoll.

Was bildet sie sich eigentlich ein? Ich bin nicht dazu da, um sie zu beschäftigen.

»Verzieh dich, wenn es dir nicht passt«, gebe ich zurück. Ich bin nicht wegen ihr hier.

Ich nehme einen Schluck von meinem Wodka-Irgendwas-Gemisch, das scheußlich schmeckt und einen Haufen Kohle gekostet hat und will mich gerade wieder zurücklehnen, als ich sie sehe.

Everley.

Sie steht draußen vor den weißen Kordeln, die den Club vom restlichen Strand abtrennen. Ihr Gesicht wird vom Schein der Fackeln in warmes Licht getaucht, der Rest ihres Körpers liegt in absoluter Finsternis. Sie wirkt wie eine Erscheinung. Und sie sieht zu mir herüber.

Ich erwidere ihren Blick.

Doch dann wird mir mein Fehler bewusst. Sie schaut nicht mich an, sondern Bea.

Scheiße.

»Bea, hol uns mal was zu trinken.«

Beatriz sieht mich an, als würde sie sich fragen, ob ich das ernst meine.

»Hier gibt es Kellner, Haydon. Schon mal davon gehört?«

»Komm schon.« Ich zwinkere ihr zu. »Ich hab was vor, also mach schon.«

Jetzt stiehlt sich ein verschwörerischer Ausdruck auf Beas Züge und sie nickt langsam. »Verstehe. Ich bin gleich zurück.«

Wieder einmal frage ich mich, was in ihrem Kopf vorgeht. Sie versteht? Wohl kaum. Würde sie verstehen, dass sie abhauen und den Platz für Eve freimachen soll, würde sie es sicher nicht so bereitwillig tun.

Doch genau das tut sie.

Sie steht auf und läuft mit schwingenden Hüften davon. Keine Sekunde zu früh.

***

Ich beobachte, wie Beatriz aufsteht und zu einer der beiden Theken geht, die den Club auf zwei Seiten begrenzen. Haydon sieht ihr kurz nach, dann wendet er sich mir zu und winkt mich zu sich herüber.

Na toll. Gerade lässt er sich noch von seiner Ex befummeln und jetzt soll ich ihren Platz einnehmen?

Ich blicke ihr hinterher. Sie wird nicht lange fort sein und wenn sie zurückkommt, zettelt sie garantiert den nächsten Zickenkrieg an. Was denkt sich Haydon denn?

Vermutlich gar nichts. Er sieht immer noch total erschöpft aus, darüber können auch seine frisch gestylten Haare und das blaue Designershirt nicht hinwegtäuschen.

Trotzdem. Ich werde mich auf keine Konfrontation mit Beatriz einlassen. Dazu fehlt mir einfach die Lust. Darum lächle ich unverwandt zu Haydon herüber und deute dann zu der zweiten Theke. Wenn er mit mir reden will, kann er ja dorthin kommen.

Ich ignoriere Haydons irritierten Blick und betrete den Club. Es fühlt sich komisch an. Als würde ich eine ganz andere Welt betreten, und genauso sehen mich die Gäste auch an. Wie ein Alien.

Entschlossen straffe ich die Schultern und ignoriere ihre Blicke. Angestarrt zu werden hat mich noch nie gestört. Das wird sich heute ganz sicher nicht ändern.

Über die Stege aus weißem Holz, die sich zwischen den Sitzgruppen und der Tanzfläche hindurch ziehen, gehe ich zur Bar. Ich brauche jetzt erstmal was zu trinken. Ein starker Cocktail wird mir helfen zu verdrängen, dass ich gerade alles über Bord werfe, was mir jahrelang heilig war.

Du musst dich nicht unter die Yalies mischen, nur weil du mit ihnen studierst.

Du musst nicht dieselben Dinge tun wie sie und nicht dieselben Orte besuchen wie sie.

Als ich mein Stipendium erhielt, haben mich Keen und seine Jungs, die meine besten Freunde sind, seit ich denken kann, tagelang ausgelacht. Über die ganzen Witze und blöden Sprüche, die sie darüber gerissen haben, hätte ich ein Buch schreiben können. Natürlich war keiner davon böse gemeint. Sie haben sich alle für mich gefreut, dennoch war es komisch, dass ausgerechnet ich an eine Elite-Uni gehen würde. Weil ich eine von ihnen war, jemand, mit dem man Rockmusik hören, Bier trinken und fluchen kann. Ich glaube, insgeheim hatten sie Angst, dass ich mich hier verändern würde. Aber das habe ich nie.

Und trotzdem bin ich jetzt im Gold 33.

Seufzend lasse ich mich auf einen Barhocker sinken und greife nach der Karte.

»Ich würde dir einen Headshot empfehlen«, ruft der Barkeeper über die Bässe hinweg.

Ich blicke auf. Er rät mir zu einem Kopfschuss, so so. »Wieso, ist mein Make-up so mies oder kannst du mich einfach nicht ab?«

Der Barkeeper wirkt eine Sekunde lang überrascht

über meinen Spruch, dann grinst er mich an. »Du kommst wohl nicht von hier«, sagt er.

Ich mustere sein halblanges schwarzes Haar, dann seine tätowierten Arme, die aus seinem maßgeschneiderten Hemd herausschauen. »Du wohl auch nicht.«

Sein Grinsen wird breiter. »Wie kommst du denn darauf?«

Ich zucke mit den Schultern. »Nur so eine Vermutung.«

»Eine Vermutung, ah.« Er nickt langsam, dann fragt er: »Also. Willst du jetzt den Kopfschuss oder nicht?«

Ich sehe mich um. Langsam füllt sich die Tanzfläche mit lauter Barbies und Kens, deren Gesichter so ausdruckslos sind, als sei das hier eine Vorlesung und keine Party. Aus irgendeinem Grund scheinen die oberen Zehntausend immer so tun zu müssen, als würde ihnen nichts Spaß machen. Oh Mann.

»Ich glaube, zu diesem Angebot kann ich nicht nein sagen«, beschließe ich und wende mich wieder dem Barkeeper zu.

»Dachte ich mir«, sagt er und stellt bereits ein Glas vor mir ab. Es ist mit einer dunkelroten Flüssigkeit gefüllt und mit einem Spieß garniert, auf dem lauter Cocktailkirschen stecken. »Jägermeister, Kirschsaft und Zimt.«

»Ih«, sage ich und probiere einen Schluck.

Der Barkeeper lacht. »Das hat noch keiner zu meinen Kreationen gesagt. Schon gar nicht, bevor er sie überhaupt probiert hat.«

Über den Rand meines Glases hinweg sehe ich ihn an und nehme direkt noch einen Schluck. Ich muss zugeben, dass das Zeug gar nicht so schlecht schmeckt. Fruchtig und würzig zugleich. Wie kalter Glühwein mit Schuss. »Ist doch nicht so übel.« Ich lutsche eine der Kirschen von dem Spieß.

Der Barkeeper sieht mich an. Er hat sich auf seiner Theke abgestützt und beißt sich auf die Lippe. »Ich bin übrigens Stan«, sagt er dann mit einem Unterton, der gerade noch nicht da war.

»Eve«, antworte ich kauend.

»Freut mich, Eve.« Während er meinen Namen sagt, zieht Stan die Brauen in die Höhe. Zuerst irritiert mich das, aber dann wird mir klar, was hier läuft. Er flirtet mit mir.

Oh. Flirte ich etwa auch mit ihm? Irgendwie schon. Das habe ich ewig nicht getan. Meinen letzten Freund hatte ich im ersten Studienjahr. Er betrog mich mit einem Kerl. Seitdem war bei mir ziemlich tote Hose. Mal eine Knutscherei auf einem Konzert, aber nichts Ernstes. Haydon Rhodes' halbnackter Körper vorhin in der Umkleide scheint etwas in mir geweckt zu haben, das einen ziemlich langen Winterschlaf gehalten hat.

»In ein paar Minuten habe ich Pause«, sagt Stan und streicht sich das Haar hinters Ohr. »Hältst du es bis dahin aus? Ich würde mich gern mal wieder mit einem normalen Menschen unterhalten.«

»Ach, ich weiß nicht. Meine Freunde wollen gleich

noch mit der Yacht raus …«

Stan runzelt die Stirn, dann scheint er meinen Scherz zu kapieren, denn er fängt an zu schmunzeln. »Oh, verstehe. Ein paar Delfine reiten und so.«

Ich nicke todernst. »Wenn sie sich das Tiffany-Zaumzeug anlegen lassen.«

Stan lacht. »Tu mir den Gefallen und mach ein Foto davon!« Damit wendet er sich einem anderen Gast zu, der gerade ziemlich laut eine Flasche Champagner bestellt hat.

Ich sehe ihm nach, dann schnappe ich mir mein Glas, drehe mich um – und blicke genau in Haydons Gesicht.

Er hat sich nicht von seinem Platz wegbewegt und keine Anstalten gemacht, zu mir rüberzukommen. Aber sein unzufriedener Blick fängt meinen mühelos ein und ich frage mich unwillkürlich, weshalb und seit wann das so ist.

Ich trinke noch einen Schluck und betrachte Haydons Gesicht ganz unverhohlen.

Er merkt es sicher, aber er stört sich nicht daran. Diesmal nicht, denn das hier ist sein Terrain.

Ich sehe auf den harten Zug um seine Lippen, auf seine gerade Nase, die er sich beim Rugby ganz offensichtlich noch nie gebrochen hat. Auf seine Augen, in denen wieder ein neuer Ausdruck liegt. Fragend, taxierend. Irgendwie lauernd, aber auf eine andere Art als heute in der Umkleide. Vorhin schien er irgendwas an mir ergründen zu wollen. Jetzt wirkt er gespannt darauf, was ich als Nächstes tue.

Komm endlich her, scheint er zu sagen.

Klar. Er ist es nicht gewöhnt, dass eine Frau nicht springt, wenn er pfeift.

Noch ein Schluck von dem süßen Cocktail. Jetzt ist es Haydon, der mich mustert. Obwohl die Tanzfläche zwischen uns liegt, erkenne ich genau, wie sein Blick über mein Gesicht gleitet, über meine Lippen, mein Kinn, dann meinen Hals hinunter. Über mein enges Kleid, runter zu meinen Beinen ...

Er lehnt sich in seinem Sessel zurück und ich entdecke etwas in seinen Augen, das mich verwirrt. Ich weiß nicht, wie ich diesen Blick beschreiben soll, aber er hat etwas Fiebriges an sich.

Ich denke an vorhin, daran, wie ich in der Kabine seine Körperwärme spüren konnte, denke an seinen perfekten und doch nicht perfekten Körper, und in meinem Leib beginnt es zu kribbeln. Ich stelle mir vor, wie wir aufstehen. Beide gleichzeitig. Die Menge auf der Tanzfläche teilt sich für uns, während wir langsam aufeinander zusteuern. Ich sehe Haydons breite Schultern, seine trainierte Brust, die sich deutlich unter seinem Shirt abzeichnet. Seine schlanken Hüften. Dicht vor mir bleibt er stehen und seine kräftigen Hände packen meine Taille. Er zieht mich eng an sich und ich sehe zu ihm auf. Das Fieber in seinen Augen ist stärker geworden. Seine Lippen finden meine, ganz unvermittelt und ...

»So. Jetzt hab ich eine ganze Viertelstunde nur für dich.«

Ich blinzle und erkenne, dass Stan vor mir aufgetaucht ist.

Stan, klar. Der Barkeeper, nicht Haydon Rhodes.

»Hi«, murmle ich und blicke an ihm vorbei. Haydon sitzt natürlich noch auf seinem Platz, mit dem Unterschied, dass er jetzt nicht mehr allein ist. Beatriz ist wieder da. Sie nippt an einem Getränk und ihre freie Hand liegt wieder auf Haydons Schenkel. Die beiden passen wirklich gut zusammen. Er schaut jetzt nicht mehr zu mir, sondern in die Runde seiner Freunde. Sein Gesicht ist vollkommen ausdruckslos. Er hat die Maske wieder aufgesetzt, aber wann? Was von dem, das ich gerade gesehen habe, habe ich mir zurechtgesponnen und bis zu welchem Zeitpunkt war es echt? Dieser fiebrige Blick – lag der wirklich in seinen Augen?

Es gefällt mir nicht, dass mich diese Frage beschäftigt. Das muss am Alkohol liegen.

Ich zwinge mich, meine Aufmerksamkeit Stan zuzuwenden. Ich sollte gar nicht erst anfangen, mich auf diese Art für Haydon zu interessieren. Ich kann mit dem oberflächlichen Charme, den er an sich hat, doch eigentlich gar nichts anfangen.

Aber na ja, es war auch eigentlich nicht sein Charme, was mein Interesse geweckt hat. Es waren sein Zorn und seine Verletzlichkeit. Dinge, von denen ich mir nicht sicher bin, ob sie außer mir überhaupt schon mal jemand an ihm gesehen hat.

»Jetzt sind es noch 14 Minuten, Traumtänzerin«, schmunzelt Stan und nimmt einen Schluck von irgendeinem Biergemisch, das er in der Hand hält.

»Darfst du während der Arbeit trinken?«, frage ich.

»Verpfeifst du mich?«

Ich mache eine Handbewegung, die besagen soll, dass ich mir das nochmal überlege und sehe ihn mir dabei genauer an. Seine Tattoos gefallen mir. Sie sind eine bunte Mischung aus allem, was ich mag. Ich erkenne Totenköpfe, Bandlogos, eine Rasierklinge mit einem Herz darin.

»Ich wusste gar nicht, dass es noch Emos gibt«, scherze ich.

»Das wusste ich bis vor fünf Minuten auch nicht.« Er zwinkert mir zu.

»Die meisten halten mich für einen Goth«, erwidere ich und mache ein Gesicht, als wäre das ein hartes Schicksal.

»Und mich halten die meisten für einen irren Psychopathen, was auch kein viel leichteres Schicksal ist.«

Ich muss lachen. Sein trockener Humor gefällt mir irgendwie. »Na dann. Auf uns.« Ich lasse mein Glas gegen seine Flasche klackern und trinke den Rest von meinem Cocktail aus. Mir wird bereits warm und ich beginne mich angenehm benommen zu fühlen. Der Headshot war eindeutig eine gute Idee.

»Kein schlechter Cocktail«, gebe ich zu.

»Du bist die Erste heute, die ihn bestellt hat. Alle anderen wollen nur Champagner und Longdrinks.«

»Wundert dich das?« Ich überblicke die Menge und

bleibe wieder an den lustlos Tanzenden hängen. Genau in diesem Moment wechselt die Beleuchtung der Tanzfläche zu grellem Pink, was im letzten Rest von tiefblauem Tageslicht ziemlich cool aussieht. Die basslastige House-Musik wechselt ebenfalls und macht einem Song Platz, den ich ewig nicht gehört habe: *Poker Face* von Lady Gaga, und zwar ziemlich laut.

»Ach ja«, ruft Stan und beugt sich zu mir vor, damit ich ihn besser verstehe. »Ab 21 Uhr ist das hier eine Early-2000s-Party!«

»Im Ernst?«, lache ich.

Die frühen 2000er, oh Mann. Damals war ich fast noch ein Kind und lernte dank Keenan meine ersten späteren Lieblingsbands kennen. Green Day, My Chemical Romance ...

Ich lächle. Daran zu denken, wie er mir in seinem Zimmer deren Songs vorgespielt hat, ist eine schöne Erinnerung. Mir wird warm ums Herz und zum ersten Mal seit seinem Tod bin ich einfach nur dankbar, ohne jeden bitteren Beigeschmack.

»Lass uns tanzen«, rufe ich.

Stan lacht verblüfft. »Was?«

Ich lege meine Hand auf seine Brust und schiebe ihn Richtung Tanzfläche, wo die Plastikblondinen und ihre makellosen zukünftigen Vorzeige-Ehemänner immer noch so lustlos wirken, als wären sie allesamt lieber woanders.

»Du hast mich schon verstanden!«

»Warte einen Moment!«, ruft Stan, macht sich von

mir los und läuft davon.

Na, das klappt ja bestens.

Doch er nimmt nicht etwa Reißaus, sondern eilt herüber zum DJ, dessen Pult direkt neben der Tanzfläche aufgebaut ist. Er hat eine Glatze, trägt ein weit offenes weißes Hemd und sieht ebenfalls aus, als gehöre er nicht ganz hierher. Stan wechselt ein paar Worte mit ihm, dann hebt der DJ den Daumen und Stan kommt zufrieden zu mir zurück.

»So, jetzt können wir tanzen!«, sagt er und nimmt meine Hand, um mich mit sich in die Mitte der Tanzfläche zu ziehen. »Der DJ schuldet mir noch was. Der nächste Song wird besser!«

»Wie kommst du darauf, dass wir denselben Musikgeschmack haben?«, frage ich über Lady Gagas Stimme hinweg.

»Ah, nur so eine Vermutung!«

Ich muss lachen. Dann wollen wir mal hoffen, dass seine Vermutung stimmt!

***

Gott, ist diese Frau eigensinnig. Ich war fest davon überzeugt, dass sie direkt zu mir herüberkommen würde, schließlich bin ich der Einzige hier, den sie kennt.

Doch stattdessen scheint sie es auf diesen komischen Pseudo-Rocker hinter der Bar abgesehen zu haben.

Was findet sie an dem?

Der Typ hat eine Mädchenfrisur, träumt vermutlich jede Nacht davon, dass bei ihm endlich mal der Bartwuchs einsetzt und sieht mit seinen Tätowierungen aus wie eine lebendige Werbetafel. Und jetzt tanzt sie auch noch mit ihm – sofern man das, was der Kerl da treibt, tanzen nennen will. Er hüpft vor ihr rum und stößt sie immer wieder mit der Schulter an. Everley hingegen ... Mann, sie kann sich echt bewegen, was zu einem so grottigen Lied schon eine Kunst ist.

Ich sehe auf ihre Hüften, auf ihre schmale Taille, dann auf den wohlgeformten Po, der sich unter ihrem Kleid abzeichnet.

Wie sie sich wohl anfühlt?

»Ach du meine Güte«, reißt mich Bea aus meinen Gedanken, die leider mit einer weiteren Runde scheußlicher Longdrinks zurückgekommen ist, bevor Eve ihren Platz einnehmen konnte. »Was hat die denn hier zu suchen? Hat sie sich neulich im Stadion nicht genug blamiert? Peinlich!«

Ich habe nicht den Eindruck, dass Everley sich gerade

blamiert. Klar, ein paar der Frauen auf der Tanzfläche werfen ihr abschätzige Blicke zu. Aber wenn mich nicht alles täuscht, liegt da auch Neid in ihren Augen, denn Everley scheint als Einzige dort wirklich Spaß zu haben. Der komische Tattoospinner wirbelt sie herum, sodass ich ihr Gesicht sehen kann.

Sie lacht.

Sie ist so verflucht schön, wenn sie lacht.

Die Blicke der anderen Männer fallen mir auf. Offenbar bin ich nicht der Einzige, der bemerkt hat, wie gut sie sich bewegen kann.

Sogar Zane, der generell nicht sehr viel merkt, sagt: »Na sieh sich mal einer unser schwarzes Schaf an! Anscheinend hat sie sich zu Herzen genommen, was ich über ihre unscharfen Klamotten gesagt habe. Wenn sie jetzt noch an der Farbe arbeitet, könnte sie sich durchaus als bumsbar entpuppen.«

»Halt deine Schnauze, Zane!«, fahre ich ihn an. Dabei blicke ich in die Runde und merke sofort, dass ich das besser nicht gesagt hätte. Zane, Cannon, Jordan, Tom und vor allem Bea – alle sehen mich mehr als fragend an.

Zane lacht. »Alter, du warst doch derjenige, der sie überhaupt erst zum Gespött der Leute gemacht hat. Dann nimm sie jetzt nicht in Schutz. Lass sie das bisschen Aufmerksamkeit genießen, das sie durch dich bekommen hat und fertig. Ist doch amüsant.«

»Keiner von euch hat auch nur die geringste Ahnung von ihr«, sage ich.

»Aber du?«, fragt Bea spitz. Dann schüttelt sie den Kopf. »Ich dachte mir schon, dass die kleine Satansanbeterin dir den Kopf verdreht hat.«

»Unsinn!«

Sie sieht mich prüfend an. »Das hoffe ich. So tief sollte jemand wie du echt nicht sinken, Hayds.«

»Sie hat Recht«, sagt Cannon.

Ich blicke ihn an. Dass diese Worte ausgerechnet von ihm kommen, wundert mich. Bisher schien er mir immer der Korrekteste meiner sogenannten Freunde zu sein. Doch offenbar ist er genau wie alle anderen. Zumindest glaube ich das für einen Moment, aber als er dann zur Tanzfläche sieht, erkenne ich den wahren Grund für seine Worte in seinen Augen.

Er steht selbst auf *Schneewittchen*.

Der Song endet und ich sehe ebenfalls wieder rüber zu Eve, wenn auch etwas verstohlener als gerade. Lady Gaga wird durch eine Band abgelöst, die mehr nach ihrem Geschmack sein dürfte. Keine Ahnung, wie die Gruppe heißt, aber den Song kenne ich. Er war vor zehn Jahren oder so ein großer Hit. Auf den Siegesfeiern meiner damaligen Mannschaft lief er rauf und runter. Eine Sportlerhymne, aber auf eine rockige, gitarrenlastige Art, und der Sänger schreit mehr, als dass er singt. Ich rechne damit, dass Everley und ihr langhaariger Tanzpartner jetzt total ausflippen. Was ihn angeht, ist das auch der Fall, er geht halb in die Knie, wirbelt seine Haare herum und macht irgendwelche komischen Verrenkungen.

Everley hingegen erstarrt mitten in der Bewegung, kaum dass der Song beginnt.

Um sie herum beginnt die Party jetzt richtig. Dieses Lied scheinen irgendwie alle zu lieben und die Tanzfläche wird noch voller.

Doch Everley feiert nicht mehr mit. Ihre dunkel umrandeten Augen werden groß und urplötzlich liegt ein entsetzter Ausdruck darin, fast wie in meinem Traum.

In dem Moment, bevor sie fällt.

***

Everley

Ich erkenne die Band schon am ersten Takt. *Ten Things I Hate About Christmas*. Eine meiner Lieblingsgruppen. Eine von denen, die Keen und ich beide geliebt haben.

Meine Augen füllen sich mit Tränen und ich sehe ihn wieder vor mir, seinen panischen Blick, wie er die Hand nach mir ausstreckt, doch er erreicht mich nicht. Es sind einfach zu viele Menschen und sie drängen alle gegen uns, schieben sich zwischen uns, treiben uns auseinander.

Ich blinzle. Nein, ich bin nicht auf dem Festival. Ich bin am Strand. Im Gold 33. Hastig sehe ich mich um, aber das Bild ist dasselbe wie damals. So viele Menschen. Auf einmal ist die Tanzfläche brechend voll. Der Refrain beginnt. Sie hüpfen herum.

Stan, wo ist Stan? Wieder sehe ich mich um, entdecke ihn, strecke die Hand nach ihm aus. Er packt mich, umfasst meine Hüfte und scheint mich dazu bringen zu wollen, mit ihm herumzuspringen. Sieht er denn nicht, dass es viel zu voll dafür ist? Diese ganzen Menschen ...

Ich mache mich von ihm los, pralle zurück, gegen irgendeine Schulter. Dann rempelt mich ein Mädchen von der Seite an. Es ist zu eng, es gibt keinen Platz. Ich muss hier raus, sonst werde ich sterben.

»Lasst mich ...« Meine Stimme ist kaum mehr als ein Flüstern.

Ich drehe mich um mich selbst, alles verschwimmt. Panisch beginne ich, die Leute, die sich um mich drängen, einfach wegzustoßen, um mir einen Weg nach draußen zu bahnen. Irgendwer ruft was, irgendwer beschwert sich, aber das ist mir egal. Ich kämpfe mich frei, bis ich endlich den Rand der Tanzfläche erreiche.

Dann laufe ich los. Ich muss weg, irgendwo hin, wo die Musik nicht mehr so laut ist. Wo es Luft gibt.

Ich spüre die hölzernen Stege des Clubs unter meinen Füßen, dann den Sand. Ich sehe das Meer und laufe darauf zu, dann entdecke ich rechts von mir ein paar Dünen. Das ist gut. Der Sand wird die Musik dämpfen. Ich haste weiter, am ersten Sandhügel vorbei, dann lasse ich mich zu Boden sinken, kneife die Augen fest zu und atme.

Atmen ist das Wichtigste. Spätestens, wenn man in einer Situation war, in der man es nicht mehr konnte, realisiert man das.

Tief sauge ich die Luft in meine Lungen, wieder und wieder, bis mir schwindelig wird.

Dann höre ich, wie mein Name gerufen wird und im nächsten Moment ist da jemand neben mir. Das muss dieser bescheuerte Stan sein, der sich von allen Songs auf der Welt ausgerechnet diesen wünschen musste.

»Lass mich«, keuche ich und schlage blind in die Richtung, in der ich ihn vermute. »Hau ab, verschwinde, ich brauch ein paar ... brauch ein paar Minuten ...«

»Everley.«

Auf einmal umfangen mich starke Arme. Der Duft eines sportlich-herben Deos steigt mir in die Nase und ich realisiere, dass es nicht Stan ist, der mir gefolgt ist.

Ganz und gar nicht.

»Eve, du musst dich beruhigen. Sonst fängst du gleich an zu hyperventilieren.«

Haydon. Das ist Haydons Stimme und es sind seine Arme, die mich festhalten. Ich höre ihn fluchen, dann lässt er mich los und verschwindet, aber nur kurz. Ich versuche weiterzuatmen, aber irgendwie spüre ich meine Lungen gar nicht mehr. Mir ist so schwindelig und da ist ein Druck auf meiner Brust, der sich ganz und gar nicht gut anfühlt.

»Hier. Atme da rein.« Wieder Haydon. Ich mache die Augen auf und will zu ihm rübersehen, aber er hält mein Gesicht fest und presst etwas auf meinen Mund sowie meine Nase. »Da rein atmen. Mach schon. Gleich fühlst du dich besser.«

Ich tue, was er sagt und kann mich langsam wieder orientieren. Ich lehne an Haydons Schulter. Er fühlt sich gut an. Wie ein Fels in der Brandung, den nichts und niemand erschüttern kann. Dabei wirkte er heute Nachmittag doch noch so angeschlagen.

Nur mit den Augen sehe ich zu ihm herüber. Er sitzt neben mir und in seinem Blick liegt eine Besorgnis, die ich ihm gar nicht zugetraut hätte.

»Immer weiter atmen«, sagt er leise und mit einem rauen Unterton, der verrät, dass ich ihm einen ganz schönen Schrecken eingejagt haben muss.

Ich tue, was er sagt und atme. Der Schwindel lässt mehr und mehr nach, das Gefühl kehrt in meinem Körper zurück. Dafür laufen jetzt Tränen über meine

Wangen. Doch gleichzeitig muss ich lachen, als ich herunterblicke und erkenne, was Haydon mir da vor den Mund hält.

Ich löse mich aus seinem Griff und krächze glucksend: »Ein Hundekackebeutel?!«

Haydon grinst schief, was an seinem besorgten Blick jedoch nichts ändert. »Da hinten zwischen den Dünen gibt es einen Spender. Keine Sorge. Der ist unbenutzt.«

Ich muss noch mehr lachen. »Das will ich doch auch hoffen!«

Oh Mann. Da will man einfach nur auf eine Party gehen und landet am Ende heulend am Strand, wo man vor den Augen des größten Frauenhelden der ganzen Uni in einen Kackebeutel atmet.

»Eve.« Haydon dreht mein Gesicht zu sich. Seine Berührung ist sanft, aber bestimmt. »Du musst dich jetzt beruhigen, okay? Du wirst gerade total hysterisch.«

Ja, das merke ich. Ich lache immer noch, aber gleichzeitig vernebeln neue Tränen meinen Blick, und dann wird aus dem Lachen ein Schluchzen.

Oh, verdammt. Das wollte ich nicht. Ich wollte neu anfangen. Das viele Weinen sollte der Vergangenheit angehören. Hier in New Haven wieder damit zu beginnen, fühlt sich an, als würde ich mir selbst gegenüber ein Versprechen brechen und auf einmal erscheint mir alles so verflucht hoffnungslos.

Kann ich denn nicht einfach wieder die Alte sein?

»Hey.« Haydon lässt meine Wange los und zieht mich ganz unvermittelt wieder in seine Arme. Es fühlt sich komisch an. Er wirkt immer so distanziert, aber jetzt gerade nicht mehr. Als hätte er mich mit sich hinter seine Fassade genommen. Als würde sie jetzt uns beide umschließen. Er hält mich ganz fest und redet leise auf mich ein: »Ist schon okay. Alles wird wieder gut, Eve.«

Ich schließe die Augen. Das hier ist verrückt. Mich ausgerechnet von Haydon trösten zu lassen, der mir mental so stabil wie ein Jenga-Turm zu sein scheint, macht überhaupt keinen Sinn. Aber in diesem Moment kommt er mir wie jemand vor, den nichts erschüttern kann. Wie jemand, der mich durch jeden Sturm, durch jede Gefahr bringen könnte. Ich fühle mich in Sicherheit. Und mir wird klar, wie sehr mir das gefehlt hat. Weil ich dieses Gefühl bisher nur bei einem hatte. Bei Keen.

»Alles wird wieder gut«, wiederholt Haydon.

Dann sagt er gar nichts mehr, sondern hält mich einfach nur fest, bis es irgendwann wieder geht. Bis die Tränen versiegen und ich aufhöre zu schluchzen.

Mühevoll löse ich einen Arm aus seinem stahlharten Griff und wische mir über die Wangen.

»Danke«, flüstere ich. Dann sehe ich zu Haydon auf.

Er erwidert meinen Blick und macht keine Anstalten, mich loszulassen.

»Ich seh scheußlich aus«, spreche ich aus, was wir beide denken.

»Unsinn. Du siehst großartig aus. Wie ein Footballspieler mit Kriegsbemalung.«

Ich muss lachen. Es fühlt sich komisch an, aber nicht

mehr so sehr wie gerade, als ich kurz davor war, völlig durchzudrehen. »Na toll«, murmle ich und wische mir erneut über die Wangen.

Haydon hält mir kurzerhand den Saum seines Shirts hin.

»Das versaue ich doch total.«

»Hast du eh schon.«

Ich blicke auf seine Schulter und erkenne die großen schwarzen Mascaraflecken, die ich dort hinterlassen habe. Er hat Recht. Jetzt ist es auch egal. Ich greife nach dem blauen Stoff und wische mir damit die verlaufene Schminke weg.

»Besser?«, frage ich.

Haydon mustert mich prüfend und nickt.

»Woher kennst du den Trick mit der Plastiktüte?«, frage ich.

Noch immer sieht er mich an und scheint einen Moment lang zu überlegen, ob er antworten soll. Dann gibt er sich sichtlich einen Ruck und sagt: »Meine Mutter starb, als ich noch klein war. Danach hatte ich eine Weile richtige Panikattacken. Meine Nanny half mir mit diesem Trick.«

Seine Nanny, nicht sein Dad. Ich nicke. »Das tut mir sehr leid«, sage ich ehrlich.

Haydon zuckt mit den Schultern, blickt einen Moment lang an mir vorbei und ich fürchte schon, dass er seine Mauer jetzt gleich wieder hochziehen wird. Ich könnte es ihm nicht einmal verübeln, denn ich verstehe ihren Zweck mehr und mehr.

Doch stattdessen sieht er mich nach ein paar Sekunden wieder an. »Erzähl's mir«, fordert er.

Ich frage nicht, was er meint, denn es ist vollkommen klar. Die Frage ist, ob ich es hinkriege, einfach darüber zu reden. Er wäre der Erste, bei dem ich es tue.

»Das *Open and Out*«, sagt Haydon, als wollte er mir ein Stichwort geben.

Kurz blicke ich auf die Plastiktüte, die zwischen uns im Sand liegt. Dann sehe ich ihn wieder an. »Hast du ... Weißt du mittlerweile, was dort passiert ist?«

Er schüttelt den Kopf und gibt ein kurzes, hartes Lachen von sich. »Nein. Ich weiß, ich hätte es googlen können. Aber die Wahrheit ist, ich bin ein egoistischer Arsch.«

»So ein Arsch auch wieder nicht«, erwidere ich und entlocke ihm damit ein Schmunzeln.

»Ja. Danke.«

Damit richten sich seine blauen Augen auf mich, doch ich halte seinem Blick nicht stand. Stattdessen wende ich mich dem dunklen Ozean zu.

»Wir waren dort«, sage ich. »Mein Bruder Keenan und ich. Wir hatten die Tickets schon seit Monaten und haben uns wie bescheuert auf das Festival gefreut, weil ein paar unserer absoluten Lieblingsbands dorthin kommen sollten. Wir fuhren früh los und sicherten uns Plätze ganz vorn an der Hauptbühne. So waren wir immer. Bei allem, was wir taten, mittendrin.«

»Dein Bruder«, wiederholt Haydon.

Ich nicke. »Ja, aber er war mehr ein Freund für mich.

Er war ... einfach nur toll.«

»Kannte ich ihn? Hat er auch in Yale studiert?«

Ich schüttle den Kopf und muss beinahe lächeln. Es freut mich, dass sich jemand für Keen interessiert. »Mein Vater hat eine Schreinerei draußen in Woodbury. Dort hat er gearbeitet. Er war kein Typ für die Uni. Er wollte einfach nur leben. Alles mitnehmen. Und er konnte jeden mit sich reißen. Vor allem mich. Er war immer mein großes Vorbild und ich wäre ...« Ich schlucke. »Ich wäre ihm in die Hölle gefolgt, vermute ich.«

Haydon sagt nichts, zieht mich nur enger an sich.

Ich lehne den Kopf wieder an seine Schulter und blicke hinauf in den Sternenhimmel.

»Zuerst war das Festival richtig toll«, erzähle ich weiter. »Es war warm, der erste Sommertag des Jahres. Die Musik war der Hammer. Wir hatten Spaß. Und dann kam eine unserer Lieblingsbands. *Ten Things I Hate About Christmas.*«

»Ist das die Band, die gerade lief?«

Ich nicke. »Es war nicht derselbe Song, sondern ein anderer Hit von ihnen, zu dem es passierte. Sie hatten etwa 10 Minuten gespielt und stimmten gerade *Welcome to Wasteland* an«, erzähle ich weiter. »Dann brach auf einmal Panik aus. Zuerst dachten wir, dass es weiter hinten eine Moshpit gibt und darum alle nach vorne drängen.«

»Eine was?«

»Eine Art Kreis, in dem sich die Typen zur Musik

herumschubsen. Das ist normal auf solchen Konzerten und wird normalerweise nach ein paar Minuten von den Sicherheitsleuten beendet. Aber diesmal endete es nicht. Es wurde schlimmer. Die Leute drückten von hinten immer härter gegen uns. Wir wurden vorne total eingequetscht. Die Ersten flüchteten über die Wellenbrecher oder versuchten es zumindest, aber die Securitys hinderten sie daran, weil sie nicht verstanden, was los war. Die dachten, wir wären irre Fans, die die Bühne stürmen wollen. Stattdessen bekam man ... Man bekam einfach keine Luft mehr.« Ich spüre, wie meine Stimme bricht und räuspere mich.

»Was war denn los?«, fragt Haydon vorsichtig.

Ich schlucke neue Tränen herunter, ehe ich weiterrede. »Später erfuhr ich, dass jemand in den hinteren Reihen eine Weste mit Sprengstoffattrappen daran trug. Das sollte wohl ein richtig bescheuerter Witz sein, aber die Leute nahmen die Sache ernst und wollten einfach nur weg. Dadurch brach die Panik aus.«

Ich rechne damit, dass Haydon fragt, was als Nächstes geschah. Aber das tut er nicht. Er gibt mir Zeit, die richtigen Worte zu finden. Als würde es dafür richtige Worte geben. Ich schließe die Augen, atme ganz tief durch.

Wie soll ich es sagen? Wie soll ich in Worte fassen, was ich an jenem Nachmittag erlebt habe?

»Keen und ich wurden getrennt«, erzähle ich schließlich weiter. Meine Stimme stockt, bricht aber nicht nochmal. »Er hat versucht, zu mir rüberzukommen. Fast bekam ich seine Hand zu fassen. Aber dann …« Ich mache die Augen auf, sehe wieder auf das dunkle weite Meer. »Eine neue Welle aus Menschen drängte sich zwischen uns. Ich wurde gegen die Absperrung gedrückt, so hart, dass zwei meiner Rippen brachen. Einen Moment lang wurde mir schwarz vor Augen. Und als ich wieder etwas sehen konnte, war mein Bruder weg.«

»… Weg?« Haydon sieht mich an.

Ich erwidere seinen Blick, auch wenn sein Gesicht leicht verschwimmt. »Ich konnte ihn nicht mehr sehen und geriet in Panik. Ich rief seinen Namen, versuchte, irgendwie auf den Wellenbrecher zu klettern, um ihn zu finden. Ein Security packte mich. Mittlerweile hatten sie verstanden, was passierte und halfen uns raus. Ich wehrte mich. Ich konnte doch nicht ohne Keenan gehen! Dann sah ich ihn zwischen den Leuten am Boden. Nur ganz kurz. Er lag reglos da, sein Gesicht war blutverschmiert. Auf seiner Stirn war ein Schuhabdruck. Und sein Kopf war …«

Ich erschauere. Haydon spürt es und rutscht näher an mich heran.

»Er war nicht mehr am Leben«, sage ich leise.

Haydon hält mich fest. Ich höre ihn atmen, doch er schweigt eine ganze Weile. Als ich schließlich zu ihm aufblicke, sehe ich das Entsetzen in seinen Augen.

»Ich weiß nicht … Ich weiß nicht, was ich dazu sagen soll, Eve«, gibt er zu.

»Schon gut. Das weiß ich auch nicht.«

Er sieht mich an. »Die Welt kann manchmal so verflucht beschissen sein«, erwidert er.

Ich nicke langsam. Er hat Recht. Das war einer der ersten Gedanken, die mir durch den Kopf gingen, als ich im Krankenhaus langsam wieder klar denken konnte. Was für ein beschissener Ort ist das, an dem Menschen wie Keenan so jung sterben müssen?

»Ja«, stimme ich Haydon zu. »Aber weißt du, was mir klargeworden ist?«

Er schüttelt den Kopf.

»Zu meinem Bruder war die Welt einen Tag lang grausam. Aber an allen Tagen davor ...« Ich lache erstickt, als eine Flut aus Erinnerungen mein Hirn füllt. »An allen anderen Tagen war sie wundervoll zu ihm. Ich weiß noch, wie wir auf Hawaii waren. Oder beim Rafting in den Rocky Mountains. Oder wie wir als Kinder Baumhäuser gebaut haben. Oder wie stolz er war, als er seinen ersten eigenen Tisch gebaut hatte. Oder als er mit seinem Skateboard seinen ersten Stunt hinbekommen hat.« Wieder lache ich, dann sehe ich Haydon an. »Wenn mich sein Tod eins gelehrt hat, dann das: Wir sollten die Welt nicht dafür verfluchen, dass sie manchmal mies ist. Wir sollten ihr dankbar für die Dinge sein, die wir in ihr erleben dürfen. Wenn wir uns trauen.«

»Ja«, antwortet Haydon.

Sein Blick hält immer noch meinen fest und ich habe keine Ahnung, ob er in diesem Augenblick mein Anker ist oder ob es eher umgekehrt ist. Schweigend sitzen wir da und lauschen auf die Brandung, während der Sand unter uns langsam abkühlt und der Tag endgültig der Nacht Platz macht.

»Ich bin froh, dass du überlebt hast«, sagt Haydon und streicht mir eine Strähne aus dem Gesicht.

Seine Worte machen mich nachdenklich. Wenn ich ehrlich bin, habe ich bisher gar nicht daran gedacht, dass es mich dort auch hätte erwischen können. »Ich auch«, gebe ich nach einem Moment zu.

Haydon mustert mich wieder auf diese seltsam prüfende Art, dann nickt er. Seine Hand legt sich auf meine Wange, sein Blick löst sich von meinem und wandert wieder hinab zu meinen Lippen, so wie vorhin. Und genau wie vorhin macht mich das irgendwie nervös.

Zittrig atme ich ein, spüre Haydons warme Finger in meinem Gesicht, seinen Körper dicht an meinem, sehe in sein viel zu attraktives Gesicht.

Er kneift die Brauen zusammen, scheint für eine Sekunde mit sich zu kämpfen. Doch dann schließen sich seine Finger um mein Kinn, er hebt mein Gesicht leicht an und senkt seine Lippen auf meine.

Ein Schauer erfasst mich. Automatisch schließe ich die Augen und genieße einen Moment lang einfach nur seine Berührung. Dann setze ich mich ein Stück weit auf und schlinge die Arme um seinen Hals, und als hätte ich ihm damit eine Einladung erteilt, öffnet Haydon den Mund, lässt seine Zunge sanft über meine Lippen gleiten und bittet so um Einlass.

Ich lasse zu, dass er seine Zunge in meinen Mund

schiebt, genieße das Kribbeln in meinem Körper, als sie mit meiner zu spielen beginnt. Keine Ahnung, ob ich schon mal so geküsst worden bin. Augenblicklich wird mir wieder ein bisschen schwindelig, aber diesmal auf eine gute Art.

Haydon scheint es zu spüren, denn er hält mich fester, doch gleichzeitig wird sein Kuss etwas fordernder, und auch das gefällt mir. Meine bisherigen Freunde waren eher schüchterne Küsser. Jungs. Haydon küsst wie ein Mann. Ich mag es, wie er schmeckt, ein bisschen nach Alkohol, und wie sich sein durchtrainierter Körper unter meinen Händen anfühlt.

Er lässt seine Zunge aus meinem Mund gleiten, saugt spielerisch an meiner Unterlippe und ich revanchiere mich, indem ich zart, aber bestimmend in seine beiße. Ich spüre sein angedeutetes Grinsen, ehe er unseren Kuss wieder vertieft. Gleichzeitig wandern seine Hände an meinem Oberkörper hinab, über meine Taille, dann packt er meine Hüften und dreht sich mit mir herum, sodass er über mir ist. Er drängt sich zwischen meine Schenkel und in diesem Moment wird mir klar, was er vorhat.

Das Bescheuerte ist, dass ich es will. Ich will, dass wir einander die Kleider vom Leib reißen, ich will seinen muskulösen, vom Rugby gezeichneten, kraftvollen Körper ganz nah an meinem spüren, will wissen, was seine Hände, seine Zunge und der Rest von ihm mit mir anstellen, wenn ich ihn nur lasse.

Doch leider bin ich nicht blöd genug dafür.

Ich höre auf ihn zu küssen, drehe den Kopf zur Seite und drücke ihn mit der Hand von mir.

»Was ist?«, fragt er atemlos. »Ist alles okay?«

»Ja, es ist …« Ich brauche eine Sekunde, um meine Worte klar zu formulieren. »Es ist alles bestens … Ich denke nur nicht, dass wir das tun sollten …«

Haydon richtet sich auf und sieht mich ungläubig an.

Ich räuspere mich und ziehe mein Kleid zurecht, dann rutsche ich zurück und setze mich auf. »Weißt du … Ich hätte es mir eigentlich denken können.«

»Was?«, fragt er perplex.

»Was du mit deinem plötzlichen Interesse bezweckt hast.« Wieder sehe ich ihm in die Augen. Diesmal jedoch wird dieser Blick nicht zu einem Kuss führen. »Langweilen dich die immer gleichen Oberklasse-Mädchen und du wolltest mal was anderes ausprobieren?«

»Nein«, stammelt Haydon, »so war das nicht, ich hab überhaupt nicht geplant …«

Ich schüttle den Kopf. »Ist schon gut. Wirklich.«

Er soll sich die Ausreden sparen. Ich stehe auf und sehe mich nach meinen Schuhen um, dann realisiere ich, dass ich sie am Eingang des Clubs stehen lassen habe. »Ich werde jetzt nach Hause fahren. Danke fürs Zuhören.«

Damit wende ich mich ab und eile davon. Haydon ruft meinen Namen. Ich glaube zu hören, dass er mir auch ein paar Schritte folgt, aber dann lässt er es gut sein. Ich wische mir übers Gesicht, erwarte irgendwie neue

Tränen, doch es kommen keine. Ich bin auch gar nicht traurig in diesem Moment. Nicht wütend oder sonst irgendwas. In mir herrscht einfach nur ein riesiges Chaos. Ich fühle mich aufgewühlt – von dem, was ich Haydon erzählt habe und von dem, was darauf folgte. Von dem bittersüßen Geschmack dieses Abends, der leider mit einer unschönen Erkenntnis endet.

Typen wie Haydon tun nie etwas ohne Hintergedanken. Seiner war es wohl, mich flachzulegen, sobald ich zulasse, dass er mir etwas näherkommt.

Na ja, immerhin war er hartnäckig. Und kreativ. Von *Bring dich bitte nicht um* bis *Lass es uns im Sand treiben* ist es ein weiter Weg.

Tja. Er wird jemand anderen finden, von dem er sich seine Bestätigung holen kann. Und ich will jetzt nur noch ins Bett.

***

Kapitel 7

Haydon

Ich wehre Zane ab, der mich mit irgendeinem dummen Spruch von der Seite anmacht, zwänge mich an Frauen vorbei, die mich antanzen und bahne mir meinen Weg zur Bar. Mein Puls rast und ich brauche jetzt dringend etwas, das mich vom Nachdenken abhält.

»Einen doppelten Scotch«, sage ich und höre selber, wie atemlos ich klinge. Als wäre ich einen Marathon gelaufen.

Ich lasse mich auf einen der Barhocker fallen und atme tief durch.

Das Blut rauscht in meinen Ohren und mischt sich mit den nervtötenden Bässen hier im Beach Club. Ich presse die Hände gegen meine Schläfen und versuche, an gar nichts zu denken. Ich starre auf die Theke und sehe den bunten Lichtern dabei zu, wie sie sich in der weißen Lackierung spiegeln.

Wo bleibt der Whisky?

Scheiße, das gerade hätte nicht passieren dürfen. Was habe ich mir nur dabei gedacht? Da fing ich gerade an, ihr Vertrauen zu gewinnen und dann versaue ich alles, indem ich über sie herfalle. Ich muss mich einfach wieder besser im Griff haben, doch das fällt mir momentan extrem schwer.

»Scotch, doppelt.« Der Barkeeper knallt mir mein Glas ein bisschen zu fest hin.

Anscheinend hat er ein Problem mit mir. Ich blicke auf. Ach ja, der langhaarige Spinner. Den hatte ich ganz verdrängt. Aber ich habe gerade anderes im Kopf, als mich mit ihm anzulegen.

Ich setze den Whisky an die Lippen, trinke aber noch nicht. Alleine der Geruch bringt mich heute zum Würgen. Ich bin niemand, der sich besäuft. Eigentlich. Am liebsten bin ich Herr meiner Sinne. Doch heute ist die berauschende Wirkung von Alkohol genau das, was ich brauche. Ich leere mein Glas in einem Zug und knalle es ebenso fest auf die Theke wie der Barkeeper zuvor. Die Eiswürfel schlagen klirrend gegeneinander. Ich bilde mir ein, es über die laute Musik hinweg hören zu können.

»Noch einen«, fordere ich und hoffe, dass die Wirkung bald einsetzt.

Bilder fluten mein Hirn. Traumfetzen. Von früher und von heute.

Ich will sie nicht sehen. Will nicht an Everley denken, nicht an Mom.

Doch ich kann mich nicht dagegen wehren. Als säße ich in einem viel zu schnellen Karussell, ziehen die Szenen an mir vorbei.

Mom in dem brennenden Auto. Everley im freien Fall von der Brücke.

Immer und immer wieder.

Je näher ich Everley komme, desto mehr kommen die Erlebnisse von damals wieder in mir hoch. Je mehr ich sie retten will, desto deutlicher erinnere ich mich, wie hilflos ich damals war. Als ich in dem völlig zerstörten Wrack lag, schwer verletzt und trotzdem wach. Als ich immer wieder nur dasselbe dachte: *Wieso hast du nichts gesagt? Wieso hast du sie nicht gewarnt? Wieso hast du das nicht verhindert?*

»Noch einen, habe ich gesagt!« Ich sehe auf.

Der Barkeeper stellt mir einen zweiten Scotch hin. »Immer mit der Ruhe.« Er mustert mich abschätzig und ich würde ihm dafür am liebsten die Zähne ausschlagen.

Was hat er für ein verdammtes Problem mit mir? Hätte er Everley doch folgen sollen, als sie rausgelaufen ist, anstatt weiter seinen idiotischen Tanz aufzuführen! Dann hätte ich das nicht tun müssen. Dann hätte sie mir nicht ihre Geschichte erzählt, ich hätte sie nicht in den Armen gehalten und wir hätten uns nicht geküsst. Ich hätte nie erfahren, wie süß sie schmeckt.

Ich ziehe das Glas zu mir heran, nehme aber nur einen Schluck. Noch immer starrt der tätowierte Typ mich zwischen seinen Gläsern und Flaschen hindurch an.

»Hast du ein Problem, Bitch?«, höre ich mich fragen.

Der Barkeeper scheint einen Augenblick zu überlegen, ob ich ihn meine. Dann grinst er auf eine überhebliche Art und treibt mich damit vollends zur Weißglut. »Wen nennst du hier Bitch, *Bitch*?«

Versucht er, mich zu provozieren? Will dieser Kerl sich wirklich mit mir anlegen?

Gerade will ich von meinem Hocker aufspringen, als sich jemand in mein Blickfeld schiebt, mich an den Schultern packt und zurück auf meinen Platz drückt.

Bea.

Woh, ich kann mich kaum auf den Beinen halten und lasse mich wieder auf die Sitzfläche fallen.

»Niemanden. Er ist nur betrunken, stimmt's?« Beatriz sieht mich eindringlich an und versperrt mir den Blick auf die Bar.

»Die Barschlampe soll aufhören mich anzustarren!« Ich höre, dass meine Worte verwaschen klingen. Ich lalle, als hätte ich eine ganze Flasche intus. Wahrscheinlich würde ich mich ziemlich zum Affen machen, wenn ich jetzt eine Schlägerei anfange.

Als hätte Bea meine Gedanken gelesen, sagt sie: »Du kannst keinen weiteren Skandal gebrauchen. Du bist betrunken. Lass uns gehen.«

Ich sehe sie an, doch mein Hirn schafft es nicht, ihr Gesicht scharfzustellen.

Heilige Scheiße, ich bin einfach aus der Übung. Ein doppelter Scotch und dieser Longdrink haben mich vollkommen umgehauen. Vielleicht hat mein Vater recht. Ich sollte die Rugby-Karriere an den Nagel hängen – und mich dann im Saufen üben.

Das ist doch mal eine Karriere. Haydon Rhodes, Sohn des Immobilien-Giganten Richard Rhodes, endet als Säufer in den Straßen von New Haven.

»Was grinst du denn so?« Bea wirkt eher besorgt als verärgert.

Ich? Grinse ich? Warum? Was ist so lustig?

Eigentlich ist doch alles verflucht traurig, oder nicht?

Ich zucke ratlos mit den Schultern und will nach

meinem Glas greifen, aber Bea schiebt es außer Reichweite.

»Heeey ...«

»Du hast genug. Steh auf, Hayds.« Sie greift mir unter die Arme, als könnte sie mich hochheben.

»Ich mach das schon«, nuschle ich, brauche allerdings einen Augenblick, um mich von dem Hocker rutschen zu lassen.

Alles dreht sich und die flackernden Lichter machen mich total irre.

»Scheiße ... Scheiß-Musik ... Scheiß ...«

»Ja ja. Ssh. Bleib mal eine Sekunde so stehen.« Bea schlingt einen Arm um meine Hüfte und zieht etwas aus meiner Hosentasche. Wahrscheinlich mein Portemonnaie. »Hier.«

Hier?

Sie scheint nicht mich zu meinen, sondern den Kerl an der Bar. Ich versuche, zu erkennen, was sie tut und drehe den Kopf. Heftiger Schwindel erfasst mich und ich lasse es lieber.

»Was ...?«

»Ich bezahle dein Saufgelage.«

»Sauf-?« Sie übertreibt. Bea übertreibt immer.

»Du musst mehr essen. Hast du heute was gegessen?«

Habe ich? Ich nicke, auch wenn ich mir alles andere als sicher bin.

Wieder macht sich Bea an meiner Hosentasche zu schaffen, dann legt sie mir einen Arm um die Hüfte. »Gehen wir.«

»Okay …« Ich halte mich an Beatriz fest, denn sie scheint nicht so stark zu schwanken wie alles andere im Gold 33.

Ich sehe in Zanes blödes Grinsen, als wir Seite an Seite über die Tanzfläche taumeln. Bea hat alle Mühe, mich zwischen den Leuten her zu dirigieren. Ich würde ihr gerne helfen, aber irgendwie habe ich keine Ahnung, wie. Ich weiß nur eins: Diese ganzen Idioten sollen bloß ihre Handys stecken lassen. Wenn einer von ihnen mich dabei filmt, wie ich hier herum torkle, kann ich die NRL abschreiben.

Vielleicht sollte ich das sowieso tun.

»Hier entlang.« Bea schiebt mich um eine Ecke, raus aus der tanzenden Menge.

»Das ist wirklich nett von dir, dass …«

»Dank mir später.« Bea nimmt jetzt meine Hand und will mich wieder hinter sich herschleifen wie ein Hündchen.

Aber ich habe andere Pläne. Mein Blick fällt auf die Toiletten und ich bleibe einfach stehen, hindere Bea so am Weitergehen.

»Haydon.« Sie sieht vorwurfsvoll über die Schulter zu mir zurück.

Ich grinse sie an und ziehe sie an mich, presse meine Lippen auf ihre.

Es dauert nur einen kurzen Moment, bis sie meinen Kuss erwidert. Sie schmeckt nach Champagner und Pfefferminzbonbons. Ich schiebe meine Zunge in ihren Mund, spüre ihre Finger an meinem Gürtel.

Langsam gehe ich rückwärts, bis ich mit dem Rücken gegen die Toilettentür stoße.

Sie so nah bei mir zu haben, fühlt sich gut an. Vertraut. Und nach meinem alten Leben. Nicht nach dem Chaos, das seit dem ersten Traum vor fünf Tagen herrscht.

Bea öffnet die Tür und wir stolpern ins Innere, wobei wir uns noch immer küssen.

Außer uns ist niemand da.

Ich lehne mich an die Wand im Waschraum, da es sich so ein bisschen weniger anfühlt, als würde sich alles drehen. Bea lässt von meinen Lippen ab und küsst nun meinen Hals. Es jagt keinen Schauer über meinen Körper, löst kein Verlangen in mir aus. Aber immerhin bin ich abgelenkt.

Langsam sehe ich zu Bea runter und vergrabe meine Hand in ihrem Haar, als sie sich vor mich kniet. Ich kann die Nähte ihrer Extensions spüren. Meinen Gürtel hat sie bereits geöffnet. Durch den Stoff meiner Jeans reibt sie meinen Schwanz und ich spüre, dass er langsam hart wird.

Bea sagt irgendwas, das ich nicht verstehe, dann zieht sie mir die Hose ein Stück herunter.

In meinen Ohren dröhnt es und ich habe immer noch Mühe, aufrecht stehenzubleiben. Dann spüre ich, wie sich Beas Lippen um mein bestes Stück schließen und ich kann ein Keuchen nicht mehr unterdrücken.

Verdammt ja, das ist genau die Art von Ablenkung, die ich jetzt brauche.

Ich lege den Kopf in den Nacken und starre an die Decke.

Obwohl ich versuche, mich voll und ganz auf Beatriz zu konzentrieren, blitzt immer wieder Everleys Gesicht vor meinem inneren Auge auf.

Wie sie lacht.

Wie sie fällt.

»Reiß dich zusammen, Hayds«, flüstere ich mir selber zu und sehe mich dabei im Spiegel an. Mein Gesicht ist fahler als sonst, der gewohnt gleichgültige Ausdruck ist daraus verschwunden, stattdessen ist da etwas in meinem Blick, das mir ganz und gar nicht gefällt. Ich sehe mich an wie einen Fremden. Wie einen Fremden, den ich verachte.

Was mache ich hier nur? Ich bin widerlich. Gerade knutsche ich noch mit Eve und jetzt?

Ich sollte nicht ... Das ist nicht richtig. Was ich hier tue, wird nichts ändern und völlig egal, wie gut sich Beas Lippen an meinem besten Stück anfühlen – das macht nichts besser.

»Tut mir leid«, nuschle ich. Dann wiederhole ich etwas lauter: »Tut mir leid, Bea.« Ich schiebe sie von mir und ziehe mich wieder an.

»Haydon!« Fassungslos kniet Beatriz auf dem Boden und sieht zu mir hoch. Ihr Lippenstift ist so gut wie verschwunden. »Du servierst mich nicht ab. Nicht noch einmal! Nicht so!«

»Tut mir leid«, sage ich wieder und dränge mich an ihr vorbei.

»Haydon Rhodes! Wenn du jetzt gehst, dann wirst du mich kennenlernen!«

Ich will sie nicht kennenlernen. Alles, was ich von ihr weiß, reicht, um zu wissen, dass sie niemals die richtige Frau für mich sein wird.

»Haydon!«

Ich taumle nach draußen und die Geräuschkulisse scheint mich erdrücken zu wollen wie eine Steinlawine. Es ist zu laut, zu grell, zu voll.

Zu unecht.

Ich laufe weiter, aber der Sand macht das Fortkommen schwierig. Ich kann nur hoffen, dass mir Bea nicht folgt.

Doch ich habe Glück. Als ich oben an der Promenade ankomme, gönne ich mir einen Moment, um zurückzusehen.

Unten im Gold 33 geht die Party weiter, als wäre nichts gewesen.

Dabei hat sich vor fünf Tagen alles geändert.

Alles.

***

Diese ganzen Polohemden-Träger gestern Abend im Beach Club haben mich inspiriert. Ich glaube, ich weiß jetzt, was meinen Entwürfen noch gefehlt hat.

Das Moderne. Der New Haven Chic.

Aber da ich von meinem Stil nicht vollkommen abrücken wollte, habe ich einen Kompromiss geschlossen.

Eingehend betrachte ich, was ich seit den frühen Morgenstunden zu Papier gebracht habe.

Ein schwarzes Poloshirt, jedoch mit Lederkragen und drei kleinen silbernen Nieten anstelle des üblichen Sportlogos. Ein Kostüm im Stil von Chanel. Allerdings ist die Jacke eng, geschnitten wie ein Korsett und an den Schultern mit Epauletten versehen. Ich stelle mir dazu einen glänzenden Stoff vor, am besten Seide.

Gerade zeichne ich ein Etuikleid mit Spitzeneinsatz. Die Spitze soll sich wie ein feines Spinnennetz über die Schultern ziehen und dem Ganzen so einen morbiden Touch verpassen.

Ich überlege, wie ich es am besten darstellen soll, als es an meiner Tür klopft.

Eigentlich erwarte ich niemanden. Mom und Dad werden sicher nicht unangekündigt hier auftauchen und meinen und Keenans Freunden habe ich mehr als deutlich gesagt, dass ich erstmal meine Ruhe brauche. Also kann es nach gestern Abend nur eine sein. Beatriz, die mich auf den Kuss ansprechen will.

Oder aber …

Ehe ich den Gedanken zu Ende geführt habe, stehe ich auch schon vor der Tür und drücke die Klinke.

»Haydon«, sage ich ziemlich überrascht.

»Hi.« Er trägt eine Sonnenbrille und ein eng geschnittenes Shirt mit V-Ausschnitt, das seine Muskeln zur Geltung bringt. Seine Jeans sitzen wie immer perfekt, das smarte Lächeln jedoch nicht, wie ich feststelle. Es wirkt sogar ein wenig nervös, wie er sich die Sonnenbrille ins Haar schiebt. »Kann ich reinkommen?«

»Ich arbeite«, sage ich, trete aber trotzdem zur Seite.

Haydon kommt rein und sieht sich um. Ich habe die zerfetzten Poster natürlich nicht wieder aufgehängt, weshalb meine Wände kahler wirken, als sie es normalerweise sind. Meine Entwürfe sind über den Schreibtisch verteilt und mein Bett ist ungemacht. Wenn ihn das stört, soll er wieder gehen. Ich habe ihn schließlich nicht darum gebeten, herzukommen.

»Deine Seite?« Er deutet auf Mias Bett und grinst. Auch das wirkt etwas nervös und ein bisschen weniger gekünstelt als sonst.

Ich betrachte ihre rosafarbene Vintage-Deko und muss lachen. »Jepp, genau. Dort wohne ich.« Ich zeige auf meine Zimmerseite, auf die Horrorfilme, die Thriller im Bücherregal und den offenen Schrank, der fast nur schwarze Klamotten enthält. »Meine Mitbewohnerin ist etwas strange drauf. Das ist manchmal richtig gruselig.«

Haydon lächelt und geht auf meinen Schreibtisch zu.

Er studiert die Entwürfe, als hätte er Ahnung davon. Dann nickt er. »Die sind ziemlich gut.«

»Danke.« Ich verschränke die Arme und unterdrücke den Impuls zu fragen, was er hier sucht. Es ist offensichtlich, dass er wegen irgendetwas mit sich ringt.

Und auch wenn ich gerade ganz gut mit dem Zeichnen vorankomme, habe ich es dennoch nicht eilig. Ich gebe ihm Zeit.

»Eve«, sagte er nach einem Moment und dreht sich zu mir um.

Ich erwidere seinen Blick und nicke auffordernd. Was auch immer er zu sagen hat, es scheint ihm verdammt unangenehm zu sein.

»Gestern Abend …«

Er spricht nicht weiter, also sage ich: »Ist schon gut. Ich hatte was getrunken, du vermutlich auch und …«

Tja. Keine Ahnung, was ich weiter sagen soll. Wenn ich ehrlich bin, habe ich die halbe Nacht über diesen Kuss nachgedacht. Darüber, ob es stimmt, was ich ihm im ersten Moment danach vorgeworfen habe – dass er mich nur angesprochen hat, weil er mich flachlegen wollte. Wenn ich ehrlich bin, bin ich zu keinem Schluss gekommen. Möglicherweise steckte von ihm ja auch gar keine Berechnung dahinter und dieser Kuss ist einfach passiert. Warum nicht? Wir waren uns sehr nah in diesem Moment, da kommt so was vor.

Das größte Problem daran ist eigentlich, dass Haydons Kuss so verdammt heftig in meinem Inneren gekribbelt hat.

Haydon schüttelt den Kopf. »Was ich sagen wollte, betrifft nicht uns beide, sondern Bea und mich.«

Ich hebe beide Hände. »Woh, Augenblick. Es interessiert mich nicht, was ihr zwei so treibt, in Ordnung?« Ich will nichts von seinen Bettgeschichten hören.

Haydon verzieht das Gesicht. »Darum geht es ja gerade. Wir haben gar nichts getrieben. Also zumindest fast nichts.«

»Haydon. Sie ist deine Freundin, Exfreundin, On-Off-Beziehung oder wie auch immer du es nennen willst. Und du hast jedes Recht dazu, mit ihr zu tun, was auch immer ihr so tut. Wenn du Angst hast, dass ich ihr erzählen könnte, dass du dich an mich rangemacht hast, kann ich dich beruhigen. Ich habe nicht vor, ihr irgendetwas zu verraten.«

Haydon sieht mich an, als hätte er in eine Zitrone gebissen und schüttelt den Kopf. »Es ist mir egal, was du ihr erzählst und was nicht. Es geht nicht um Bea.«

Nicht? Dann frage ich mich, warum er überhaupt mit ihr angefangen hat.

»Ich wollte dir eigentlich nur sagen, dass da nichts gelaufen ist.«

Ich nicke. »Okay. Cool.« Glaubt er im Ernst, mich würde das irgendetwas angehen? Nur weil wir uns einmal geküsst haben?

Haydon fährt sich mit der Hand durchs Gesicht, als würde er nach Worten suchen und Zeit schinden müssen. Dann gibt er sich offenbar einen Ruck. »Hast du heute schon was vor?«

»Wieso?«, frage ich vorsichtig. Mir schwant nichts Gutes. Bisher endeten alle – freiwilligen oder unfreiwilligen – Treffen mit Haydon in einer Katastrophe.

»Ich will dich einladen.«

»Ich habe genug von Beach Clubs und teuren Restaurants.«

»Das habe ich mittlerweile kapiert.« Wieder dieses schiefe unperfekte Grinsen, das seine Augen erreicht und daher tausend Mal echter wirkt als das breite Strahlen, das er sonst an den Tag legt. »Pass auf. Ich hab mich auf deiner Facebook-Seite umgesehen und ich weiß, dass du auf Action stehst.«

Okay, jetzt überrascht er mich wirklich. Er hat versucht, rauszufinden was ich so mag und lädt mich zu einem Date ein? Schlagartig schlägt mein Herz wieder etwas schneller. Das ist verrückt. Haydon und ich auf einem Date – das ist ungefähr so, als würden sich der Mount Everest und der Marianengraben miteinander verabreden. Nur, dass wir vermutlich noch weniger gemein haben als der höchste Berg und der tiefste Punkt der Erde.

»Ach ja? Und was genau hast du vor?«, frage ich.

»Das ist eine Überraschung.«

Ich nicke langsam. »Also schön. Und wann?«

»Sofort?«

»Gib mir zehn Minuten. Ich muss noch schnell unter die Dusche.« Der Satz ist raus, noch ehe ich mich stoppen kann.

Ich sehe Haydon an und erwarte irgendeinen anzüglichen Spruch, doch er nickt nur.

»Alles klar. Ich warte hier, wenn es okay ist.«

»Ist es.« Ich hole Jeansshorts und ein schwarzes Bandshirt aus meinem Schrank, schnappe mir mein Handtuch und gehe zur Tür. »Mach aber keinen Unsinn. Zieh nicht meine Unterwäsche an oder so was.«

»Spielverderberin.«

Lachend verlasse ich mein Zimmer und spüre, wie mein plötzlicher Anflug von Nervosität echter Vorfreude Platz macht.

Ich bin gespannt auf den Tag.

Gespannt auf Haydon.

***

Ich sehe Everley hinterher. Ihre ungezwungene und spontane Art gefällt mir, das kann ich nicht verleugnen, ohne mich selbst zu belügen. Keine der Frauen, mit denen ich sonst zu tun habe, hätte mich morgens hereingelassen, wenn sie noch nicht top gestylt ist. Eve ist da anders. Ihr Haar bestand aus einem wirren Dutt und sie trug Klamotten, die so knittrig aussahen, als hätte sie darin geschlafen.

Und auch ihr Zimmer …

Ich lasse meinen Blick über das ungemachte Bett schweifen. Sie macht sich einfach keine Gedanken darüber, was andere von ihr denken könnten. Sie ist einfach sie selbst und das mag ich an ihr.

Ich bin froh, dass sie zugesagt hat. Nach gestern war ich mir nicht so sicher, ob sie mich überhaupt nochmal sehen will. Mein Plan, sie durch diese Party aufzumuntern, ging ja wohl richtig in die Hose. Am Ende landete ich total betrunken in meinem Bett. Ich schlief traumlos, woran wahrscheinlich wieder der Alkohol schuld war. Aber ich kann mich nicht jeden Abend betrinken, nur um schlafen zu können. Und da ist noch etwas, das mich heute wieder zu Eve geführt hat: Der Gedanke, dass ihr was zustoßen könnte, erschreckt mich.

Ich wundere mich selbst darüber. Normalerweise lasse ich andere Menschen nicht so nah an mich heran und auch bei ihr wäre es mir lieber, sie wäre mir nach wie vor vollkommen egal. Aber immer, wenn ich mir einzureden versuche, dass es so ist, kommen mir ihre Worte von gestern wieder in den Sinn. Wie sie über all das Schöne geredet hat, das einem die Welt ermöglicht. So absurd das ist – ich will, dass sie noch viel davon erleben kann.

Das heißt wohl, dass sie mir nicht egal ist, oder?

Daher darf ich sie nicht aus den Augen verlieren. Der 4. Juli rückt näher und ich muss einfach verhindern, dass sie irgendeine Dummheit macht.

Klar, gerade kam sie mir nicht sonderlich traurig oder selbstmordgefährdet vor. Eigentlich wirkte sie auf mich noch zu keinem Moment so. Aber ich kann sie einfach nicht gut genug einschätzen, um sicher zu sein, dass sie okay ist. Außerdem scheint sie die Sache mit ihrem Bruder ganz schön mitzunehmen. Ich möchte wirklich nicht riskieren, dass sie am Unabhängigkeitstag tot im Quinnipiac River schwimmt.

Eine Weile stehe ich einfach nur da und sehe aus dem Fenster. Dann überlege ich, ob ich mich in ihrem Zimmer genauer umsehen sollte, lasse es aber. Stattdessen setze ich mich auf ihr Bett. Etwas knistert, als ich Platz nehme und ich stehe wieder auf, weil ich fürchte, dass es Entwürfe von ihr gewesen sein könnten. Ich schiebe die Decke zur Seite und entdecke ein rotes Buch. Es ist eher ein Heft.

Ich nehme es in die Hand und auf einmal beginnt mein Herz schneller zu schlagen.

TAGEBUCH steht in dicken Buchstaben darauf.

Mit einem Mal bin ich hin- und hergerissen. Es gibt nichts Mieseres, als unerlaubt im Tagebuch von jemandem zu lesen, was mir normalerweise egal wäre. Bei Eve ist es das allerdings nicht. Aber gilt das Leseverbot auch bei selbstmordgefährdeten Menschen?

Vielleicht steht hier etwas Konkreteres drin. Etwas, das mir zeigt, wie ich ihren Suizid verhindern kann.

Unschlüssig betrachte ich das Buch in meinen Händen.

Dann höre ich auf einmal Schritte, die Tür wird geöffnet und ich reagiere reflexartig. Schnell lasse ich das Heft im Bund meiner Hose verschwinden und ziehe mein Shirt darüber. Ich kann mich auf keinen Fall mit Eves Tagebuch erwischen lassen. Sie würde denken, dass ich darin gelesen habe, ihr hinterherspioniere oder so etwas. Ich kann es gleich wieder zurücklegen, in einem unbeobachteten Moment.

»Ich bin fertig, wir können los.«

Ich drehe mich zu Everley herum. Sie trägt ihr dunkles Haar feucht und offen über den Schultern, im Sonnenlicht, das durch das Fenster hereinscheint, erkenne ich ihre Sommersprossen und ihre Augen leuchten strahlend grün. Sie ist nicht geschminkt, doch ich finde sie ziemlich hübsch, auch wenn sie immer noch wie der wandelnde Tod aussieht. Es wird Zeit, dass sie etwas Farbe bekommt.

»Gut, dann los.« Ich halte ihr die Hand hin, aber sie schüttelt den Kopf.

»Uns könnte jemand sehen und die falschen Schlüsse

ziehen«, sagt sie und hält mir die Tür auf.

Es fühlt sich falsch an, doch Eve hält scheinbar nicht viel von Gentlemen, also trete ich vor ihr in den Gang.

Am liebsten würde ich ihr sagen, dass sie nicht so ernst nehmen soll, was die anderen denken. Sie reden ohnehin nur Unsinn und wer etwas auf den Klatsch und Tratsch gibt, der hier in Yale kursiert, ist selber schuld. Aber ich lasse es. Sie würde mir sowieso kein Wort glauben. Sie weiß ja selber, wie viel Wert ich normalerweise auf die Meinung anderer lege.

Seite an Seite gehen wir durch den Wohnheimflur. Das Heft in meinem Hosenbund scheint Tonnen zu wiegen und ich kann nur hoffen, dass sie es nicht entdeckt.

Auch wenn es nicht leicht war, habe ich ein Stück weit Eves Vertrauen gewonnen. Und ich will es mir nicht durch so eine blöde Sache wieder kaputt machen.

***

Kapitel 8

Everley

»Ach ja. Deine opafarbene Schwanzverlängerung hatte ich ja fast wieder vergessen!«, grinse ich und steige in Haydons Maserati.

Anders als beim letzten Mal lacht er heute über meinen kleinen Scherz. Das überrascht mich. Ich beobachte ihn, wie er zum Kofferraum geht und irgendwas darin verstaut. Was immer es war, das ihn dazu gebracht hat, seine Verkleidung heute wegzulassen – ich bin froh darüber.

»Der ist nicht opafarben«, sagt er und nimmt neben mir Platz. »Das nennt sich stahlgrau.«

»Wenn ich mal alt bin, nenne ich meine Haarfarbe auch stahlgrau«, erwidere ich.

Haydon grinst, dann blickt er prüfend zu mir herüber und ich schnalle mich an. Kurz muss ich an das denken, was er mir gestern am Strand so beiläufig erzählt hat. Seine Mutter starb, als er klein war. Ich frage mich, wie alt er damals war. Und ob er es je richtig verarbeitet hat. Mit seinen Yale-Freunden kann er sicher nicht darüber reden. Dass traurige Geschichten hier nicht angesagt sind, hat ja schon seine Unwissenheit über die Vorkommnisse auf dem Festival gezeigt.

»Bereit?«, fragt er, nachdem er sich ebenfalls angeschnallt hat.

»Keine Ahnung«, gebe ich zu.

»Was soll das denn heißen?«, fragt Haydon und startet den Motor.

Ich blicke zu ihm herüber und zucke mit den Schultern. »Findest du es nicht seltsam, Zeit mit mir zu verbringen?«

Er lächelt wieder auf diese echte Art. Verdammt. Dieses Lächeln ist wirklich süß.

»Was ich vor allen Dingen komisch finde, ist deine Offenheit«, gibt er zurück.

Ich lache kurz. »Ach ja?«

»In meinen Kreisen sagt man nicht die Wahrheit.«

»Man sagt das, was der andere hören will«, vermute ich, doch Haydon schüttelt den Kopf.

»Man sagt, was einem selber am meisten bringt. In deinem Fall wäre das jetzt gewesen: Ja, ich bin bereit und ich freue mich wirklich sehr, den Tag mit dir zu verbringen.«

Ich lehne mich zurück und beobachte Haydon, während er den Maserati in Bewegung setzt. »Und was hätte mir das gebracht?«

Er gibt ein schnaubendes Lachen von sich. »Im besten Fall eine Beziehung mit mir. Oder sogar eine Ehe.«

Ich mustere ihn kritisch. Läuft das bei ihm und seinesgleichen wirklich so? Man wägt ab, wer die beste Partie ist und macht sich an denjenigen ran? Offensichtlich, wird mir bei seinen folgenden Worten klar.

»Was? Ich bin eine gute Partie. Meine Familie hat einen einwandfreien Namen und ein paar ziemlich fette

Bankkonten. Immobilien in NYC, den Hamptons, Aspen und Monaco. Was mich persönlich betrifft: Keine Skandale, eine gute Ausbildung und, wenn es nach meinem Vater geht, ab nächstem Jahr eine vielversprechende Karriere als Investmentbanker an der Wall Street.«

»Du bist ein wandelndes Klischee«, sage ich.

»Ja«, pflichtet mir Haydon bei.

Ich wende mich ihm zu, mustere ihn genau. Einen Menschen wie ihn habe ich vorher nie kennengelernt. Ich stamme aus einer völlig normalen Familie. Mein Vater ist Schreiner, meine Mutter ist Lehrerin. Die beiden würden sich freuen, wenn ich jemanden mit nach Hause bringe, den ich liebe und der mich liebt – das wäre das einzige Kriterium, das für sie zählt. Nicht sein Job, sein Ansehen oder sein Vermögen.

»Sieh mich nicht an, als wäre ich ein Außerirdischer«, schmunzelt Haydon. »Ich hab es mir nicht ausgesucht, reich und gutaussehend zu sein.«

Das soll wie ein Scherz klingen, aber ich erkenne deutlich den bitteren Unterton in seiner Stimme. »Du bist nicht glücklich«, vermute ich geradeheraus.

»Ich bin okay.«

»Ja, aber nicht glücklich.«

»Wer ist das schon?«

Er runzelt die Stirn, als ihm der Sinn seiner Worte klarzuwerden scheint.

Ich sehe ihn an, dann blicke ich nach vorn. Ja, wer ist schon glücklich, frage ich mich für einen Moment. Dann fällt mir auf, dass ich es war. Keine Ahnung, ob ich es je wieder zu hundert Prozent sein werde, aber zumindest war ich es mal. Ich fürchte, das kann Haydon nicht von sich behaupten.

»Also.« Ich beschließe, das Thema zu wechseln, um ihn aufzumuntern und wende mich ihm wieder zu. »Verrätst du mir jetzt, was wir vorhaben?«

»Ich sagte doch schon, das ist eine Überraschung.«

»Vielleicht mag ich keine Überraschungen.«

Haydon blickt zu mir herüber. Er schiebt sich die Sonnenbrille ins Haar und sieht mir tief in die Augen, als versuche er, bis in meine Seele zu schauen, um herauszufinden, ob ich die Wahrheit sage. Ich grinse leicht und versuche so zu überspielen, dass dieser Blick mich nervös macht.

»Doch, tust du«, beschließt er, ehe er sich wieder der Straße zuwendet.

»Vielleicht mag ich Vorfreude noch lieber.«

Haydon lacht. »Du musst immer das letzte Wort haben, oder?« Er scheint einen Moment lang mit sich zu kämpfen, dann gibt er sich einen Ruck und sagt: »Also schön. Wir machen einen Rundflug.«

»Einen Rundflug?«, frage ich und sehe ihn verwirrt an. Meint er etwa mit einem Helikopter?

Haydon nickt. »Ja. Wir fliegen mit dem Helikopter von New Haven bis nach NYC, über Long Island und dann wieder zurück. Das alles von oben zu sehen ist sicher cool.«

Er hält an einer Ampel und blickt wieder zu mir

herüber. Ich glaube, er erwartet jetzt ziemlich große Begeisterung. Stattdessen höre ich mich selbst etwas ungläubig lachen.

»Alles klar, Mister Grey. Und was soll der Spaß kosten?«

Haydon runzelt die Stirn. »Ich sagte doch, ich lade dich ein.« Er fährt wieder los und damit scheint die Sache für ihn erledigt zu sein.

Klar. Haydon Rhodes ist steinreich, das weiß ich mittlerweile so genau wie, dass die Sonne morgens aufgeht. Aber das heißt noch lange nicht, dass ich mich von seinem Geld und den Dingen, die er davon kaufen kann, auf einmal beeindrucken lasse.

Ich will nicht undankbar sein. Die Idee ist ja süß. Aber es ist irgendwie auch die Standard-reicher-Typ-beeindruckt-Frau-Nummer. Und die hat er doch gar nicht nötig. Außerdem glaube ich nicht, dass ihm das wirklich Spaß macht.

Was ihn glücklich macht, sieht man, wenn man ihn auf dem Spielfeld beobachtet. Diese brennende Leidenschaft in seinen Augen, wenn er etwas Echtes tut – die habe ich auf den Bildern im Netz ganz genau erkannt. Aber im Fond eines Helikopters sitzen und durch eine Glasscheibe auf die Welt blicken ist genauso wenig echt wie sein einstudiertes Zahnpastalächeln.

»Hast du schon bezahlt?«, frage ich.

»Was? Nein, das tut man hinterher. Was hast du denn jetzt mit dem Geld?«, will er wissen.

Ich beiße mir auf die Unterlippe, denke kurz nach.

»Fahr mal kurz rechts ran«, sage ich.

»Wieso?«

»Mach's einfach.«

Haydon macht ein unzufriedenes Gesicht. Er scheint es nicht gewöhnt zu sein, dass er mal nicht den Ton angibt. Trotzdem tut er mir den Gefallen, sieht sich kurz um und fährt rechts ran.

Wir befinden uns im Zentrum von New Haven und der Maserati zieht direkt einige Blicke auf sich. Haydon ist sie entweder gewöhnt oder bemerkt sie nicht, denn er sieht mich an.

»Also?«, fragt er.

»Steig aus«, sage ich. »Wir tauschen.«

Haydons Augen werden groß, genau wie an dem Morgen beim Frühstück, als ich ihm gesagt habe, dass ich Modedesign studiere. »Niemand außer mir fährt meinen Wagen.«

»Tja, heute schon«, erwidere ich.

»Das kannst du vergessen.«

»Was hast du zu verlieren?«

»Mein Auto!«, lacht er empört, als wolle er sagen, dass das ja wohl selbsterklärend ist.

»Unsinn, ich bin eine gute Fahrerin. Also mach schon. Ich bringe uns wohin, wo wir wirklich was erleben und nicht nur anderen von oben dabei zusehen können.«

Haydon zögert und ich sehe genau, was hinter seiner Stirn vorgeht. Der Haydon, den alle kennen und der echte Haydon, der sich irgendwo dahinter verbirgt, streiten miteinander. Der echte Haydon hat Lust, etwas zu erleben. Der andere hat Angst, dabei gesehen werden zu können.

»Ich garantiere dir, dass keine deiner Yale-Freunde dort sein werden.«

Er runzelt die Stirn und sagt dann etwas, das mich überrascht. »Weißt du … Vielleicht ist das auch gar nicht so wichtig.«

Damit steigt er aus und kommt entschlossen um den Wagen herum.

Ich sehe ihm zu. Keine Ahnung, ob er das wirklich so meint oder ob er nur tut, was er immer tut – etwas sagen, weil er sich erhofft, dass es ihm etwas bringt. Aber dass er sich überhaupt darauf einlässt, gefällt mir.

Wer weiß, vielleicht habe ich ihn ja ein bisschen falsch eingeschätzt. Von Tag zu Tag verhält er sich mir gegenüber etwas anders.

Ich rutsche rüber auf den Fahrersitz und warte, bis Haydon sitzt und sich angeschnallt hat. Dann umfasse ich das Lenkrad, lege den Gang ein, sehe kurz in den Rückspiegel und fahre kurzerhand los.

Das Auto ist der Wahnsinn. Obwohl ich kaum Gas gebe, schießt es förmlich auf die Straße. Die breiten Reifen halten mich schnurgerade in der Spur, ganz anders als bei Dads altem Ford, den ich immer fahren kann, wenn ich zu Hause bin.

»Wow«, sage ich.

»Das nehme ich mal als Kompliment«, erwidert Haydon.

»Das war auch eins. Du fährst zwar eine

Schwanzverlängerung, aber eine gute.« Damit setze ich den Blinker und schere auf den Highway 80 Richtung Woodbury ein. Ich fahre direkt auf die linke Spur und öffne das Verdeck, damit wir den Fahrtwind spüren.

»Wohin fahren wir?«, ruft Haydon.

»Das ist eine Überraschung!«, wiederhole ich seine Worte von vorhin.

Ich erwarte, dass er ebenfalls nachfragt, bis ich ihm sage, was ich vorhabe. Aber er begnügt sich damit, dass ich es nicht sage.

Na schön. Anscheinend mag er Überraschungen lieber als ich. Also sage ich nichts mehr und gebe Gas.

Einen Wagen wie Haydons bin ich noch nie gefahren. Ich weiß ja, was ich darüber gesagt habe, aber in Wahrheit finde ich ihn gar nicht schlecht. Ich mag alles, was schnell und actionreich ist. Keenan, seine Jungs und ich waren früher an den Wochenenden und in den Ferien ständig unterwegs, um Freizeitparks zu besuchen oder Extremsportarten auszuprobieren. Woodbury liegt mitten in der Natur, man kann in der näheren Umgebung bestens Mountainbike fahren, auf den Seen kann man wakeboarden, und so weiter. Es fühlt sich gut an, nach dem Stillstand der letzten Wochen wieder in Bewegung zu sein. Ein bisschen, als wäre ein Teil meines Bruders dadurch wieder bei mir.

Ich gebe noch etwas mehr Gas. Sofort spüre ich die Beschleunigung, aber ich halte mich zurück, bis wir das Stadtgebiet von New Haven verlassen haben. Hier ist der Verkehr nicht mehr dicht, nur noch wenige Wagen sind in dieselbe Richtung unterwegs wie wir.

Kein Wunder. Woodbury ist nicht gerade eine Großstadt. Die Straße wird freier und freier, bis ich endlich richtig durchstarten kann.

Ich sehe mich kurz um, dann trete ich das Gaspedal durch. Ich werde in den Sitz gedrückt und höre mich selbst überrascht lachen.

Okay, der Wagen ist echt alles andere als schlecht. Die Tachonadel springt förmlich in die Höhe und der Motor gibt ein fast schon zufriedenes Brummen von sich, als wir schneller und schneller werden.

Noch einmal sehe ich in den Rückspiegel. Keine Cops, die uns anhalten könnten, also fahre ich noch etwas schneller.

»Ich gebe es zu«, rufe ich über den Fahrtwind hinweg. »Dein Auto ist echt der Wahnsinn!«

»Sei einfach vorsichtig«, erwidert Haydon und klingt angespannt.

Ja, klar. Seinen Wagen fährt normalerweise nur er.

»Entspann dich«, rufe ich und finde es ziemlich cool, dass er mich ans Steuer gelassen hat. Ich hoffe, das, was ich mit ihm vorhabe, wird eine gebührende Revanche dafür sein. Aber wer einen Wagen mit so viel PS hat, muss einfach auf Action stehen.

Ich blicke in den Rückspiegel. Niemand hinter uns weit und breit. Vor uns ist auch keiner. Wir haben die Stadt weit hinter uns gelassen und fahren nun immer tiefer in die bewaldete Landschaft Connecticuts hinein.

Es ist ein sonniger Tag. Die vollen grünen

Baumkronen wiegen sich im leichten Wind, der von der Küste her ins Hinterland zieht.

Ich atme tief ein. Die Luft riecht nach Harz und Benzin. Zum ersten Mal seit Wochen fühle ich mich wieder absolut frei. Als hätte ich die Last, die ich seit Keenans Tod mit mir herumtrage, einfach hinter mir gelassen. Als wäre sie zu schwer und zu langsam, um mir zu folgen, wenn ich so schnell fahre wie jetzt.

Noch etwas mehr Gas. Adrenalin kribbelt in meinen Venen, als ich sehe, wie schnell die Bäume an uns vorbeifliegen. Ich blicke auf den Tacho. 110 Meilen. So schnell bin ich noch nie gefahren.

»Das reicht jetzt, Eve«, höre ich Haydon vom Beifahrersitz. Noch immer klingt er angespannt.

»Komm schon! Sag mir nicht, dass du das nicht selber dauernd machst!« Grinsend gebe ich noch ein kleines bisschen mehr Gas und rausche in eine langgezogene Kurve.

Mein Körper wird leicht zur Seite gedrückt. Der Wind ist so laut, dass ich Haydons nächsten Satz nicht mehr verstehe. Das fühlt sich so wahnsinnig gut an! Irgendwann brauche ich auch so ein Cabrio.

Ich lache. »Vielleicht fahre ich mit dir doch nicht zu meiner Überraschung. Vielleicht fahren wir einfach durch bis nach Wisconsin oder …«

»Halt jetzt an, Eve!«

Die Schärfe in Haydons Tonfall verwundert mich. Überrascht sehe ich ihn an. War er schon den ganzen Morgen derart bleich? Nein. Als er vorhin bei mir aufgetaucht ist, sah er eigentlich ziemlich fit aus.

»Was ist mit dir?«

Er bemerkt meinen Blick und auf seinen Zügen breitet sich Zorn aus. »Bist du bescheuert oder was?!«, fährt er mich an. »Sieh nach vorne, wenn du so rast, oder willst du uns beide umbringen?!«

Woh. Mit so einer Reaktion habe ich nicht gerechnet. Ganz kurz spüre ich, wie ich ebenfalls sauer werde, einfach weil es mir nicht gefällt, dass er so mit mir spricht. Doch dann merke ich, dass etwas nicht stimmt.

Ich blicke in den Rückspiegel, dann in den Seitenspiegel und anschließend wechsle ich auf die rechte Spur, wobei ich das Tempo deutlich drossle. »Was hast du?«

»Halt einfach an«, zischt Haydon, noch immer sauer und zugleich nicht wirklich sauer. Es ist etwas anderes, das fühle ich ganz genau. Er versteckt es nur hinter seiner Wut.

Ich setze den Blinker und lasse den Maserati auf dem Seitenstreifen ausrollen.

Irgendwie rechne ich damit, dass er sofort aussteigt und sich an einem Baum abreagiert oder so. Aber das tut er nicht. Er bleibt sitzen.

Ich schalte den Motor ab. Stille hüllt uns ein, nur unterbrochen vom Zwitschern der Vögel und dem sanften Rauschen des Windes in den Bäumen um uns herum.

Stumm sehe ich Haydon an. Er ist immer noch bleich und sieht auch sonst ziemlich fertig aus, das kann ich trotz seiner Sonnenbrille erkennen. Er wirkt wie jemand, der eine ganze Woche, einen Monat oder vielleicht auch ein Jahr durchgefeiert hat und jetzt den Kater zu spüren bekommt.

Er blickt auf, sieht sich um und fährt sich mit beiden Händen durchs Haar, als könnte er seine Fassung wiedergewinnen, indem er seine perfekte Frisur richtet.

Dann lacht er kurz und künstlich. »Okay, ich geb's zu, du bist keine schlechte Fahrerin. Aber jetzt tauschen wir wieder. Ich bin nicht für den Beifahrersitz gemacht.«

»Du musst mir nichts vorspielen«, erwidere ich.

Er sieht mich an, als wolle er etwas erwidern, aber ich lasse ihn nicht.

Stattdessen strecke ich die Hand aus und drehe sein Gesicht zu mir. »Okay. Ich bin's, Everley. Meine Familie hat vielleicht einen einwandfreien Namen, aber ich? Oh Mann, ganz bestimmt nicht. Ich bin die ... *Gruftieschlampe,* auch wenn ich mich eigentlich nicht als Gruftie bezeichnen würde. Und als Schlampe schon mal gar nicht. Geld hab ich auch nicht. Und wenn ich mit der Uni fertig bin, werde ich vermutlich erfolglose Modedesignerin.« Ich zucke mit den Schultern. »Ich bin keine gute Partie. Du brauchst also nicht darauf zu achten, was du sagst und kannst ehrlich sein. Alles klar?«

Haydon mustert mich stumm, während ich rede. Seine Haut fühlt sich eiskalt an, was eigentlich gar nicht sein kann, denn wir sitzen in der Sonne. Ich streiche mit den Fingern über seine Wange. In seinem Gesicht rührt sich nichts. In diesem Moment kommt er mir unechter vor denn je – wie die Plastikimitation eines Menschen. Seine Haut ist immer noch blass und seine Züge sind so perfekt wie eh und je.

Hohe Wangen, symmetrische Lippen, perfekt geschwungene Brauen. Ein ganz leichter Bartschatten. Die dunklen Gläser seiner Designerbrille. Sein Haar, das leicht im Wind weht.

Aber kein Leben.

Ich schüttle den Kopf, hebe die Hand an seine Brille und nehme sie ihm ab. Mit einem überraschten Keuchen dreht er das Gesicht weg, aber ich habe die Tränen in seinen Augen schon gesehen. Es sind immer seine Augen, die ihn verraten.

»Scheiße«, murmelt er, schnallt sich ab und steigt nun doch noch aus. Er geht ein paar Schritte über den Rasen jenseits der Fahrbahn und verschwindet dann zwischen den Bäumen. Ich blicke ihm hinterher und spüre dasselbe wie in der Umkleide gestern. Genau wie seine Verletzungen zeigen mir seine Tränen, dass er ein echter Mensch ist.

Wenn ich nur wüsste, weshalb er sich so dagegen wehrt.

***

Fahrig wische ich mir durchs Gesicht und zwinge mich, ganz tief durchzuatmen, immer wieder, bis ich nicht mehr das Gefühl habe, dass ich an meinem Leben und den Regeln, die ich mir auferlegt habe, ersticken muss.

Keine Schwäche.

Niemals.

Und schon gar nicht vor anderen.

Bilder von damals flackern vor meinem inneren Auge herum. Ich sehe, wie mein Vater mich angeschaut hat. Als wäre ich ein Fremdkörper. Unzurechnungsfähig. Als wäre ich nur ein Anhängsel meiner Mutter, das sie bei ihrem Tod irgendwie in dieser Welt vergessen hatte. Und ich sehe, wie mich die wechselnden Nannys gemustert haben. Mitleidig. Das war das Schlimmste. Ich wollte nie wieder von jemandem Mitleid. Ich glaube, wenn jemand anfängt, dich zu bemitleiden, ist das der Moment, in dem er für immer aufhört, dich zu respektieren.

Doch respektiert zu werden ist so viel einfacher.

Ich laufe ziellos ein paar Meter in den Wald hinein, bis ich bei einem kleinen Bach ankomme. Kurz bin ich versucht, mich ans Ufer zu knien und mein Spiegelbild im Wasser zu betrachten, um mich zu vergewissern, dass ich noch ich bin, Haydon Rhodes, Tighthead der Yale Bulldogs, ein Gewinner.

Aber ich fürchte, was ich jetzt zu sehen bekäme, würde mir nicht gefallen.

Also setze ich mich auf einen Baumstamm in der Nähe des Wassers und versuche mich wieder einzukriegen. Ich will vor niemandem mein Gesicht verlieren und schon gar nicht vor Eve. Sie ist so perfekt und –

Moment. Habe ich das gerade wirklich gedacht? Eve Welldon, das selbstmörderische Mädchen aus meinem Traum, das sich anzieht wie die einzige Überlebende einer Zombieapokalypse und sich die meiste Zeit über auch so benimmt, soll perfekt sein?

Ja.

Ja, das ist sie, weil ihre Klamotten zwar scheußlich sind, an ihrer Schönheit aber auch nichts ändern. Weil ihr Lächeln mich umhaut, auch wenn sie vollkommen ungeschminkt oder ihre Schminke vom Heulen verlaufen ist. Weil sie heult und gleichzeitig lacht, wenn ihr danach ist. Weil sie alles tut, wonach ihr ist. Tanzen. Fluchen. Rasen. Türen öffnen, hinter denen sie nichts zu suchen hat.

Ich muss es mir eingestehen. Was ich anfangs über sie dachte, stimmt nicht. Sie ist fantastisch und ich bin ein Scheiß-Witz hinter einer Ganzkörpermaske. Wie eine beeindruckende Villa, in deren Räumen es schimmelt.

Ich hätte unter meinesgleichen bleiben sollen. Einfach weitermachen wie bisher, das Spiel weiter mitspielen und keine Gefühle zulassen. Dann wäre mir vermutlich nie aufgefallen, wie … *verrottet* es in meinem Inneren aussieht.

»Hey.«

Auf einmal setzt sich Everley neben mich. Ich habe sie

nicht kommen gehört und blicke überrascht zu ihr herüber.

»Ja, ich weiß«, sagt sie und sieht dabei auf den Fluss. »Es ist nicht richtig, Leuten seine Anwesenheit aufzuzwingen, die allein sein wollen. Glaub mir, ich war in den letzten Wochen so oft selber in deiner Lage, und immer wieder hat jemand an meine Tür geklopft und wollte mir was Gutes tun. Ich war sauer darüber und bin irgendwann abgehauen nach Yale. Aber jetzt verstehe ich es. Es ist verdammt hart, jemandem nicht beizustehen, der sich allein irgendwo verkriecht und heult.«

»Ich heule nicht, das ist doch total …«

»Doch, tust du.« Everley wendet sich mir zu, fährt mit der Hand über meine Wange und zeigt mir ihre feuchten Fingerspitzen. Dann lächelt sie leicht und sagt: »Manchmal merkt man es gar nicht. Das passiert, wenn man versucht, die Trauer nicht zu fühlen. Es gibt immer einen Teil, der sie trotzdem fühlt.«

Ungläubig sehe ich auf ihre Hand, dann fluche ich lautlos und wische mir durchs Gesicht. Das ist lächerlich. Ich heule nicht. Sowas mach ich einfach nicht. Kleine Jungs heulen und selbst die sollten sich zusammenreißen.

»Ich bin vermutlich einfach noch nicht ganz nüchtern«, sage ich und höre jetzt selbst, wie erstickt meine Stimme klingt.

»Entweder das oder du hörst einfach auf mit den Lügen und erzählst es mir.« Everley sieht mich immer noch an. »Glaub mir. Es tut gut, sich sowas von der Seele zu reden. Und du hast eine Schulter zum Ausheulen bei mir gut.«

Ich schüttle den Kopf. »Das ist albern.«

»Vielleicht. Aber wer bewertet uns hier draußen schon? Niemand. Oder siehst du irgendwo eine Jury mit Punktetafeln?«

Bei der Vorstellung muss ich lachen.

Everley schweigt einen Moment lang, doch ich spüre, dass ihr Blick weiter auf mir ruht.

»Als ich dich gestern in der Umkleide gesehen habe«, sagt sie schließlich, »ist mir was aufgefallen.«

»Wenn es so wäre, hättest du abends wohl kaum vor meinen Augen mit diesem langhaarigen Spinner geflirtet.« Ich blicke zu ihr herüber.

Sie stöhnt. »Ich rede nicht von deinem Hammerkörper, Haydon.«

»Ach, aber aufgefallen ist er dir.«

»So wie dir, dass ich mit einem anderen geflirtet habe.«

Wir sehen einander in die Augen. Sekundenlang. Und obwohl ich mich immer noch beschissen fühle, muss ich daran denken, wie süß ihre Lippen schmecken.

Nicht der richtige Zeitpunkt, Haydon. Du kannst nicht jede schwierige Situation mit Sex ausbügeln, nur weil das mit deinen Exfreundinnen so wunderbar funktioniert hat.

Ich räuspere mich, blicke aufs Wasser und gebe mir einen Ruck. Was soll's? Sie muss ohnehin schon ein furchtbares Bild von mir haben.

»Du meinst die Narbe«, sage ich.

»Ja.«

Ich nicke. »Du ahnst es vermutlich schon. Es war ein Autounfall. Der Wagen überschlug sich mehrfach, bis er von einem Baum gestoppt wurde. Die Äste bohrten sich durch die Karosserie. Einer davon schlitzte meinen Rücken auf. Mein Schädel war auch gebrochen, damals. Das linke Bein. Die Hüfte. Aber die haben mich gut zusammengeflickt. Bis auf diese eine Narbe ist nichts mehr sichtbar.«

Everley schweigt einen Moment lang. Dann greift sie nach meiner Hand. Ihre Finger sind warm und ich umschließe sie mit meinen.

Sie schweigt immer noch, wartet einfach stumm ab, ob ich weiterrede.

Ich atme tief durch. Vielleicht sollte ich es einfach tun. Endlich mal ausmisten. Vielleicht fühle ich mich dann nicht mehr wie eine lebende Ruine.

»Meine Mutter saß am Steuer«, sage ich schließlich. »Sie war betrunken. Mein Vater und sie hatten Eheprobleme. Sie trank zu viel und tickte dann völlig aus. Warf meinem Vater ständig vor, dass er eine andere hätte, dass sie die beiden zusammen gesehen hätte, dass sie ihr Parfum an ihm riechen würde, all sowas.«

Eve streichelt mit dem Daumen über meine Finger. »Hatte sie vor, ihn zu verlassen?«, fragt sie.

»Keine Ahnung. Gesagt hat sie nie etwas. Vielleicht hat sie es insgeheim geplant, aber dann ...«

»Geschah der Unfall«, vermutet Eve, als ich nicht weiterspreche.

Ich nicke. »Es war ...« Meine Stimme droht zu versagen und ich räuspere mich, ehe ich weiterrede. »Kennst du diese Filmszenen, kurz nach irgendwelchen Unglücken? Man sieht das ganze Ausmaß der Zerstörung durch die Augen des Protagonisten und dann wird alles schwarz.«

Everley nickt.

»So war es bei mir nicht«, erwidere ich bitter. »Trotz meiner Verletzungen wurde ich nicht bewusstlos. Zumindest nicht direkt. Ich sah, wie ... der Baum ...«

Komm schon, Haydon. Hör auf zu stammeln. Nichts wird besser oder schlechter dadurch, dass du es einfach aussprichst. Ich schließe die Augen, sehe die Bilder wieder vor mir.

»Der Stamm erwischte meine Mutter frontal. Ich hörte ihre Knochen brechen. Dann wurde es leise. Du kannst dir das nicht vorstellen. Der Unfall, das Bersten der Scheiben und wie sich das Blech verbogen hat, all das war unglaublich laut. Doch dann auf einmal: Nichts mehr. Totenstille. Bis ich das Knistern hörte.«

»Was für ein Knistern?«, fragt Everley leise. Noch immer streichelt sie sanft über meine Hand und es fühlt sich irgendwie gut an, dass sie da ist.

»Feuer«, sage ich. »Der Wagen fing an zu brennen. Ihr Körper fing Feuer, bevor meiner es tat. Ich sah ...«

Nein. Mit diesen Details muss ich Eve nicht belasten. Ich öffne die Augen und sehe auf den Bach, auf dessen

Wasser das Sonnenlicht glitzert. Wie schön es hier draußen ist. Wie gut es ist, hier sein zu können.

»Ich wurde vom Rauch bewusstlos«, erzähle ich weiter, »und wurde fünf Wochen später im Krankenhaus wieder wach. Am selben Abend belauschte ich das Gespräch zweier Schwestern. Sie redeten darüber, dass mein Vater kurz davor gewesen sei, die Maschinen abstellen zu lassen. Sie nannten mein Überleben ein Wunder.«

Everley nickt heftig, ich sehe es aus dem Augenwinkel. »Das ist es doch auch! Du warst ein kleines Kind, es ist unglaublich, wie du das überstehen konntest!«

Ich grinse schief. »Zum Tighthead geboren.«

Eve drückt meine Hand.

Ich hole tief Luft. »Der Rest lässt sich schnell erzählen. Die Pointe, wenn du es so nennen willst.«

»Will ich nicht.«

»Auch gut.« Ich blicke zu ihr herüber und finde es nicht leicht, der Betroffenheit in ihrem Blick standzuhalten. Aber es ist jetzt nun einmal, wie es ist. Sie kennt meine Geschichte und ich kann nichts mehr daran ändern. »Genau zwölf Monate später, am Ende des Trauerjahrs, verkündete mein Vater seine Verlobung mit Miranda, seiner heutigen Frau.«

In Everleys Augen blitzt es wütend auf. »Dann hatte er wirklich eine andere? Was für ein Wichser!«

Ich glaube, ich habe noch nie gehört, dass eine Frau dieses Wort sagt. Und dann in so einer Situation. Das gehört sich absolut nicht. Warum um alles in der Welt bringt es mich dazu, sie noch mehr zu mögen?

»Ja«, pflichte ich ihr bei und höre mich selbst lachen. »Das war nicht gerade korrekt von ihm.« Ernster füge ich hinzu: »Aber er konnte ja nicht ahnen, was geschehen würde.«

»Tz«, macht sie. »Glaubst du, er hätte sich anders verhalten, wenn er gewusst hätte, was passieren würde? Anscheinend konnte er es doch kaum erwarten, deine Mom loszuwerden!«

Ich mustere sie nachdenklich. Gleichzeitig schlägt mein Herz etwas schneller, weil ich irgendwie fürchte, sie könnte meinem Geheimnis gleich auf die Spur kommen. Das ist natürlich Unsinn. Trotzdem macht mich dieses Thema nervös. »Ich glaube, viele Menschen würden sich anders verhalten, wenn sie über Unglücke, die passieren werden, vorher Bescheid wüssten.«

Everley nickt ernst. »Ja. Wahrscheinlich würden wir dann alle nur noch zu Hause sitzen und gar nichts mehr tun.«

»Oder wir würden versuchen, diese Unglücke zu verhindern.«

Sie runzelt die Stirn. »Dazu kämen wir gar nicht mehr fürchte ich. Vermutlich haben wir alle schon öfter Leid ausgelöst, durch irgendwelche Kleinigkeiten, die wir verbockt haben. Kennst du die Theorie vom Schmetterlingseffekt?«

Ich nicke. Der Flügelschlag eines Schmetterlings kann am anderen Ende der Welt einen Tornado auslösen.

»Glaubst du daran?«, frage ich.

»Ich weiß es nicht, ehrlich gesagt. Aber wenn da was dran ist, würden wir uns vermutlich alle umbringen, sobald wir wüssten, was wir schon alles angerichtet haben.«

Automatisch drücke ich ihre Hand fester, als das Wort *umbringen* fällt. So merkwürdig das klingt – von früher zu sprechen, hat mich für ein paar Minuten ganz vergessen lassen, was laut meiner Vision bald vor uns liegt.

Vielleicht sollte ich ihr einfach davon erzählen. Vielleicht wäre das der richtige Zeitpunkt.

Nein, ausgeschlossen. Selbst wenn sie mich nicht für verrückt erklärt – wer weiß, ob ich sie damit nicht erst auf die Idee bringen würde.

Ich mustere sie abschätzend, versuche, in ihren Augen zu lesen, ob dieses Thema ihre Stimmung irgendwie verändert.

Sie lächelt, auch wenn es einen traurigen Unterton hat. »Ich bin froh, dass du überlebt hast.«

Ich auch, will ich zuerst sagen. Aber wenn ich ehrlich bin, habe ich darüber noch nie nachgedacht.

»Wie's aussieht, sind wir beide Überlebende«, erwidere ich daher nur.

Everley nickt. Jetzt ist sie diejenige, die auf den Bach blickt. Fasziniert beobachte ich das Spiel der Sonnenreflexe in ihren Augen.

»Weißt du, ich glaube, dass es da einen Unterschied gibt«, sagt sie. »Da sind die Lebenden und da sind wir.«

»Und worin soll dieser Unterschied liegen?«

Sie überlegt kurz, ehe sie antwortet: »Wir spüren das Leben mehr. Intensiver. Zumindest, wenn wir es zulassen.«

Damit wendet sie sich wieder mir zu und ich weiß genau, was sie meint. In den ersten Jahren nach dem Unfall habe ich das auch so empfunden.

Vielleicht wird es Zeit, wieder damit anzufangen.

Eve sieht mich immer noch an. Erneut lächelt sie und wirkt zum ersten Mal, seit ich sie kenne, fast schüchtern.

»Du kannst jetzt ruhig«, sagt sie leise.

»Wird das jetzt zur Gewohnheit?«, frage ich. »Nach jeder traurigen Geschichte?«

Sie hebt die Schultern. »Lassen wir es darauf ankommen.«

Ich erwidere ihr Lächeln, auch wenn es sich nach diesem Gespräch irgendwie komisch anfühlt.

Dann lege ich ihr die freie Hand ins Gesicht, streiche mit dem Daumen über ihre weichen Lippen. Ihr Brustkorb hebt und senkt sich heftiger als normal, das kann ich deutlich sehen. Auch mein Herz schlägt nicht so ruhig, wie es sollte.

Ich beuge mich zu ihr vor, atme tief ihren Himbeerduft ein, und tue etwas, das ich normalerweise nie tue. Ich mache die Augen zu, ehe ich mich noch weiter vorbeuge und meine Lippen auf ihre drücke.

Everley keucht leise. Auch mich durchfährt ein elektrischer Schlag, als wir uns küssen. Ich teile ihre Lippen, dringe in ihren Mund und massiere ihre Zunge sanft mit meiner. Eve reagiert sofort. Sie schlingt die

Arme um mich, greift mir ins Haar und rutscht näher an mich heran.

Ich löse meine Hand aus ihrer und die andere von ihrer Wange, um beide über ihren Körper gleiten zu lassen, sie zu spüren. Ihre schlanke Taille, die Rundung ihrer Hüften. Ich lasse meine Hände unter ihr weites Shirt wandern, streiche über ihre weiche Haut, und sie lässt es zu. Sie fühlt sich gut an. Ganz anders als Bea, die dank Unmengen von Selbstbräuner und Körperlotion immer irgendwie geklebt hat. Eves Haut ist einfach nur ebenmäßig und warm.

Unser Kuss wird intensiver. Ich will sie mit mir auf den Waldboden ziehen, sie nackt unter mir liegen sehen, sie voll und ganz vereinnahmen. Aber ich lasse mir Zeit, anders als gestern, und bin irgendwie noch nicht mal überrascht, als Eve den Kuss irgendwann von sich aus beendet.

Atemlos sieht sie mich an. »Ich war vorhin nicht ganz ehrlich«, sagt sie heiser.

»Was meinst du?«, frage ich und habe ebenfalls kaum Stimme.

»Die Sache mit Bea. Sollte das …« Sie schüttelt den Kopf und lacht ein wenig nervöser, als ich es von ihr gewohnt bin, ehe sie weiterspricht. »Wenn du vorhast, mich öfter zu küssen«, sagt sie schließlich und sieht mir in die Augen. »Dann will ich die Einzige sein. Ich stehe nicht auf Untreue, Polyamorie, freie Liebe oder wie auch immer du es nennen willst.«

Ganz automatisch muss ich an die Nacht vor sechs

Tagen denken, an die Party, auf der ich Bea mit Stacy betrügen wollte, als wäre rein gar nichts dabei. Das war es auch nicht. Doch wenn ich jetzt darüber nachdenke, dass ich gestern, direkt nach meinem ersten Kuss mit Everley, mit Bea auf den Toiletten verschwunden bin, dann fühle ich mich …

Oh Mann. Ist das Scham? Fast muss ich lachen. Wie lange habe ich mich für nichts mehr geschämt?

Ich weiß nicht, was ich sagen soll. Dass zwischen Bea und mir keine Gefühle im Spiel waren? Dass ich betrunken war? Dass ich mich bessern kann? Das klingt alles armselig.

Darum nicke ich nur und erwidere: »Ist notiert, Eve.«

»Schön. Dann pass gut auf, dass dir diese Notiz nicht verloren geht.« Damit steht sie auf und hält mir die Hand hin.

Ein wenig perplex sehe ich ihr nach und sie lacht.

»Weiter geht's. Wir können ja nicht den ganzen Tag hier sitzen und knutschen.«

»Könnten wir schon«, gebe ich zu bedenken.

»Ja, aber weißt du, ich will dir jetzt schon etwas bieten, das mit deinem Helikopterflug mithalten kann, also …«

Das können ihre Küsse ganz locker und das Funkeln in ihren Augen verrät mir, dass sie das ganz genau weiß. Trotzdem nehme ich nach einem Moment ihre Hand und lasse mir aufhelfen.

Etwas sagt mir, dass es noch sehr viele Gelegenheiten geben wird, Everley zu küssen. Ich weiß nicht, ob es dieses Gefühl oder die Tatsache ist, dass ich endlich über alles geredet habe – aber zum ersten Mal seit langem fühle ich mich besser.

***

Am Lake Quassapaug habe ich schon in meiner Kindheit zahllose Stunden verbracht. In meiner Jugend genauso und auch während der letzten Jahre bin ich mit meinen Freunden regelmäßig hergekommen. Auch wenn Haydon mich mittlerweile etwas besser kennt, sehe ich ihm die Überraschung deutlich an, als ich ihm das erzähle.

Ich lache. »Du hast doch nicht wirklich gedacht, dass ich nur auf Friedhöfen rumhänge und sowas.«

Verblüfft sieht er sich das Eingangsschild des Wasserparks an, vor dem wir gerade Schlange stehen. »Na ja, eine Weile dachte ich das schon.«

»Weil ich schwarz trage«, erwidere ich und sehe mich kurz um. Die Leute vor und hinter uns halten etwas Abstand und ich fühle mich bis hierher eigentlich gut.

Haydon mustert mich. »Ja, klar.«

»Und dein Schornsteinfeger? Hängt der auch auf Friedhöfen rum?«

Ein siegessicheres Lächeln überzieht Haydons Züge. Wie fertig er vorhin war, sieht man ihm kaum noch an. Er hat sogar seine normale Gesichtsfarbe wieder. »Der macht das aus beruflichen Gründen.«

»Ich vielleicht auch«, gebe ich zurück, während wir in der Schlange vorrücken. »Designer tragen schwarz.«

»Das ist aber nicht alles«, mutmaßt er.

»Nein«, gebe ich zu und zucke mit den Schultern. »Die Bands, die ich gerne höre, kleiden sich ebenfalls so.

Und der ganze Gedanke dahinter … düstere Themen wie die Dunkelheit und den Tod mehr in unsere Leben zu integrieren, anstatt sie zu verleugnen, hat mir schon immer gefallen.« Ich deute auf den Wasserrutschenpark vor uns. »Wenn wir uns nur auf das Bunte, Fröhliche konzentrieren und so tun, als gäbe es nichts anderes, schätzen wir es irgendwann nicht mehr wert.«

Haydon erwidert nichts, doch ich spüre seinen Blick auf mir ruhen.

Fragend sehe ich zu ihm auf.

»Ich glaube, du bist die intelligenteste Frau, mit der ich mich je unterhalten habe«, sagt er.

Ich muss lachen. »Ich glaube, so blöd sind Beatriz und die anderen, die du so kennst, auch nicht. Sie geben sich nur so, weil sie in ihr Klischee passen und nicht anecken wollen.«

Wir erreichen die Kassen und Haydon zückt sein Portemonnaie.

»Lass«, sage ich, halte seinen Arm fest und genieße das leise Kribbeln, das dabei meine Haut durchfährt. »Ich lad dich ein.«

Er runzelt die Stirn. »Das brauchst du nicht. Ich bin steinreich, falls du's noch nicht mitbekommen hast.«

»Meine Überraschung, also zahle ich«, sage ich und ziehe mein Portemonnaie hervor.

Es ist blau, plüschig und hat ein aufgesticktes Gesicht – das vom Krümelmonster aus der Sesamstraße.

Haydons Stirn kräuselt sich noch tiefer, als er es sieht.

»Was denn? Soll ich dir auch so eines besorgen?«

»Unter gar keinen Umständen«, murmelt er, während ich bezahle.

Ich lache und ziehe ihn mit mir durchs Eingangstor.

Der Park liegt direkt am Seeufer. Er ist nicht sehr groß, hat aber Attraktionen für alle Altersgruppen. Normale Wasserrutschen, die in mit Seewasser gefüllte Becken münden. Eine große Trichterrutsche sowie zwei sehr steile Exemplare mit Freifallgefühl. Doch ich will mit Haydon woanders hin und bin gespannt, ob ihm gefällt, was ich mit ihm vorhabe.

Keine Ahnung, ob er auf sowas steht. Aber ich hoffe es.

»Du kannst doch schwimmen«, vergewissere ich mich.

»Wenn etwas mit Sport zu tun hat, kann ich es auch.«

Ich zögere. Eigentlich will ich nicht schon wieder ein ernsteres Thema anschneiden, dennoch interessiert es mich. »Deine Rugby-Karriere. Die hat ... so gar nichts mit den Vorstellungen zu tun, die dein Dad für dich hat, oder?«

Haydon sieht mich an. »Ein Sohn aus der Upper Class, der sich beruflich auf dem Spielfeld prügelt? Wohl kaum.«

»Wie kommt's, dass du das trotzdem durchziehst?« Es überrascht mich ehrlich – vor allem nach seinen Worten vorhin. Dass er immer das tut, wovon er sich am meisten verspricht.

Haydon seufzt. »Wenn ich ehrlich bin, sage ich mir, dass er es respektieren wird, wenn ich erst in der

Profiliga bin.«

Ich verrate ihm nicht, dass ich das nicht glaube. Ich bin mir sicher, das weiß er im Grunde genommen selbst.

»Also«, fragt er und lächelt auf eine Art, die mir verdeutlicht, dass er gern das Thema wechseln will. »Was haben wir jetzt vor?«

»Komm mit.« Ich packe seine Hand fester und ziehe ihn mit mir. »Hast du einen vorzeigbaren Slip an?«

Haydon lacht. »Was ist das denn für eine Frage?«

»Wir haben keine Badesachen dabei.«

»Tja, dann wird es gleich lustig. Ich hab extra für dich meinen Lederstring angezogen.«

Ich muss ebenfalls lachen. Diese Art an ihm, dass er auch humorvoll sein kann, ohne total großkotzig herüberzukommen, gefällt mir ziemlich gut.

»Umso besser«, sage ich. »Dann werde ich ein Foto von dir machen, wie du in deinem Lederstring durch die Luft fliegst!«

»Ich fliege durch die Luft?«, fragt Haydon, während ich ihn durch die bunte Kulisse des Wasserparks ziehe.

Die meisten Attraktionen sind um diese Zeit schon von Besuchern bevölkert. Kein Wunder, während der Sommerferien. Alle wirken fröhlich und ausgelassen, und zum Glück halten sie sich größtenteils in den Schlangen hinter den Rutschen auf. Das ist gut, denn die Wege dazwischen sind so einigermaßen frei. Trotzdem bin ich ein bisschen nervös, was ich mir aber nicht anmerken lassen will. Wir sind hier, um Spaß zu haben.

»Warte es ab«, sage ich und mustere Haydon.

Er legt seinen Arm um mich, sieht sich um und wirkt eigentlich ganz entspannt. Gar nicht, als würde ihm seine eigentliche Welt fehlen. Eher so, als würde er das alles hier ziemlich interessant finden.

Ich spüre, wie seine Gelassenheit auch mich erfasst. Dann bin ich mal gespannt, was er zu meiner Überraschung sagt.

»Hier entlang.« Ich dirigiere ihn auf eine der Wiesen, die runter zum See führen. Wir passieren ein paar Bäume und das Lachen der Kinder auf den harmlosen Rutschen verebbt hinter uns. Vor uns kommt das Wasser in Sicht, weiter hinten sind ein paar Tretboote unterwegs und es wirkt alles ganz harmonisch – doch dann kommt das Luftkissen in Sicht.

Es befindet sich rechts von uns am östlichen Ufer des Lake Quassapaug. In Blau und Gelb, den Farben des Parks, treibt es auf dem Wasser, groß genug, dass locker vier oder fünf Personen darauf Platz finden. Dahinter befindet sich der zehn Meter hohe Sprungturm. Auf der Wiese darunter haben einige Parkbesucher ihre Handtücher ausgebreitet, um in der Sonne zu liegen und sich die verrückten Aktionen der Springer anzusehen. Viele stehen auch in Grüppchen herum und die Warteschlange ist zwar nicht so lang, steht aber dicht beisammen. Das ist nicht ganz mein Ding. Nicht mehr.

»Tadaaa«, sage ich und mache eine ausladende Handbewegung. »Da wären wir!«

Haydon bleibt stehen und sieht sich die Sache erstmal genauer an. Ich versuche, seinen Gesichtsausdruck zu deuten, was wegen der Sonnenbrille gar nicht so einfach ist.

Darum blicke auch ich rüber zum See und beobachte, wie ein Mädchen in einem neonorangenen Bikini auf dem Luftkissen in Position geht. Sie klettert vom Ufer aus darauf, rutscht bis ganz vorn und setzt sich dorthin. Währenddessen klettert ein Typ in Badehose auf den Turm. Oben bekommt er von einem Parkangestellten ein paar Instruktionen, dann betritt er das Sprungbrett.

Das Mädchen blickt zu ihm auf und zeigt ihm den erhobenen Daumen. Er erwidert die Geste, nimmt Anlauf, springt mit einem Schrei in die Tiefe – und landet mit einer solchen Wucht auf dem Kissen, dass das Mädchen in die Luft katapultiert wird und im hohen Bogen in den See fliegt.

Ich spüre Vorfreude in mir aufsteigen. Sich für einen Moment schwerelos zu fühlen und dann in das kühle, erfrischende Wasser einzutauchen ist einfach nur toll, das weiß ich aus Erfahrung.

Aber wie steht es um Haydon?

Wieder blicke ich zu ihm herüber und sehe ihn grinsen.

»Ich muss zugeben, damit hab ich nicht gerechnet.«

»Ich dachte, du hast dich auf meiner Facebook-Seite umgesehen und weißt, dass ich auf Action stehe.«

»Schon, aber …« Er lacht überrascht.

»Hast du Schiss?«, frage ich.

Schnell sieht er mich an. »Ich hab vor gar nichts …«

Ich hebe die freie Hand. »Das hatten wir alles schon,

Großmaul. Dann stell deinen Mut mal unter Beweis!«

»Tz. Nichts einfacher als das!« Entschlossen zieht Haydon mich in seinen Arm und marschiert mit mir aufs Ufer zu.

»Du springst zuerst«, beschließe ich.

»Ich wiege mehr als 90 Kilo. Du wirst bis zurück nach New Haven fliegen.«

»Praktisch.«

»Dich schreckt auch gar nichts ab.«

»Niemals«, lache ich.

Dann bleibe ich im Schatten der Bäume stehen, um mich auszuziehen.

***

Nein, Haydon trägt keinen Lederstring. Unter seinen Designersachen befinden sich enge schwarze Retropants, natürlich von Calvin Klein, die ihn auf der Stelle rüberkommen lassen wie ein Wäschemodel. Je lieber ich ihn mag, desto attraktiver finde ich ihn. Nicht, dass mir nicht von Anfang an klar gewesen wäre, wie blendend er aussieht. Doch für mich stand die Optik noch nie im Vordergrund. Gutes Aussehen ist eher ein Bonus zu einem sympathischen Charakter – oder es lässt mich kalt, wenn der Charakter mies ist.

Haydons durchtrainierter Oberkörper, die ausgeprägten Muskeln an seinen Armen und sein stahlhartes Sixpack lassen mich jetzt jedoch nicht mehr kalt.

Er sieht einfach wahnsinnig gut aus. Stark, ohne wuchtig zu wirken.

Ich sehe zu, wie er seine Klamotten zu meinen unter den Baum legt. Dann wendet er sich mir zu und sein Blick nimmt dieselbe fiebrige Note an wie neulich im Club. Offenbar gefällt ihm meine glänzend schwarze Satinwäsche. Ich erkenne, wie er schluckt und spüre selbst ein leichtes Kribbeln in mir aufsteigen.

Dann fällt Haydons Blick auf meine Rippen und verfinstert sich augenblicklich.

Auch ich sehe an mir hinab. Knapp unterhalb meines BHs erkennt man noch einen Bluterguss sowie ein paar fast verheilte Abschürfungen. Noch vor dreieinhalb

Wochen sah das alles schlimmer aus. Und tat höllisch weh.

»Die und die waren gebrochen«, sage ich und deute auf zwei meiner Rippen. Früher stachen die nicht so deutlich heraus. Ich bin froh, dass ich so langsam wieder Appetit bekomme.

»Tut es noch weh?«, fragt Haydon und tritt näher an mich heran.

Ich schüttle den Kopf. »Nicht der Rede wert.«

Haydon streckt die Hand aus und streicht ganz behutsam mit den Fingern über meine verblassende Verletzung.

»Es ist okay«, sage ich.

Er sieht mich prüfend an. »Du kommst mir nervös vor.«

»Na ja, es ist ...« Eigentlich will ich es ihm nicht sagen, weil ich nicht möchte, dass er mir die ganze Aktion auszureden versucht. Andererseits will ich ihm auch nichts verschweigen, jetzt, wo er gerade angefangen hat, mir gegenüber so ehrlich zu sein. Also deute ich auf die überfüllte Wiese. »Das sind ziemlich viele Menschen. Damit komme ich nicht so gut klar im Moment.«

Er zieht die Brauen zusammen. »Dann war es im Club gar nicht nur der Song, der dich so fertiggemacht hat.«

Ich schüttle den Kopf. »Es war wohl die Mischung. Ich gehe eigentlich gar nicht mehr unter Leute, seitdem ... es passiert ist. Noch nicht mal in die Mensa.«

Haydon mustert mich betroffen, dann nickt er

langsam. »Hey, Eve. Du hast mich doch spielen sehen, oder?«

Fragend blicke ich ihn an. Was hat das denn jetzt damit zu tun?

Haydons Lippen verziehen sich zu einem leichten Lächeln. Er nimmt meine Hand und legt sie auf seine perfekt definierte Schulter. »Hier. Fass mal an.«

Ich schnaube. »Ernsthaft, Haydon?«

Sein Lächeln wird zu einem Schmunzeln. »Ja, ganz ernsthaft. Ich will nämlich, dass du was verstehst.«

»Und was?«

»Diesen Körper hier ...« Er deutet an sich runter. »... hab ich nicht, um Frauen aufzureißen. In erster Linie geht es mir darum, den Weg freizuräumen. Darin bin ich verdammt gut.«

Ich höre mich selbst leise lachen. Jetzt verstehe ich, worauf er hinauswill. »Ach, so ist das.«

Haydon nickt. »Ja, so ist das. Und du brauchst dich in keiner Menschenmenge auf der ganzen Welt fürchten, solange ich bei dir bin. Okay?« Er fängt meinen Blick ein.

»Okay«, erwidere ich und höre selbst, wie heiser ich klinge.

Dieses Gefühl von Sicherheit, das er mir schon am Strand gegeben hat, ist wieder da und es verstärkt sich noch, als er mich in seinen Arm nimmt und ganz dicht an sich zieht.

»Wollen wir?«, fragt er.

Ich atme tief durch und nicke. Dann lasse ich mich

von ihm in Richtung Ufer führen.

Wir nähern uns der Menschenmenge und ich lege meinen Arm um seine Taille. Seinen unerschütterlichen Körper so dicht bei mir zu spüren, hilft tatsächlich. Als hätte ich eine Art menschlichen Schutzwall dabei. Zwar pocht mein Herz ganz schön schnell, aber ich kann gar nicht so genau sagen, woran das liegt. Vielleicht ist es die Furcht, möglicherweise aber auch Haydons Nähe. Seine warme Haut auf meiner.

Wir passieren die ersten Gruppen aus Jugendlichen und die ersten Paare, die auf ihren Handtüchern liegen. Alle wirken gut gelaunt. So war es allerdings auch auf dem Festival, kurz bevor die Hölle losbrach.

Alle lachten, feierten, und dann …

»Hey. Sieh mich an.«

Ich blicke zu Haydon auf. Er streicht mir eine Strähne aus der Stirn.

»Solange ich bei dir bin, wird dir sowas nie wieder zustoßen. Nie mehr. Glaub nicht deiner Angst, sondern mir. Alles klar?«

»Danke«, sage ich leise.

»Dafür nicht, Eve«, erwidert er.

Und dann haben wir die Schlange auch schon erreicht.

Ich atme aus, entspanne mich spürbar. Hier, wo alle geordnet hintereinander stehen, ist es gleich viel besser. Und der Weg hierher war nicht halb so schlimm, wie ich dachte.

Noch einmal blicke ich zu Haydon auf. »Wenn du denkst, dass ich dich dafür gleich verschone …«

»Ich will gar nicht verschont werden«, gibt er vollkommen gelassen zurück.

Ich lehne mich an ihn und neue Vorfreude erfasst mich. Ich kann es kaum erwarten, ihn durch die Luft fliegen zu sehen!

***

Sowas Bescheuertes habe ich echt noch nie gemacht. Es ergibt absolut keinen Sinn, sich von einem riesigen Luftkissen ins Wasser schleudern zu lassen. Aber ich glaube, es macht verdammt viel Spaß.

Als ich das erste Mal springe und zusehe, wie Everley in die Luft fliegt, kann ich es kaum glauben, wie weit mein Gewicht sie tatsächlich in die Luft katapultiert. Zehn Meter sind es sicher. Sie kreischt, strampelt mit den Beinen und landet nicht gerade elegant im See. Als sie wieder auftaucht, sieht sie mit ihren langen nassen Haaren aus wie das Mädchen aus *The Ring*.

Ich helfe ihr ans Ufer und muss zugeben, dass sie mich mehr und mehr beeindruckt. Bea oder irgendeine andere meiner Exfreundinnen hätte sich niemals zu sowas hinreißen lassen. Elegante Kopfsprünge, bei denen ihre Figur gut zur Geltung kommt, sind alles, was diese Frauen draufhaben. Eve hingegen ist vollkommen furchtlos. Na ja, von ihrer Phobie vor Menschenmengen mal abgesehen. Aber die ist vollkommen verständlich und ich war froh, ihr helfen zu können.

Noch so ein Gefühl, das neu für mich ist: Wie gut es sich anfühlt, für jemand anderen da zu sein.

»Du bist dran!« Eve schiebt mich zurück in die Schlange. Fünf andere Paare sind vor uns dran. Eines besteht aus zwei Typen, von denen der eine Extrem dürr und der andere extrem übergewichtig ist.

»Zehn Dollar, dass der Dürre springt«, flüstere ich

Eve zu.

»Unsinn«, grinst sie, »der Dürre lässt sich in den Himmel schleudern. Wenn ich Recht habe, zahlst du das Essen.«

Wir klatschen ab und warten.

Eve hat Recht und lacht triumphierend. »Ha! Gleich kannst du mir den fettesten Cheeseburger kaufen, den die Welt je gesehen hat!«

Ja, das kann ich mir vorstellen. Ich erinnere mich genau an unser Frühstück im Newport Grill. Irgendwie kommt es mir vor, als wäre das Wochen her. Wie fremd wir einander da noch waren. Trotzdem fühlt sich die Erinnerung daran gut an. Als wären wir uns dort auf einer Ebene, die uns vermutlich beiden nicht bewusst war, doch schon nahe gewesen.

»Wir sind dran!« Eve schiebt mich in Richtung Wasser und erklimmt dann den Sprungturm.

Ich zögere kurz, ehe ich vom Ufer aus auf das riesige Luftkissen klettere. Der Sprung gerade hat mich kein bisschen nervös gemacht. Wenn man die Höhe des Kissens abrechnet, waren das vielleicht sieben Meter, also absolut machbar. Doch mich auf das Luftkissen zu setzen und einfach abzuwarten, macht mich ein wenig nervös. Vielleicht liegt das daran, dass ich es nicht gewöhnt bin, mein Schicksal in fremde Hände zu legen.

Oh Mann, Hayds. Hier geht es auch nicht um dein Schicksal. Nur um ein bisschen Wasser. Also mach schon.

Meine innere Stimme hat Recht. Ich blicke hinauf zum

Sprungbrett, wo Eve schon bereitsteht. Sie reibt sich die Hände und hat die Lippen zu einem irren Grinsen verzogen. Klar, sowas macht ihr Spaß.

Ich klettere auf das Kissen, das ziemlich glitschig ist, und balanciere zum vorderen Ende.

»Bereit?«, ruft Eve.

Ich setze mich und sehe nochmal zu ihr hinauf. »Du kriegst mich nie im Leben hoch, Fliegengewicht!«

»Dann pass mal auf!«

Sie geht ein paar Schritte zurück, nimmt Anlauf und springt ohne zu zögern ab. Ich richte meinen Blick nach vorn, warte auf den Aufprall – und dann werde ich auch schon in die Höhe katapultiert.

Das Kissen verschwindet unter mir und ich fliege im hohen Bogen dem See entgegen. Das tiefblaue Wasser kommt näher, noch näher – dann tauche ich ein.

Ich sinke ein ganzes Stück in die Tiefe und für einen Moment, nur ganz kurz, flammt etwas vor meinem inneren Auge auf. Wasser und ein Körper, der an der Oberfläche zerschellt …

Nein. Heute nicht. Der Tag ist zu perfekt für diesen Mist.

Prustend tauche ich auf, streiche mir die Haare aus dem Gesicht – und bin überrascht, als ich Eve vor mir sehe.

»Na?«, fragt sie und kommt auf mich zugeschwommen. »Wie war's?«

»Du hast es drauf«, gebe ich zu. »Das waren sicher fünf oder sechs Meter.« Ich ziehe sie an mich und es fühlt sich gut an, wie sie ihre langen Beine um mich schlingt.

»Nö«, schmunzelt sie, »höchstens drei, aber ich weiß, dass es sich nach mehr anfühlt.«

Ich muss lachen. Drei Meter, na toll. Und ich kam mir so wild vor.

»Nochmal?«, fragt Eve. »Oder hast du schon genug?«

»Soll das ein Witz sein? Wir haben doch gerade mal angefangen.«

»Das wollte ich hören.« Sie mustert mich einen Moment lang, dann drückt sie mir ganz unvermittelt einen Kuss auf die Lippen.

Ich kann gar nicht reagieren, weil es so schnell geht, und im nächsten Moment lässt sie mich auch schon los und schwimmt zum Ufer.

Einen Moment lang sehe ich ihr hinterher. Noch nie hat ein einfacher, harmloser Kuss mein Herz derart ins Stolpern gebracht. Vielleicht liegt es daran, dass dies das erste Mal war, dass Eve mich von sich aus geküsst hat.

Ich muss ihr unbedingt näherkommen, das wird mir immer klarer. Noch viel näher. Und ich glaube, das hier ist der richtige Weg dafür.

***

Kapitel 9

Everley

Wir bleiben am See, bis es Abend wird. Nachdem wir uns auf dem Luftkissen ausgetobt haben, probieren wir die härteren Rutschen aus. Dann kaufen wir uns Burger und ich kann sogar Haydon überreden, sich mal ein bisschen Käse zu gönnen. Wir setzen uns unter den Baum, wo unsere Sachen liegen und reden über alles Mögliche. Stundenlang.

Ich erfahre, dass er in Rhode Island aufgewachsen ist, vom Beruf seines Vaters und davon, wie er als Junge eine Nanny nach der anderen vergrault hat.

Er hört mir zu, als ich ihm von meinen vielen Reisen und Abenteuern berichte. Irgendwann legt er den Arm um mich. Ich lehne mich an ihn und genieße seine Nähe. Kaum zu glauben, dass dieser Mann der Widerling ist, der mir noch vor ein paar Tagen diesen blöden Flyer in den Schoß geworfen hat. Der erste Eindruck stimmt eben doch nicht immer.

»Was hast du morgen vor?«, frage ich, als sich die tief stehende Sonne langsam orange färbt.

»Ein Spiel«, sagt er. »Morgen kommt jemand von der National Rugby League, um mich zu beurteilen.«

Schnell setze ich mich auf und sehe ihn an. »Im Ernst? Hättest du dann eigentlich nicht den ganzen Tag trainieren müssen oder so?«

Haydon lächelt schief. Seine Sonnenbrille trägt er

längst nicht mehr und mir fällt auf, dass das Lächeln seine Augen erreicht. »Ich hab jahrelang nur trainiert, Eve. Körperlich bin ich topfit.«

Ich nicke. »Bist du aufgeregt?«

»Nein, ich ...« Er bricht ab, scheint kurz über etwas nachzudenken, dann zuckt er mit den Schultern. »Ja, Mann. Klar. Es geht um meine Zukunft, verstehst du?«

Natürlich verstehe ich das. »Was kann ich tun?«, frage ich und streiche ihm eine Strähne seines jetzt nicht mehr so perfekt gestylten Haars aus dem Gesicht.

»Du hast schon genug getan«, erwidert er und greift nach meiner Hand. »Aber um eine Sache muss ich dich trotzdem noch bitten.«

Ich sehe ihn an und nicke erneut. »Klar, schieß los.«

Haydon räuspert sich. Das tut er öfter, wenn ihm etwas nicht leichtfällt, wie mir aufgefallen ist. Er verzieht leicht das Gesicht, dann sieht er mir in die Augen und fragt: »Kommst du? Zu dem Match?«

Ich denke an das letzte Rugbyspiel, bei dem ich war. Ich habe die Seitentreppe runter zur Absperrung genommen und die Zuschauermenge dadurch meiden können. Keine Ahnung, wie ich es anstellen soll, mir ein ganzes Spiel anzusehen. Ob es okay ist, wenn ich mich auf die Treppe setze?

»Wenn dir das zu viele Menschen sind, dann ...«, beginnt Haydon, der meine Gedanken zu erraten scheint.

Ich schüttle den Kopf. »Ich pack das schon.«

Besorgt mustert er mich. »Ich besorg dir einen Platz

im Professorenblock. Da ist es ruhig.«

»Das brauchst du nicht.«

»Ich will es aber. Ich will, dass du mir ganz entspannt zusehen und dich von mir beeindrucken lassen kannst, ohne von irgendwas abgelenkt zu werden.«

Ich lache leise. »Wenn das so ist, komme ich gern«, sage ich und lächle ihn breit an.

Haydon lächelt ebenfalls, hebt mein Kinn leicht an und küsst mich.

Es fühlt sich anders an als heute Vormittag. Nicht mehr so überraschend, sondern als wäre es einfach richtig so. Als hätten wir einander schon viel eher küssen sollen. Und das macht es noch viel schöner. Ich lege eine Hand auf seine Wange, die sich ein wenig kratzig anfühlt und genieße einen Moment lang einfach nur seine Lippen auf meinen.

Dann frage ich leise: »Kann ich dich auch um was bitten?«

»Sicher«, sagt er und sieht mich an.

Ich zögere. Das, wonach ich ihn fragen will, ist etwas mehr als nur der Besuch eines Rugbyspiels.

»Hey. Sag schon«, fordert er.

»Meine ...« Ich blicke rüber zum Wald. »Meine Eltern leben hier ganz in der Nähe. Ich war in den letzten Wochen nicht gerade nett zu ihnen. Habe mich total verkrochen und ich fürchte, sie machen sich tierische Sorgen. Sie würden sich sicher freuen, wenn sie sehen, na ja, dass es mir gut geht.«

Als Haydon nicht gleich etwas erwidert, sehe ich ihn

wieder an. Erleichterung liegt in seinem Blick. Was hat er denn erwartet? Dass ich ihn bitte, mit mir zum Mond zu fliegen?

»Alles klar«, sagt er. »Fahren wir bei ihnen vorbei.«

»Wirklich?«

Er sieht auf die Uhr. »Wenn sie sich nicht an abendlichem Besuch stören.«

Ich lache. »Man merkt wirklich, dass wir nicht aus denselben Kreisen stammen, Haydon! Es ist gerade mal sieben!«

Damit stehe ich auf und halte ihm die Hände hin.

»Mach dich nur lustig«, brummt er, während er sich hochhelfen lässt.

»Das mache ich, Euer Hochwohlgeboren. Keine Sorge.«

»Was das angeht, mach ich mir wirklich keine Sorgen«, erwidert er und schnappt sich seine Kleider.

***

Haydon

Woodbury ist eine unfassbar kleine Stadt, in der es sicherlich dreimal so viel Bäume wie Einwohner gibt. Die Besitzer sämtlicher Häuser scheinen penibel darauf geachtet zu haben, dass ihre Behausungen auf keinen Fall modern aussehen. Nahezu jedes Gebäude hat einen Vorgarten mit einem niedrigen weißen Zaun, die Häuser selbst bestehen aus Holz, haben bunt gestrichene Türen und kleine Fenster mit Spitzengardinen.

»Legoland«, sage ich, während Eve mich durch die schmalen Straßen dirigiert. »Da kommst du also her.«

»Halt deine Klappe und bieg rechts ab, Großmaul.«

Amüsiert blicke ich zu ihr herüber. Ihre Ausdrucksweise irritiert mich mittlerweile nicht mehr. Sie gehört einfach zu ihr, so wie ihre zerrissenen Kleider und das pechschwarze Haar.

Ich biege in eine Straße ab, die noch einsamer wirkt als alle bisherigen. »Wo wohnen deinen Eltern? Im Wald?«

»Bietet sich doch an für einen Schreiner«, erwidert sie.

Tatsächlich passieren wir jetzt kaum noch Häuser. In Schrittgeschwindigkeit lasse ich den Maserati durchs Dickicht rollen, bis vor uns ein Schild auftaucht, auf dem in kunstvoll geschwungenen Buchstaben WELLDON WOODWORKS steht.

»Die nächste Einfahrt rechts.«

Ich setze den Blinker und steuere den Wagen dann auf

einen Hof, der mehr einer Lichtung gleicht. Darauf befinden sich zwei Gebäude: Die Schreiner-Werkstatt, die ich erwartet hatte sowie das wahrscheinlich beeindruckendste Blockhaus, das ich je gesehen habe.

Es ist zweistöckig, in einer leichten U-Form angelegt und die gesamte Front scheint aus Glas zu bestehen. Wie bei meinem eigenen Haus. Nur nicht so kalt, denn im Inneren brennt warmes Licht und sämtliche Fenster sind liebevoll dekoriert.

Ich halte den Wagen an und staune.

»Mach einen Witz«, sagt Eve.

»Hm?«

»Na los doch. Nenn mich Waldschrat oder so. Was ist denn los mit dir?«

»Nein, ich will keinen Witz machen. Es gefällt mir.«

Zweifelnd, jedoch nicht ohne Stolz blickt sie mich an. »Mein Dad hat es gebaut«, sagt sie.

Ich nicke. »Ich freu mich darauf, ihn kennenzulernen.«

Eve drückt meine Hand und als wären meine Worte das Stichwort gewesen, öffnet sich in diesen Moment die Eingangstür.

»Tut mir leid«, ruft eine Männerstimme, »aber wir haben bis einschließlich Montag geschlossen!«

Eves Blick verdüstert sich leicht und sie drückt meine Hand noch fester. Ich streiche über ihre Finger. Auch wenn sie die ganze Zeit lacht und Scherze macht, ist das hier ganz sicher nicht leicht für sie. Dieser Ort muss voll mit Erinnerungen sein. Wahrscheinlich sieht sie ihren

Bruder in jedem Detail.

»Hey«, sage ich leise. »Wir packen das.«

Eve nickt, dann schnallt sie sich ab, erhebt sich in ihrem Sitz, winkt und ruft: »Schon gut, Dad! Bin nur ich!«

»Eve?«, fragt die Männerstimme überrascht.

Ich atme durch und spüre Nervosität in mir aufsteigen. Ich habe schon vielen Vätern von Frauen, mit denen ich was hatte, die Hand geschüttelt.

Aber nie interessierten deren Töchter mich wirklich.

Schritte sind zu hören und ich steige schnell aus, um nicht gleich als unhöflicher Idiot dazustehen. »Mister Welldon.« Ich blicke Eves Vater entgegen.

Er ist sicherlich genauso groß wie ich, dabei aber kantiger. Seine Frisur will ich nicht als solche bezeichnen, aber sein Vollbart ist ordentlich gestutzt. Er hat kluge, von dünnen Falten eingerahmte Augen.

»Es freut mich, Sie kennenzulernen«, sage ich und halte ihm die Hand hin.

Mister Welldon bleibt vor mir stehen, ergreift mechanisch meine Finger, sieht seine Tochter an und fragt: »Was ist denn das für ein Schnösel?«

»Dad!«, lacht Eve, klettert auf meiner Seite aus dem Cabrio und lässt sich von ihrem Vater drücken, ehe sie sich neben mich stellt. Ihre Stimme klingt leicht belegt, aber sie wahrt die Fassung. Ich hingegen bin gerade ziemlich fassungslos. Mich hat noch nie jemand Schnösel genannt. Zumindest nicht so geradeheraus.

»Mein Name ist …«

»Das ist Haydon«, unterbricht mich Eve und greift nach meiner freien Hand. »Mein … er ist …«

Süß. Sie stammelt. »Ich bin ihr Freund«, sage ich und hoffe, dass ich mir damit keine allzu große Blöße gebe. Freund kann ja vieles heißen.

Mister Welldon sieht seine Tochter an, dann mich. Endlich hört er auf, meine Hand zu schütteln und mustert mich dafür von oben bis unten.

»Tatsächlich?«, murmelt er, dann runzelt er die Stirn. »Kenn ich den nicht irgendwoher?«

»Rugby«, sagt Eve und lächelt zu mir hinauf. »Er ist der Tighthead der Bulldogs.«

»Ach jaaa!« Mister Welldons Feindseligkeit verfliegt von jetzt auf gleich. »Haydon Rhodes!«, sagt er und klopft mir auf die Schulter. »Ist mir eine Freude, dich kennenzulernen!«

Erleichterung erfasst mich und ich fange an zu grinsen. Wer hätte gedacht, dass mir das Rugbyspielen ausgerechnet diese Tür hier öffnet?

»Freut mich auch«, sage ich, auch wenn ich das gerade schon gesagt habe.

»Ausgezeichnete Saison letztes Jahr!«

»Danke, Sir.«

Wieder ein Schlag gegen meine Schulter. »Ach was, nenn mich Doug!«

»Doug«, wiederhole ich, nicke und sehe dabei aus dem Augenwinkel Everleys Lächeln.

Auch sie scheint erleichtert. Keine Ahnung, ob der Grund ist, dass ihr Dad mich mag oder dass er uns nicht unter Tränen empfangen hat. Ich weiß ja nicht, was die letzten Wochen über hier abgelaufen ist. Aber wenn es Eve dazu gebracht hat, während der Ferien nach Yale zu fliehen, muss es hart gewesen sein.

»Was macht ihr zwei denn hier?«, fragt Doug und mustert uns beide abwechselnd.

»Wir waren am See und dachten, wir kommen zum Abendessen«, lächelt Eve.

Doug sieht sie einen Moment lang an und scheint in ihren Augen nach etwas zu forschen. Dann verziehen sich seine Lippen zu einem Lächeln und er sagt: »Das freut mich wirklich. Jetzt kommt, deine Mom steht schon am Herd!«

Er geht vor und ich folge ihm mit Eve an der Hand. Als ich zu ihr herübersehe, fällt mir auf, dass sich ihre Augen wieder verfinstert haben. Ich folge ihrem Blick am Haus hinauf und erkenne, dass sie zu einem bestimmten Fenster sieht. Sicher hat dahinter ihr Bruder gewohnt.

Ich lasse ihre Hand los und lege den Arm um sie, so wie vorhin am See. Wer weiß, vielleicht kann ich sie ja auch ein Stück weit vor ihre eigenen Traurigkeit schützen. Das hätte ich von Anfang an wollen sollen, statt nur an mich und meine Nachtruhe zu denken.

»Kommt rein. Lasst die Schuhe ruhig an. Fühlt euch wie zu Hause.«

Eve und ich betreten das Blockhaus. Es hat einen kleinen Windfang, hinter dem eine gemütliche Diele liegt. Fotos schmücken die hölzernen Wände, manche zeigen Naturmotive, andere die Familie Welldon.

Zum ersten Mal sehe ich Keenan. Er ist auf vielen der Fotos zu sehen, aber eines zieht meinen Blick besonders auf sich. Er ist mit Eve darauf, es wurde offenbar in einem Studio aufgenommen, wirkt aber überhaupt nicht so verkrampft, wie das professionelle Familienfotos normalerweise tun. Eve wirft den Kopf in den Nacken und lacht. Sie ist noch etwas jünger auf dem Foto, hat das Haar anders geschnitten und ganz offensichtlich ein Zungenpiercing. Ihr Bruder blickt zu ihr herüber. Seine Haare sind halblang und sehen nach selbstgemachten, dünnen Dreadlocks aus. Er trägt ein weißes Shirt, das in krassem Kontrast zu Eves schwarzem Top steht. Was mir vor allem auffällt, ist aber das Lächeln, mit dem er sie mustert. Keine Frage, er hat seine Schwester über alles geliebt. Sicher hätte er alles für sie getan.

Kein Wunder, dass sein Tod und die Art, auf die er gestorben ist, sie total traumatisiert hat.

»Du weißt es schon, was?«, reißt mich eine Stimme aus meinen Gedanken.

Ich blicke auf und sehe in Dougs Gesicht. Dann stelle ich fest, dass Eve verschwunden ist. Ich lausche und höre sie in einem anderen Zimmer mit jemandem reden.

»Ja«, sage ich. »Eve hat mir davon erzählt. Mein aufrichtiges Beileid.«

Doug seufzt und betrachtet das Foto nun ebenfalls. »Weißt du, ein Kind zu verlieren ist ...« Er schweigt einen Moment und zuckt schließlich mit den Schultern. »Ich bin nicht gut mit Worten. Aber eins will ich dir dringend sagen. Die Eve, die du heute mitgebracht hast, ist eine andere als die, die vor sieben Tagen hier abgereist ist. Dafür danke ich dir.«

Er hält mir seine Pranke hin und ich ergreife sie nach einem Moment. Es ist ein anderer Händedruck als der vorhin, doch er macht mich nicht weniger befangen. Ich bin es nicht gewöhnt, dass man sich bei mir bedankt. Normalerweise tue ich ja auch nichts, weshalb das jemand machen müsste.

Was soll ich sagen? Ich habe auch diesmal nichts Besonderes getan.

»Ich will nur, dass es ihr gut geht«, murmle ich.

Doug nickt. »Ja. Das merke ich.«

Tut er das? Keine Ahnung wieso, aber ich hoffe, dass es so ist. Weil es sich wie eine Versicherung anfühlen würde, dass ich auf dem richtigen Weg bin.

Ich nicke und Doug lässt meine Hand los. Dann kommt Eve zurück – mit einer Frau im Schlepptau, die ich im Leben nicht für ihre Mutter gehalten hätte. Ihre Haut ist sonnengebräunt, ihr blondes Haar zu einem wirren, lockigen Knoten zusammengebunden. Sie ist sehr zierlich, ohne dabei zerbrechlich zu wirken. Nur ihre rot geränderten Augen verraten, wie es ihr geht.

»Guten Abend, Haydon«, sagt sie und gibt mir ebenfalls die Hand. »Schön, dich kennenzulernen! Man sollte es nicht glauben, aber Evey hat früher nie einen ihrer Freunde mit hierher gebracht.«

Stirnrunzelnd sehe ich sie an. Wirklich nicht? Ausgerechnet ich bin der Erste?

Sie beißt sich auf die Lippe und zuckt mit den Schultern.

Ich lächle sie kurz an, dann erwidere ich den Händedruck ihrer Mutter. »Mich freut es auch, Ma'am.«

»Oh bitte, nenn mich Myra.«

Doug lacht. Es klingt, als hätte er seit einer Weile nicht mehr gelacht. Irgendwie eingerostet. »Ausgezeichnete Manieren, der Junge, was?«

»Daran ist doch nichts Verkehrtes, Doug«, sagt Myra und zwinkert mir zu. »Jetzt kommt, setzt euch schon mal ins Esszimmer! Ich tische gleich auf. Ein Bier, Haydon?«

»Nein, danke, ich muss noch fahren.«

»Wir haben auch alkoholfreies!« Doug folgt seiner Frau in die Küche und ich höre die beiden tuscheln.

»Oh Mann«, flüstert Eve neben mir. »Wie die zwei sich aufführen. Als wären wir verlobt oder so.«

Ich grinse leicht, als ich ihr nervöses Lachen höre. Dann frage ich: »Bist du in Wahrheit auch blond?«

»Das hättest du wohl gerne«, kommentiert Eve und zieht mich mit sich in einen Raum gegenüber der Küche, in der ihre Eltern verschwunden sind.

Das Esszimmer ist nicht sehr groß und wird von dem riesigen Tisch in seiner Mitte fast komplett ausgefüllt. Acht Personen finden daran Platz, was mir verrät, dass die Weldons sicher häufig Gäste haben. Alles hier scheint aus Holz zu bestehen, doch wegen des großen Fensters erdrückt es einen nicht. Über dem Tisch brennt eine auffallend moderne Lampe.

»Setz dich«, sagt Eve, deutet auf einen Stuhl und nimmt neben mir Platz.

Dann kommt auch schon ihre Mutter herein, eine Platte mit Fleisch in den Händen balancierend.

»Hackbraten«, sagt sie und mir läuft das Wasser im Mund zusammen, auch wenn ich sowas eigentlich gar nicht essen dürfte. Aber ich werde schon nicht meine ganze Fitness einbüßen, nur weil ich mit meinem strikten Ernährungsplan mal eine Pause mache. Ich kann ja auf die Beilagen verzichten.

»Und Butterkartoffeln mit Mais«, fügt Doug hinzu, der eine riesige Schüssel hereinträgt.

»Meine Eltern kommen aus dem Süden«, sagt Eve fast entschuldigend. »Low Carb hält man da für einen Tanz-Move.«

»Ach, so ein großer kräftiger Kerl kann schon ein bisschen Braten vertragen«, bestimmt ihre Mutter, die Teller aus einem Schrank geholt hat und mir direkt eine Riesenportion Fleisch vorsetzt. »Ich hole schnell die Soße.«

»Das sieht echt gut aus«, sage ich und überlege, ob ich sowas überhaupt schon mal gegessen habe. Früher, wenn Dad und Miranda zu Hause waren, wurde bei uns immer auf gesunde Ernährung geachtet. Wie meine Mutter war sie Model, als sie jünger war.

»Das ist auch echt gut«, erwidert Eve, während Doug mir ein Bier vorsetzt.

»Du auch eins, Evey?«

»Ja, aber für mich ein Erwachsenenbier, bitte.«

Ich sehe zu ihr herüber.

Sie zwinkert mir zu.

»Wart's nur ab«, sage ich leise und küsse sie auf ihr noch feuchtes Haar.

Dabei fällt mein Blick auf ihre Mutter, die mit einer Sauciere reinkommt und verstohlen zu uns herüber lächelt. Sie wirkt froh, genau wie Doug. Und trotzdem merkt man den beiden die tief sitzende Trauer deutlich an. Erst recht, als sie sich setzen und beide auf einen Platz neben Doug sehen, der leer ist.

Auch Eve blickt auf diesen Stuhl und einen Moment lang schweigen alle.

Dann sagt Myra: »Keen konnte nie warten. Bis alles auf dem Tisch stand und alle saßen, hatte er meist schon seine erste Portion verdrückt.«

»Außer, als Eve noch klein war«, fügt Doug mit einem schmerzvollen Lächeln hinzu. »Da hat er immer als Allererstes ihr Essen für sie kleingeschnitten.«

Eve lacht leise. »Ja, er hat sich gesorgt, dass ich verhungere. Er war fest überzeugt, dass das bei Mädchen ganz schnell geht.« Sie sieht mich an und erklärt: »Er war nur zwei Jahre älter als ich. Vielleicht standen wir uns deshalb so nah.«

Myra wischt sich verstohlen eine Träne aus dem Augenwinkel und ich weiß nicht, was ich sagen soll.

»Ich kann mir nicht vorstellen, wie schwer das ist«, bringe ich schließlich hervor.

»Doch, weiß er.« Eve drückt meine Hand. »Haydon hat vor vielen Jahren auch jemanden verloren, der ihm sehr nahestand.«

Mir fällt auf, dass sie nicht ins Detail geht. Vermutlich, weil sie nicht weiß, ob das okay für mich wäre. Dabei wäre es das. Keine Ahnung, wieso, aber es kommt mir vor, als würde ich Doug und Myra schon ewig kennen.

»Es wird besser, oder?«, fragt Myra und zwingt sich zu einem Lächeln, wobei sie sichtlich noch immer mit den Tränen kämpft.

Ich runzle die Stirn und muss für einen Moment über ihre Worte nachdenken. Wird es das wirklich? Oder frisst es sich nur immer tiefer in einen hinein, so lange, bis man es an der Oberfläche nicht mehr sieht – aber die Trauer einen völlig verändert hat?

»Wenn man es zulässt«, sage ich schließlich und meine Worte scheinen irgendetwas zu bewirken.

Myra seufzt und nickt. Doug strafft die Schultern und sagt: »Nun wollen wir essen! Und dabei erzählt ihr uns, wie ihr zwei euch kennengelernt habt!«

Ich greife nach meinem Besteck und überlasse das Reden Eve. Ich muss mich jetzt diesem Riesenberg Essen auf meinem Teller widmen. Und ich weiß schon nach dem ersten Bissen, dass ich kein Gramm davon bereuen werde. Genauso wenig, wie ich diesen Tag bereue. Eve näher kennenzulernen war der Wahnsinn. Und ihre Eltern sind die wahrscheinlich nettesten Menschen, denen ich je begegnet bin.

Versau es nicht, Hayds, flüstert eine Stimme in meinem Kopf.

Ich hoffe, dass mir das gelingen wird – und denke

dabei an das rote Heft in meinem Kofferraum.

***

Nach dem Essen spüre ich, wie kaputt mich der Tag am See gemacht hat. Ich würde am liebsten direkt ins Bett fallen. Auch Haydon wirkt ganz schön matt und ich beschließe, ihm einen Vorschlag zu machen, den er hoffentlich nicht in den falschen Hals bekommt.

Nachdem ich ihm mein Zimmer gezeigt habe und er etwa fünf Minuten lang meine Poster und Zeichnungen bestaunt hat, frage ich: »Hey. Wollen wir vielleicht hier übernachten?«

Haydon blickt zu mir herüber. »Bei deinen Eltern?«

»Ja, in der Besucherritze.« Ich grinse, schließe die Tür hinter mir und trete näher an ihn heran. »Es würde sie nicht stören. Im Gegenteil. Sie würden bestimmt gern noch mit uns frühstücken. In zwei Tagen ist die Beerdigung und sie können die Ablenkung dringend gebrauchen.«

Entgeistert sieht Haydon mich an. »Die Beerdigung war noch nicht?«

Ich schüttle den Kopf. »Die Polizei hat wegen der Sache auf dem Festival ermittelt und ihn erst vor ein paar Tagen freigegeben.«

Haydon kommt ebenfalls näher, legt die Arme um meine Hüften und sieht mich an. Dann sagt er etwas, das mich überrascht. »Ich geh mit dir dorthin, alles klar?«

Fragend blicke ich zu ihm auf. »Bist du sicher? Das wird ganz bestimmt nicht schön. All unsere Freunde werden da sein, die ganze Familie, alle werden heulen und …«

Oh Gott. Wenn ich ehrlich bin, habe ich verflucht große Angst vor der Beerdigung. Es wird so viele schreckliche Momente geben. Die Rede. Die gut gemeinten Worte der anderen Gäste. Den Augenblick, in dem der Sarg in der Erde versenkt wird. Aber das Schlimmste werden die ganzen Leute sein.

»Natürlich wird es nicht schön«, sagt Haydon. »Das ist es ja. Du musst das nicht alleine durchmachen.«

Ich sehe ihn wieder an und kann es irgendwie immer noch nicht glauben. Wer hätte gedacht, dass er so sein kann?

Anstatt etwas zu sagen, stelle ich mich kurzerhand auf die Zehenspitzen und gebe ihm einen Kuss. Dann lege ich meinen Kopf an seine Schulter. »Ich hab ja gesagt, so ein Arsch bist du gar nicht.«

Haydon lacht schnaubend. »Ich bin lernfähig.«

»Du bist wirklich kein Arsch. Mach dich nicht schlechter, als du bist. Du bist halt einfach ein Snob mit einer ausgeprägten Profilneurose, der …«

Der Rest meines Satzes geht in einem überraschten Schrei unter, als Haydon sich mich kurzerhand über die Schulter wirft und mich zum Bett trägt. Mit ziemlich großer Wucht schmeißt er mich auf die Matratze und ich muss lachen, als mein Körper in die Höhe federt. Dann ist Haydon auch schon über mir.

»Ich hab dich schon vorhin gewarnt«, sagt er leise und drohend, allerdings mit einem leichten Grinsen auf den

Lippen.«

»Was willst du denn bitte tun?«, frage ich und spüre, wie mir ziemlich warm wird, als sein Blick meinen Körper taxiert.

»Da fällt mir einiges ein.«

»Du hast ja auch eine Menge Übung, Weiberheld.«

Er sieht mir wieder ins Gesicht und ich streiche ihm durch sein kurzes dunkles Haar. »Du bist nicht der Einzige, der hier jemanden im Internet gestalkt hat.«

»Und?«, fragt er, beugt sich herunter und haucht mir einen Kuss auf den Hals. »Abgeschreckt?«

Ich erschauere unter der Berührung seiner Lippen. »Leider nicht«, sage ich, wobei ich ihm weiter durchs Haar streichle.

Haydon lacht leise, sein Atem erzeugt eine Gänsehaut auf meinem Körper. »Leider«, wiederholt er. »So, so.« Damit küsst er ein weiteres Mal meinen Hals. Diesmal lässt er dabei jedoch seine Zunge über meine Haut gleiten.

Ich schließe die Augen und spüre, wie sich ein Kribbeln von der Stelle, die er küsst, bis in meinen Unterleib zieht.

»Vielleicht auch nicht leider«, flüstere ich.

Haydon sagt nichts, sondern lässt seine Lippen weiter herunter wandern, Richtung Schlüsselbein. Dann hört er kurz auf, schiebt den Saum meines Shirts nach oben und ich helfe ihm, es mir auszuziehen.

Dann lasse ich mich zurück auf mein Bett sinken und beobachte ihn dabei, wie er meinen Körper mustert.

Seine Augen wandern über meinen BH, meinen Bauch, runter zu meinen Shorts.

»Mach ruhig«, sage ich leise.

Das lässt sich Haydon nicht zweimal sagen. Er öffnet meine Hose und lässt sie, als ich das Becken anhebe, langsam von meinen Hüften gleiten. Ich warte, bis er sie mir auf die Knöchel gezogen hat. Dann strample ich sie gemeinsam mit den Boots von meinen Beinen.

Haydon prustet los.

»Was?«, frage ich.

»Du bist so anmutig, wenn du dich ausziehst«, sagt er. »Wie 'ne professionelle Stripperin.«

Ich muss ebenfalls lachen. »Ach, bei dir muss man sich also anmutig ausziehen? Bitte, dann mach.« Ich drehe mich auf die Seite und deute auf die freie Fläche vor meinem Bett.

Haydon zieht die Brauen in die Höhe. »Du willst, dass ich für dich strippe?«

»Unbedingt. Aber ich kann dir keine Musik anbieten, außer du kriegst das zu *Set it Off* oder *Pierce the Veil* hin.«

»Nie gehört«, sagt er und steht auf.

»Dann sieh es als Trockenübung.«

»Das wäre nach dem Tag heute mal was Neues.« Er zieht sich das Shirt über die Schultern und wirft es mir entgegen.

Ich fange es aus der Luft und mustere ihn lächelnd. Mittlerweile weiß ich genug über ihn, um ihn mir nicht mehr wie ein rätselhaftes Puzzle erscheinen zu lassen.

Ich verstehe die Makellosigkeit seiner Figur. Ich weiß, woher die Narbe kommt. Ich ahne, weshalb er beim Rugby so hart spielt. Um sich selbst zu retten.

»Wie anmutig du bist«, sage ich, als er aus seinen Sneakers steigt und seine Jeans auszieht. »Wie Magic Mike, nur ohne Magic.«

»Wenn ich mit dir fertig bin, sagst du was anderes.«

»Große Worte«, erwidere ich und drehe mich wieder auf den Rücken.

Haydon tritt näher und betrachtet mich in aller Ruhe. Da ist so ein Ausdruck in seinen Augen, so ein Alles-meins-Blick, der mich irgendwie anmacht. Was mir gestern Abend noch falsch erschien, kommt mir jetzt vor wie der selbstverständliche nächste Schritt.

»Worauf wartest du?«, frage ich leise.

Haydon sieht kurz zur Tür. »Werden deine Eltern nichts hören?«

»Massive Holztüren«, sage ich und drehe mich auf den Bauch. »Aber wenn du nicht willst ...«

Natürlich will Haydon. Ich spüre sein Gewicht auf der Matratze, dann seine Körperwärme, als er sich über mich beugt.

»Natürlich will ich«, sagt er leise und ein wenig rau. Es scheint ihn anzumachen, dass ich ihn hinhalte. Das hat er vermutlich noch nicht oft erlebt.

Ich spüre seine Lippen in meinem Nacken und kann nicht verhindern, dass mein ganzer Körper bebt.

»Ich glaube, da bin ich nicht der Einzige«, raunt mir Haydon zu.

Dann fängt er an, meinen ganzen Körper mit Küssen zu bedecken. Langsam arbeitet er sich von oben nach unten vor, öffnet dabei meinen BH und als er beinahe meinen Po erreicht hat, kann ich nicht mehr anders.

Ich drehe mich zu ihm um, lasse den BH neben das Bett fallen und genieße es, wie er auf meine nackten Brüste blickt. Ich mag die Gier in seinen Augen. Zumindest, solange sie mir gilt.

Kurzerhand nehme ich sein Gesicht in meine Hände und sehe ihn prüfend an. Ich will ihm sagen, dass das hier für mich eindeutig mehr ist als nur Sex und dass ich hoffe, es sieht bei ihm genauso aus. Aber dann sehe ich in seine Augen und weiß, dass ich gar nichts sagen muss.

Haydon erwidert meinen Blick einen Moment lang. Dann beugt er sich zu mir herunter und küsst mich inniger und leidenschaftlicher denn je.

Sein Kuss raubt mir den Atem. Ich vergrabe die Hände in seinem Haar, spüre, wie sich sein Gewicht auf mich senkt und öffne die Schenkel bereitwillig für ihn. Durch den Stoff unserer Slips, die wir beide noch tragen, spüre ich die Härte in seinen engen Shorts. Sofort reagiert mein Körper darauf. In meinem Unterleib beginnt es zu pochen und meine Hände gehen wie von selbst auf Wanderschaft. Ich lasse sie über Haydons Rücken gleiten, über die Muskeln, die ich dort spüre, über die dünne Narbe. Dann schiebe ich ihm langsam die Shorts vom Hintern.

Haydon fackelt nicht lange. Kaum habe ich ihn von seinem letzten Kleidungsstück befreit, tut er bei mir dasselbe.

Ich schließe die Augen, ziehe ihn an mich und lasse mich ganz auf ihn ein. Keine Ahnung, ob meine Gefühle mir etwas vormachen – aber in diesem Moment bin ich mir absolut sicher, dass ich es nicht bereuen werde.

***

Kapitel 10

Everley

Es ist nach zehn, als Haydon seinen Wagen am nächsten Morgen vor dem Wohnheim parkt.

»Danke«, sage ich, schnalle mich ab und beuge mich zu ihm herüber, um ihn zu küssen.

Er erwidert meinen Kuss, ohne zu zögern. Fast schon lustig, dass er noch vor ein paar Tagen nicht mit mir gesehen werden wollte.

Ich lächle, als seine Lippen meine berühren und Erinnerungen an letzte Nacht in mir heraufbeschwören. Der Sex mit ihm war ungelogen der beste meines Lebens. Haydon hat sich längst nicht so egoistisch verhalten, wie ich von ihm ursprünglich gedacht hätte. Im Gegenteil. Er hat sich Zeit gelassen und war extrem darauf bedacht, dass auch ich auf meine Kosten komme. Ein leises Pochen erfüllt meinen Unterleib, als ich daran denke, wie ich es ihm gedankt habe. Wie er geschmeckt hat.

Ehe unser Kuss zu leidenschaftlich werden kann, löse ich meine Lippen von seinen. »Wir sehen uns nachher«, sage ich etwas atemlos.

»Sicher, dass ich nicht mehr mit reinkommen soll?«, fragt er leise.

Ich lache. »Das ist jetzt das dritte Mal, dass du fragst, seit wir losgefahren sind.«

»Dann solltest du vielleicht einfach Ja sagen.«

»Damit du nachher völlig erschöpft zum Spiel kommst?« Ich drücke ihm noch einen Kuss auf den Mund, dann löse ich mich von ihm und steige aus.

»Eve.«

Ich schließe die Tür und sehe Haydon an. Er trägt wieder seine Sonnenbrille, wirkt damit aber nicht mehr halb so unnahbar wie gestern. Vielleicht liegt das an seinem verstrubbelten Haar und dem knittrigen Shirt. Aber vermutlich eher daran, dass ich jetzt weiß, wer er ist. Natürlich noch nicht bis ins kleinste Detail. Die Finsternis, die manchmal in seinem Blick aufzieht oder diese komische, forschende Art, auf die er mich hin und wieder ansieht, werden mir vielleicht noch lange ein Rätsel sein. Aber seine Maske hat er abgelegt. Und mir gefällt, was darunter ist.

»Ja?«, frage ich.

»Das war ein verdammt schöner Tag«, sagt Haydon.

Ich spüre, wie mein Herz heftig gegen meine Rippen pocht. »Ja, finde ich auch.«

Haydon lächelt mich nochmal an, kurz und irgendwie nachdenklich, aber nicht auf eine finstere Art. Viel mehr, als wäre er gerade dabei, sich etwas sehr Wichtiges klarzumachen. Dann startet er den Motor.

»Haydon.«

»Soll ich doch noch mit reinkommen?«

»Nein. Du sollst nachher alles geben. Ich weiß, dass du das packst.«

Haydon nickt langsam. »Danke.«

»Ist einfach nur die Wahrheit. Und jetzt fahr schon.«

Haydon hebt die Hand, dann gibt er Gas.

Ich blicke ihm nach und spüre, wie matt ich mich fühle – wie nach einer langen Reise. Glücklich und doch erschöpft von all den neuen Eindrücken.

Seufzend drehe ich mich um und nehme die Stufen zur Tür. Jetzt werd ich mir ein paar Stunden Ruhe gönnen, damit ich das Spiel nachher ebenfalls packe.

***

Das Tagebuch liegt neben mir auf dem Bett. Der Wind, der durch die geöffneten Terrassentüren hereinströmt, fährt durch die Seiten und blättert es auf. Ich erkenne, dass Eve eine geschwungene Schrift hat. Runde Buchstaben, die sich zur Seite neigen. Die meisten Einträge sind in Schwarz verfasst, hin und wieder blitzen dazwischen bunte Zeichnungen auf. Ich vermute, dass es Modeentwürfe sind.

Ich sehe dem Wind weiter dabei zu, wie er in Eves Tagebuch blättert und erhasche einzelne Worte.

Sommer. Wasserfall. Rafting.

Dann werden die Begriffe düsterer.

Open and Out. Tod. Beerdigung.

Ich wage es nicht, die Hand auszustrecken und die Einträge zu lesen. Es kommt mir wie ein Verrat an Everley vor und wahrscheinlich würde sie es mir nie verzeihen, wenn sie davon erfahren würde.

Also lasse ich es, auch wenn ich mich frage, ob das die richtige Entscheidung ist. Vielleicht liegt die Antwort, die Lösung für unsere Probleme direkt vor mir.

Trotzdem bringe ich es nicht fertig. Die letzten vierundzwanzig Stunden haben mir gezeigt, dass es Eve und ihrer Familie mit dem Verlust von Keenan zwar nicht gut geht, aber niemand von ihnen erscheint mir, als stünde er kurz vor dem Suizid. Erst recht nicht Everley. Im Gegenteil. Ich habe noch nie jemanden erkannt, der so voller Leben ist.

Und das kann nur zwei Dinge bedeuten. Entweder, der Traum ist einfach nur ein Hirngespinst meiner überreizten Nerven, oder aber es wird noch etwas passieren, dass sie den Entschluss fassen lässt, sich das Leben zu nehmen.

Ich hoffe, dass ich einfach nur langsam den Verstand verliere, aber die zweite Möglichkeit erscheint mir wahrscheinlicher.

Einschließlich heute sind es noch drei Tage bis zum 4. Juli und sie wächst mir immer mehr ans Herz. Der Gedanke, dass ich sie an diesem Tag verlieren könnte, schnürt mir die Kehle zu. Aber noch ist nichts entschieden. Ich nehme mir fest vor, sie am Unabhängigkeitstag komplett von der East Grand Avenue Bridge Brücke fernzuhalten.

Der Wind fegt weiter durch die Seiten, blättert mal vor, mal zurück.

Ich entdecke meinen Namen und es reizt mich zu erfahren, was sie über mich schreibt. Einen Augenblick bin ich versucht, zumindest den Eintrag über mich zu lesen. Sie würde es nie erfahren. Aber ich bringe es einfach nicht über mich. Stattdessen starre ich das Heft an, als würde es von selbst verschwinden, wenn ich nur penetrant genug hinsehe.

Irgendwie muss ich es schaffen, ihr das Tagebuch zurückzubringen, ohne, dass sie mich dabei erwischt. Ich kann nur hoffen, dass sie es nicht bereits sucht. Es einzustecken war eine bescheuerte Kurzschlussreaktion, von der ich hoffe, dass sie mir nicht zum Verhängnis wird. Am liebsten hätte ich es eben noch unauffällig zurückgelegt. Ich habe es extra vor der Abfahrt aus Woodbury wieder unter mein Shirt gestopft. Aber sie hat mich einfach nicht reingelassen.

Der Wind draußen wird heftiger, bauscht die Vorhänge auf und zerrt an den Buchseiten. Dann klappt das dünne Heft, in dem Eve ihre intimsten Gedanken notiert, einfach zu, als wäre dies das Zeichen für mich.

Okay, Schluss mit der Grübelei.

Gleich steht das Match an und ich muss bis dahin unbedingt den Kopf frei haben.

Seufzend erhebe ich mich vom Bett, lege das Tagebuch auf meinen Nachttisch und steure das Badezimmer an. Eine kalte Dusche wird mir guttun. Und dann zeige ich Everley, was ich auf dem Spielfeld so drauf habe.

Nicht mal mehr eine Stunde, dann muss ich auf dem Platz sein. Ich bin gespannt, ob Eve wirklich kommt. Ihr Dad ist vielleicht ein Rugby-Fan, sie jedoch sicher nicht. Gleichzeitig ist sie aber auch voller Geheimnisse und Überraschungen.

Ich ziehe meine Klamotten aus und stelle mich unter die kalte Dusche.

In Gedanken gehe ich die Tipps durch, die mir Coach Porter in den letzten Trainingsstunden gegeben hat. Auf keinen Fall darf ich gleich ausrasten und irgendwelche unfairen Spielzüge machen. Wenn ich den Talentscout von der NRL überzeugen will, muss ich souverän spielen. Ich muss unsere Mannschaft zum Sieg führen und es muss so leicht aussehen, als hätte ich niemals etwas anderes gemacht.

Ich schließe die Augen und stelle mir vor, wie –

Etwas scheppert.

Ich fahre zusammen, stelle das Wasser aus und lausche.

Der Wind heult immer noch durchs Haus und ich hoffe, dass kein Sturm aufzieht und wir das Spiel absagen müssen.

Einen Moment stehe ich reglos in der Dusche, doch ich höre nichts mehr. Sicher war es nur eine Böe. Trotzdem wickle ich mir ein Handtuch um die Hüften und beschließe nachzusehen. Schließlich steht die Terrassentür auf.

Ich trete aus der Dusche und hinaus in den Flur, dann wende ich mich zuerst nach rechts und meinem Schlafzimmer zu. Die Terrassentür ist immer noch offen, aber die Vorhänge sind ein Stück zur Seite geschoben.

Irgendjemand ist hier. Oder war es zumindest.

Auf der Schwelle ins Schlafzimmer bleibe ich stehen, sehe mich um ... und traue meinen Augen nicht.

Dunkelrote Spitzenwäsche, halterlose Strümpfe und Schuhe, die so hoch sind, dass ich mich frage, wie ein Mensch darauf laufen kann, ohne sich alle Knochen zu brechen.

Sie liegt auf dem Bett in einer aufreizenden Pose und blickt mich unverwandt an.

»Heilige Scheiße!«

»Na, überrascht?« Beatriz räkelt sich in meinen Laken und ich ertappe mich dabei, wie ich auf ihre von

Spitzenstoff bedeckten Brüste sehe.

Schnell wende ich den Blick ab und schüttle den Kopf. Das kann nicht ihr Ernst sein.

»Raus.«

Bea denkt gar nicht daran. Anstatt aus meinem Bett aufzustehen, greift sie jetzt hinter ihren Rücken und macht Anstalten, ihren BH zu öffnen. »Ein bisschen Ablenkung vor dem großen Spiel wird doch sicher nicht schaden.«

Ich bin immer noch vollkommen perplex. Gedanklich war ich beim Match. Und mit meinen Gefühlen bei Eve. Ich habe keinen Gedanken an Beatriz verschwendet. Jetzt liegt sie hier, halbnackt, und ich muss mir überlegen, wie ich sie schnellstens wieder loswerde.

»Spar dir das.« Ich nähere mich ihr, ohne nochmal auf ihren Körper zu blicken, packe sie am Oberarm und zerre sie einfach in die Höhe. »Ich war wohl nicht deutlich genug.«

Bea kreischt, als würde ich sie gerade ermorden und stolpert so unbeholfen vor mir her, dass ich sie lieber loslasse.

»Nicht so rabiat!« Sie baut sich vor mir auf und stemmt die Hände in die Hüften. Ihr Blick fixiert mich.

Ich halte ihm mühelos stand.

Sie setzt eine verführerische Miene auf und schürzt die Lippen. »Gefällt dir, was du siehst?« Sie hebt eine Hand und lässt sie langsam über ihre Brüste gleiten.

»Kein Stück. Hau schon ab.« Ihre Show lässt mich kälter, als ich erwartet hätte. Nichts in mir springt auf ihre Anmachversuche an. Sie ist eine schöne Frau, wobei ihre Schönheit nicht naturgegeben ist. Sie ist eine Puppe, charakterlos und austauschbar.

»Aber Hayds ...« Sie greift nach dem Handtuch um meine Hüften und ich trete einen Schritt zurück.

»Ich zähle bis drei. Wenn du bis dahin nicht verschwunden bist, zeige ich dich wegen Einbruch an. Wie gefällt dir das?«

Beas Mund klappt auf und sie schüttelt den Kopf. »Das wagst du nicht! Ich bin deine –«

»Ex«, vervollständige ich ihren Satz. »Und wenn meine Freundin dich hier erwischt, ist was los. Also, sieh zu, dass du weg kommst und nie wieder hier auftauchst.«

Woh. Habe ich das gerade wirklich gesagt? Habe ich Eve als meine Freundin bezeichnet?

Ich denke an gestern. An den Besuch bei ihren Eltern. Irgendwie sind wir dort die ganze Zeit als Paar aufgetreten, ganz selbstverständlich. Genauso selbstverständlich, wie mir das Wort gerade über die Lippen gekommen ist.

»Deine Freundin?«, schnappt Beatriz jetzt noch eine Spur ungläubiger. »Etwa diese kleine Gruftieschl-?«

»Pass auf, wie du sie nennst. Sonst lernst *du mich* nämlich mal richtig kennen.« Damit drehe ich mich um und verlasse das Schlafzimmer. »Ich bin in zwei Minuten wieder zurück. Und bis dahin bist du verschwunden.«

Ich lasse Bea alleine und gehe in eines der anderen

Schlafzimmer, um mir mein Trikot anzuziehen.

Was bildet diese Frau sich eigentlich ein?

Sie ist wirklich hartnäckig. Natürlich ist sie das. Ich weiß, dass sie es auf die Kontakte meines Vaters abgesehen hat. Er kennt einige Hollywood-Produzenten und das weiß sie auch. Wenn sie die Frau an meiner Seite werden würde, hätte sie keine Probleme mehr, irgendwelche Sponsoren für ihre mittelmäßigen Filme zu finden.

Ich horche in mich hinein, aber anstelle von Wut auf Bea verspüre ich gar nichts. Ich habe mit ihr abgeschlossen. Sie soll sich einfach fernhalten und uns in Ruhe lassen.

Nachdem ich mich fertig angezogen habe, gehe ich zurück ins Schlafzimmer. Bea ist tatsächlich verschwunden und mit ihr der süßliche Parfümduft, der sie immer umgibt. Ich schließe die Terrassentür und werfe einen Blick auf die Uhr.

Es wird Zeit.

***

Rugby ist wirklich ein brutaler Sport und ich frage mich, warum die Jungs keine anständige Schutzkleidung kriegen. Immer wieder prallen sie hart gegeneinander und ich wäre nicht verwundert, wenn mindestens die Hälfte der Spieler nachher eine Gehirnerschütterung mit nach Hause nimmt.

Doch dem Publikum scheint es zu gefallen. Sie jubeln und grölen und auch mich hält es gegen Ende des Spiels kaum noch auf dem Sitz. Zwar sehen mich die Profs, die um mich herum sitzen, etwas seltsam an, weil ich die Einzige bin, die hier so mitfiebert. Aber komische Blicke bin ich ja gewöhnt. Außerdem bin ich viel zu gebannt, um einfach sitzenzubleiben.

Auch wenn ich mich mit Rugby nicht sonderlich gut auskenne, erkenne ich doch, dass sich Haydon verdammt gut schlägt. Er räumt seinen Teamkollegen den Weg frei, ist blitzschnell und landet immer wieder Treffer. Seine Mannschaft führt haushoch und ein Blick auf die Uhr verrät mir, dass es keine zehn Minuten mehr bis zum Spielende sind.

Ich freue mich für Haydon, dass es gerade heute so gut läuft, wo dieser Talentscout zusieht. Im Gegensatz zu dem Training, das ich beobachtet habe, leistet er sich heute keine Ausraster und ich drücke ihm die Daumen, dass der NRL-Scout seine Fähigkeiten erkennt.

Immer wieder, wenn Haydon zu mir herübersieht, erkenne ich das Feuer in seinen Augen. Er brennt für diesen Sport. Wenn ich ihn mir statt im Trikot in einem Anzug und anstatt auf dem Rasen in einem anonymen Büro vorstelle, dann kommt mir das total falsch vor.

Egal was sein Vater denkt, egal was sein Stammbaum für ihn vorgesehen hat – er gehört hier raus aufs Feld.

Hier kann Haydon er selber sein, der Mann, der er wirklich ist, so viel habe ich mittlerweile verstanden. Und ich möchte noch so viel mehr von dem echten Haydon kennenlernen, dass ich den Gedanken daran, wie er zu irgendeinem Job, den er nicht mag, gezwungen wird, nicht ertragen kann. Haydon, der sich ein Leben lang verstellt, ist keine schöne Vorstellung. Das hat er schon lange genug getan.

Die Menge jubelt und ich sehe, dass es schon wieder Haydon ist, der den Ball an sich gerissen hat.

Gemeinsam mit den anderen springe ich auf und feuere ihn an.

Er rast zwischen seinen Gegnern hindurch, tacklet einen nach dem anderen weg und erzielt einen weiteren Punkt für die Bulldogs.

41 zu 17!

Die Fans toben und die Spieler lassen sich einen Augenblick lang feiern.

Alle bis auf einen.

Haydon sieht mich an und sein Ausdruck ist so anders als noch vor wenigen Tagen. Seine Augen leuchten und es liegt so viel Wärme in seinem Blick, dass mir ganz schwindelig wird. Er grinst mich wieder auf diese Art an, die ich so an ihm mag. Das Haar klebt ihm in der Stirn und auch wenn er total verschwitzt ist, sah er für mich nie besser aus.

In diesem Moment habe ich das Gefühl, den einzig echten Haydon zu sehen.

Ich lächle ihn an und das Leuchten in seinen Augen wird noch eine Spur stärker.

Dann geht das Spiel weiter und ich spüre, wie viel Überwindung es ihn kostet, sich von meinem Anblick loszureißen.

Oh mein Gott.

Wer hätte gedacht, dass ich einem arroganten Yale-Rugby-Arsch gegenüber mal so empfinden würde?

Ich bin an die Uni gekommen, um zurück in mein altes Leben zu finden.

Doch stattdessen bekomme ich einen kompletten Neuanfang.

***

Haydon

Abpfiff.

Das Spiel ist zu Ende, wir haben gewonnen und ich fühle mich so gut, wie schon ewig nicht mehr. Alles scheint in diesem Augenblick absolut perfekt zu sein.

Während sich die Fans an die Balustrade drängen, um ein paar Worte mit uns Spielern zu wechseln oder Selfies zu machen, suche ich Eve. Ich hoffe, ihr machen die vielen Menschen, die gerade in Richtung Feld drängen, nichts aus. Wenn doch, dann muss ich sie schnellstmöglich hier raus bringen. Ich entdecke sie nicht mehr auf ihrem Platz am Rande und mache mir schlagartig Sorgen.

Was ist, wenn sie wieder eine Panikattacke hat?

»Mensch, Hayds, du warst der Wahnsinn!« Zane haut mir auf die Schulter.

Ich nicke und suche weiter nach Everley. Die Fans rasten total aus und laufen auf der Tribüne kreuz und quer herum. Manche von ihnen zünden sogar Pyros.

»Haydoooon«, grölt Cannon und will mich auf seine Schulter heben.

»Lass den Scheiß, du Schwachkopf.« Ich wehre ihn ab und bin jetzt so nah an der Tribüne, dass ich den Bieratem mancher Fans riechen kann. Nur Eve sehe ich nirgends.

»Mister Rhodes?«

Ich drehe mich um und sehe mich einem Mann im Anzug gegenüber, auf dessen Jackett das grün-gelbe

Logo der NRL gestickt ist. Und das Emblem der CT Rebels.

Oh Fuck.

Nicht jetzt. Ich muss doch Eve finden.

»Samuel Saunders von der National Rugby League.« Er hält mir die Hand hin und ich schüttle sie, aber nicht, ohne weiter die Zuschauerreihen abzusuchen.

»Freut mich«, murmle ich.

Saunders scheint meinen Blick falsch zu deuten. Er sieht in die Richtung in die auch ich schaue und lacht dann. »Es war ein beeindruckendes Spiel. Das finden wohl auch Ihre Fans.«

Ich nicke und überlege krampfhaft, was ich jetzt tun soll. Wie kann ich ihn am besten loswerden?

»Wie Ihr Trainer Ihnen sicher mitgeteilt hat, sind die Connecticut Rebels immer auf der Suche nach neuen Talenten.«

Auch wenn das der Moment ist, auf den ich mein Leben lang gewartet habe, höre ich gar nicht richtig zu. Ich suche Eves schwarzes glänzendes Haar in der Menge, doch die Tribüne ist mittlerweile so verraucht, dass ich keine drei Meter weit gucken kann.

»Wir haben schon viel von Ihnen gehört und Ihr Trainer Coach Porter schwärmt in den höchsten Tönen von Ihren Leistungen.«

Vor uns bauen sich drei Kamera-Teams auf. Zwei von irgendwelchen Sportkanälen und ein internes Yale-Team.

Ich nicke wieder. »Danke.«

»Sie haben gerade bewiesen, dass Ihr Trainer nicht übertrieben hat. Ihre –«

Und dann sehe ich sie endlich.

Sie kommt durch den Sportlergang aus der Richtung der Umkleiden – wie auch immer sie das geschafft hat – und wirkt kein bisschen verstört. Im Gegenteil. Sie strahlt mich an, als hätte ich die komplette Rugby-Meisterschaft im Alleingang bewältigt.

»Eve!« Ich ziehe sie in meinen Arm.

Gerade ist es mir total egal, was Saunders oder die anderen denken.

Ich gebe ihr einen Kuss und höre, dass ein Raunen durch die Zuschauer geht.

Eve lacht überrascht, dann erwidert sie meinen Kuss. »Du warst großartig«, flüstert sie.

Saunders räuspert sich und wirkt peinlich berührt.

Ich wende mich ihm zu. »Geben Sie mir zwei Minuten. Dann bin ich ganz für Sie da.«

Jahrelang habe ich auf Saunders oder jemand anderen von der NRL gewartet. Da wird er es wohl aushalten, ein paar Minuten auf mich zu verzichten. Mit Eve im Arm wende ich mich der Yale-Kamera zu.

Es wird Zeit, die Dinge klarzustellen.

»Ich weiß, dass einige von euch letztens den Streit zwischen meiner Freundin Eve und mir mitbekommen haben. Ich habe auch mitgekriegt, wie ihr darauf reagiert habt.«

»Haydon«, wispert Eve neben mir und ich sehe sie an. »Das muss nicht sein, wirklich nicht.«

»Doch. Muss es.« Ich nicke und sehe wieder in die Kamera. »Ich möchte klarstellen, dass –«

Weiter komme ich nicht, denn plötzlich beginnen scheinbar alle Handys im Stadion gleichzeitig zu klingeln.

Sogar der Kameramann zieht seins aus der Tasche und starrt gebannt darauf.

»Was ...?« Ich schaue mich um und sehe, dass alle Blicke auf uns gerichtet sind.

Einige sind fassungslos, andere spöttisch und wieder andere mitleidig.

Was hat das zu bedeutet?

Jetzt klingelt ein Handy ganz in meiner Nähe und als ich zu Eve herübersehe, stelle ich fest, das sie auf ihr Smartphone schaut. Dann hebt sie langsam den Kopf und sieht mich so verletzt und so vorwurfsvoll an, dass es mir das Herz bricht.

»Was ist los?« Ich blende die Kameras, den Scout und all die Leute um mich herum aus und drehe Eve an den Schultern zu mir herum. »Eve, was ist?«

Wortlos hält sie mir ihr Display hin. Darauf ist eine abfotografierte Seite zu sehen. Eine Seite aus ihrem Tagebuch!

Haydon Rhodes ist so ein komplexbeladener Affe, dass er mir fast leidtun könnte. Aber nur fast. Seine arrogante Art und sein perfektes Aussehen sollen wohl darüber hinweg täuschen, was er eigentlich ist: Ein armseliger Snob, der sich vermutlich irgendwann in den Armen einer Plastiktittenbarbie zu Tode koksen wird. Soll er. Solche Typen gibt es auf der Welt genug!!

Ich weiß nicht, was mich mehr schockiert. Die Zeilen, die sie in ihr Tagebuch geschrieben hat oder die Tatsache, dass sie irgendwer abfotografiert und in Umlauf gebracht haben muss. Ich fühle mich, als hätte man mir einen Eimer kaltes Wasser über den Kopf geschüttet und ich möchte nicht wissen, wie es Eve geht.

»Warst du das?«, fragt sie und ihre Stimme klingt mit einem Mal eiskalt.

»Nein! Ich schwöre dir, ich würde –«

»Hast du mein Tagebuch gestohlen? Vorgestern hatte ich es noch und du warst der Einzige, der seitdem bei mir war.«

Was soll ich jetzt sagen? Wie soll ich ihr das erklären?

»Scheiße. Eve, lass uns das unter vier Augen klären, okay?« Ich greife nach ihrer Hand, aber sie zieht sie mir weg.

»Ich habe dich was gefragt. Warst du das? Hast du mein Tagebuch mitgenommen?«

Ich fahre mir mit der Hand durchs Gesicht. Alle Augen sind jetzt auf uns gerichtet und für ein Stadion ist es ungewöhnlich still. Ich weiß, dass die Kameras immer noch laufen, dass ich irgendwas tun sollte, um mein Image zu retten, um die Situation unter Kontrolle zu bringen, aber ich will Eve nicht belügen.

Ich schüttle den Kopf, aber nicht als Antwort. »Lass uns das bitte alleine klären.«

»Ich will nur wissen, ob du es eingesteckt hast.«

»Ja. Habe ich. Aber doch nur –«

»Ich möchte keine Erklärung, Haydon. Du hast es geklaut. Mehr muss ich nicht über dich wissen.« Damit dreht sie sich um und stürmt in Richtung der Umkleidekabinen weg.

Ich sehe ihr nach und weiß nicht, was ich tun soll. Sie hat ja recht. Ich hätte es niemals einstecken dürfen. Kein Wunder, dass sie enttäuscht und verletzt ist.

Ratlos blicke ich ihr nach.

Irgendwer stellt mir Fragen, aber ich höre gar nicht richtig hin, denn ich sehe jemanden, der sich zwischen den Leuten hindurch zu mir nach vorne zwängt. Und mit einem Mal wird mir alles klar.

»Bea!«, zische ich.

Sie grinst mich siegessicher über die Menge hinweg an.

Beatriz war es. Natürlich! Als ich sie vorhin aus meinem Haus geschmissen habe, muss sie das Tagebuch gefunden und eingesteckt haben.

Ich bin so ein Idiot!

»Manchen Frauen ist nicht einmal ein Haydon Rhodes gewachsen …« Beatriz bleibt im Abstand von einigen Metern vor mir stehen und mustert mich spöttisch. »Wie du soeben bewiesen hast.«

Mit einem Mal sehe ich rot. »Du verfluchtes Miststück! Wie kannst du es wagen –?!«

Zwei meiner Teamkollegen zerren mich zurück und halten mich davon ab, mich auf Bea zu stürzen.

Irgendwer sagt etwas von den Kameras und der NRL, ich glaube es ist Zane, aber ich höre gar nicht richtig hin. In meinen Ohren rauscht das Blut und ich sehe nur Beas überhebliches Gesicht und die Zeilen aus Eves Tagebuch vor mir.

Seine arrogante Art und sein perfektes Aussehen sollen wohl darüber hinweg täuschen, was er eigentlich ist.

Irgendwie hat sie ja recht. Lange Zeit war ich genau der Mensch, den sie in ihren Zeilen beschrieben hat. Aber ihr gegenüber wollte ich das nie sein. Niemals.

»Das wirst du mir büßen, Bea, ich schwöre es!«

Noch immer hält mich irgendwer zurück. Vielleicht ist es auch besser so, denn ich würde Beatriz in diesem Moment am liebsten den Kopf abreißen.

»Ruhig, Hayds.« Zane stellt sich vor mich und verstellt mir den Blick auf meine Exfreundin. »Beruhig dich. Komm schon. Tief durchatmen.«

»Denk an den Typen von der NRL«, sagt Cannon.

Oh Scheiße, den habe ich ja komplett vergessen.

Ich sehe herüber zu der Stelle, an der ich Saunders zurückgelassen habe, aber er ist nicht mehr da.

Fuck.

Wie konnte das alles in ein paar Minuten nur so außer Kontrolle geraten?

Ich sehe, dass mehrere Kameraobjektive auf mich gerichtet sind und atme tief durch.

Bea hat alles versaut.

Jetzt heißt es Schadensbegrenzung betreiben, aber mir wollen beim besten Willen nicht die richtigen Worte einfallen.

»Bringt mich hier weg«, verlange ich deshalb nur, weil ich mir im Augenblick selbst nicht traue.

Zane und Cannon reagieren sofort. Sie schirmen mich ab und gemeinsam verlassen wir das Stadion.

Gefolgt von Kameras und den höhnischen Blicken der anderen.

***

Kapitel 11

Haydon

Angewidert sehe ich auf die Flasche in meiner Hand. Sie ist fast leer, der restliche Whisky darin sieht schon ganz dünn und hell aus. Ich sollte nicht trinken. Nicht schon wieder. Aber das Haus ist so still und leer und meine Gedanken kreisen viel zu laut immer wieder um dieselbe Sache.

Wie konnte ich so blöd sein?

Wie konnte ich nicht merken, dass Beatriz das Tagebuch mitgenommen hatte?

Wie konnte ich es überhaupt erst einstecken?

Was Everley über mich geschrieben hat, verletzt mich schon gar nicht mehr so. Was hätte sie auch anderes über mich denken sollen? Ich hab mich wie ein Arschloch verhalten, nicht nur ihr gegenüber, sondern die meiste Zeit meines Lebens jedem gegenüber.

Aber in den letzten Tagen habe ich es nicht getan, und was hat mir das gebracht? Gar nichts. Als schlechter Mensch endest du vielleicht einsam, aber wenn du dich bemühst, gut zu sein, dann auch.

Ich fahre mir mit der freien Hand durchs Gesicht und lache über mich selbst.

»Du solltes' dich hör'n, Hayds«, lalle ich ins leere Wohnzimmer hinein. »Du selbs'mitleidiger Schwachkopf.«

Ich hebe die Flasche und sehe mir an, wie viel noch

darin ist. Ein guter Schluck. Ich leere ihn auf ex.

Der Whisky brennt in meiner Kehle, gräbt sich in meinen Magen und lässt meine Gedanken noch ein weiteres Stück abstumpfen. Ich stelle die Flasche auf dem Tisch ab, damit ich später nicht hineinlaufe und die Haushälterin nicht wieder irgendwelche Scherben wegfegen muss. Dann lehne ich mich auf dem großen teuren Ledersofa zurück und schließe die Augen. Bilder flammen vor meinem inneren Auge auf – diesmal stammen sie nicht aus dem Traum, sondern aus der vergangenen Nacht. Eves Körper ganz dicht bei mir zu spüren, sie überall zu küssen, in ihr zu sein war einfach nur Wahnsinn. Ich fühlte mich vollkommen high von ihr.

Und jetzt?

Ich denke an den Blick, den sie mir vorhin auf dem Feld zugeworfen hat, die Enttäuschung in ihren Augen. Nie wieder werde ich ihr so nahe kommen wie gestern, das weiß ich genau, und diese Erkenntnis macht mich wütend.

Beatriz ist an allem schuld. Sie hat mir das kaputtgemacht, weil ich nicht mehr ihr Vorzeigefreund sein wollte.

Ich habe sie gewarnt. Ich habe ihr gesagt, dass sie mich kennenlernen wird, wenn sie Eve nicht in Ruhe lässt.

Ihr triumphierender Blick von vorhin fällt mir ein und sorgt dafür, dass mir fast schlecht wird. Ich würde nie eine Frau anrühren, niemals, und doch spüre ich in diesem Moment einen so heftigen Zorn, dass ich am liebsten zu ihr fahren und sie ...

Ich balle die Hände zu Fäusten und öffne die Augen. Die Decke über mir ist weiß und steril. Ihr Anblick beruhigt mich ein wenig, zumindest weit genug, um einen klaren Gedanken fassen zu können.

Natürlich werde ich es ihr heimzahlen. Das muss ich, denn so läuft das nun mal. Wenn man solche Dinge zulässt, dann geschehen sie immer wieder. Und ich will auf keinen Fall, dass Bea Eve ihr letztes Studienjahr zur Hölle macht. Dass mein Traum am Ende doch noch wahr wird.

Entschlossen stehe ich auf, schwanke einen Moment lang und stütze mich an der Rückenlehne des Sofas ab. Dann lässt der Schwindel nach, zumindest so weit, dass ich einen halbwegs klaren Gedanken fassen kann.

Beatriz hat bei ihrer dämlichen Aktion eines nicht bedacht.

Sie denkt, sie kann andere einfach bloßstellen? Ich werde ihr zeigen, wie man das richtig macht.

***

Auch wenn ich eine dicke Wolldecke vors Fenster gehängt habe, kommt immer noch zu viel Sonnenlicht herein. Ich ziehe mir meine Bettdecke über den Kopf und wünschte, ich würde einfach wieder einschlafen. Doch ich kann nicht. Es ist bereits nach Mittag und im Wohnheim und auf dem Campus herrscht trotzdem reges Treiben. Von irgendwo her kommt Musik, ein paar streiten, doch hauptsächlich höre ich Gelächter.

Ob sie über meine Tagebucheinträge lachen? Oder darüber, wie blöd ich war, mich auf einen Kerl wie Haydon Rhodes einzulassen? Ich hätte mir denken müssen, dass er irgendwas im Schilde führt. Aber so eine kindische Aktion habe ich nicht mal jemandem wie ihm zugetraut. Schließlich sind wir erwachsen. So etwas hätte ich von ihm einfach nicht erwartet.

Wenn ich ehrlich zu mir selbst bin, dann kann ich es immer noch nicht ganz glauben. Er hat zwar zugegeben, das Buch genommen zu haben, aber dass er die Seiten veröffentlicht hat, denke ich nicht. Mit dem Eintrag, den ich verfasst habe, hätte er sich nur selbst geschadet. Ich gehe davon aus, dass seine miese Exfreundin hinter der Sache steckt. Diesem Biest ist nichts zu blöd, nicht einmal Methoden, auf die man vielleicht in der Grundschule zurückgegriffen hätte, um jemandem zu schaden.

Viel mehr als die Tatsache, dass jetzt jeder weiß, was ich so denke und erlebt habe, trifft mich aber, dass es ausgerechnet Haydon war, der den Grundstein dafür gelegt hat. Ich habe ihm gerade mal ansatzweise vertraut. Und was tut er? Kassiert bei der erstbesten Gelegenheit mein Tagebuch ein.

Ich bin wütend, traurig und total erschöpft. Für eine kurze Zeit habe ich gedacht, dass Haydon mein Ausweg aus der ganzen Keenan-Tragödie ist. Dass das Schicksal beschlossen hat, zumindest ein bisschen was wiedergutzumachen. Stattdessen tritt es nochmal richtig zu. Und ich weiß nicht, wie ich nach dieser Attacke wieder aufstehen soll.

Im Augenblick zumindest wünsche ich mir, dass dieser Tag einfach endet. Dieser und der nächste, am besten gleich die nächste Woche. Denn die Zeit heilt alle Wunden, oder wie heißt es so schön?

Auf dem Flur werden Stimmen laut. Gehässiges Lachen ertönt und ich ziehe mir das Kissen über den Kopf. Wahrscheinlich sollte ich Musik anmachen, um das Gerede nicht hören zu müssen, aber dafür muss ich aus dem Bett raus und das erscheint mir gerade unmöglich.

Aus brennenden Augen starre ich an die Wand.

Wie konnte ich nur so blöd sein, Haydon Rhodes in mein Leben zu lassen?

Wahrscheinlich hat er über alles Bescheid gewusst, bevor er mich angesprochen hat. Über das *Open and Out*. Über Keenan. Und er hat sich die rührselige Geschichte mit seiner Mutter nur ausgedacht, um so etwas wie Verbundenheit zwischen uns zu schaffen.

Er ist wirklich ein grandioser Schauspieler.

Doch so sehr ich auch versuche, mich da reinzusteigern, so sehr ich die Trauer umlenken möchte zu purer Wut – es klappt einfach nicht. Ein Teil von meinem Hirn protestiert dagegen, scheint mir das Offensichtliche zeigen zu wollen.

Nichts von alldem war gespielt.

Aber wieso hat er es dann getan?

Es gibt eine Erklärung. Du musst mit ihm reden.

»Ach ja? Muss ich das?«, murmle ich ins Dunkel meines Zimmers hinein. Irgendwie tut es gut, meine Stimme zu hören.

Wieder Gelächter auf dem Flur, dann klopft es.

Himmel, wie kann man so dreist sein?

Ich verhalte mich einfach ganz still, dann werden sie schon wieder verschwinden.

Aber von wegen. Es vergehen keine zehn Sekunden, bevor es erneut klopft.

»Verpisst euch, ich bin gestorben!«, rufe ich unter meinem Kissen hervor.

Eine gedämpfte Stimme antwortet mir, aber durch meinen Deckenpanzer verstehe ich kein Wort.

Ich reiße beides von meinem Kopf, setze mich auf und wende mich der Tür zu. »Haut schon ab!«

»Nope, keine Chance«, antwortet mir eine männliche Stimme.

Ich kenne sie. Sie gehört Rick, einem Freund von Keenan.

Auf einmal ist es gar nicht mehr so schwer

aufzustehen. Ich schwinge die Beine aus dem Bett und gehe die Tür öffnen.

»Hey, Kleines!« Rick zieht mich in seine Arme und ich habe das Gefühl, in seiner Umarmung zu ersticken. Er ist zwar nicht besonders groß, aber so trainiert, dass ich manchmal glaube, dass er jeden Moment platzen wird. Mit seiner Glatze erinnert er mich an Meister Proper. In seinen braunen Augen liegt stets eine Wärme, durch die man sich in seiner Gegenwart einfach wohlfühlen muss.

»Komm doch rein.« Ich lasse ihn rein, schließe die Tür und blende so die Stimmen der anderen Studenten aus.

Dann musterte ich ihn. Er war Keenans bester Freund und scheint seit seinem Tod um Jahre gealtert zu sein. Dunkle Ränder liegen unter seinen Augen und er sieht ein bisschen weniger breit aus als noch vor drei Wochen.

»Setz dich.« Ich deute auf mein ungemachtes Bett, weil ich weiß, dass ihn das nicht stört.

Rick setzt sich, ich nehme neben ihm Platz und er zieht mich in seinen Arm. Ich kuschle mich an seine Brust und eine Weile sitzen wir einfach nur so da und schweigen.

»Wie geht es dir?«, fragt Rick schließlich.

Ich hatte gehofft, er würde die Frage heute auslassen. Aber leider hat er das nicht. »Na ja«, gebe ich zu. »Und dir?«

»Er fehlt uns allen.« Rick sieht zu mir runter. »Aber das Leben geht weiter.«

»Ja. Ich weiß.« Leider, hätte ich beinahe gesagt. Dabei

sieht es nicht immer so düster aus wie im Augenblick.

»Kommst du hier zurecht? Ist es cool, wieder hier zu sein?«

»Es ist besser, als ich gedacht hätte«, sage ich. Dann füge ich an: »War.«

»Erzähl mal.« Rick lehnt sich mit mir zurück und wartet.

Auch als ich nach einigen Minuten immer noch nichts gesagt habe, schweigt er. Er war schon immer ein geduldiger Zuhörer.

»Wo soll ich anfangen?«, frage ich schließlich.

»Am besten am Anfang.« Ich höre Rick schmunzeln.

Es tut gut, dass er hier ist. Ich habe ihn und die anderen in den letzten Wochen nicht sehen wollen, aber das war ein Fehler, wie mir jetzt klar wird. Niemand steht so etwas alleine durch.

»Da war dieser Typ …«

»Wem soll ich die Nase brechen?« Rick schaut mich wieder an und ich erwidere nun seinen Blick.

»Niemandem, danke. Ich glaube, er schadet sich gerade schon selbst am meisten.« Das Gefühl habe ich wirklich. Ich kann mir nicht vorstellen, dass es Haydon besonders gut geht. »Zuerst haben wir uns gar nicht verstanden. Er kam wegen einem blöden Gerücht zu mir.«

»Was für ein Gerücht?«

»Ist nicht so wichtig.« Ich möchte nicht, dass Rick sich Sorgen machen muss. »Jedenfalls haben wir uns so kennengelernt und irgendwie passte es dann doch zwischen uns.«

»Aha!« Rick grinst mich wissend an und strubbelt mir durchs Haar. »Das ist doch was Gutes!«

»Eigentlich schon. Aber dann hat er gestern einen ziemlichen Fehler gemacht und ich kann mir einfach nicht erklären, wieso.«

»Was hat er gemacht?«

»Er hat mein Tagebuch genommen. Und irgendwie ist seine Exfreundin daran gekommen. Ich weiß nicht, ob er sich mit ihr getroffen hat oder sie bei ihm war, jedenfalls bin ich mir ziemlich sicher, dass sie es war, die ein paar Seiten daraus abfotografiert und über das Studentenverzeichnis verschickt hat. An alle.«

Einen Moment schweigt Rick. »Okay, das ist natürlich ziemlich heftig«, ächzt er dann.

»Jepp«, stimme ich ihm zu.

»Private Sachen zu veröffentlichen scheint bei euch auf dem Campus ja an der Tagesordnung zu sein, was?«

Ich habe keine Ahnung, worauf er anspielt. »Was meinst du?«

»Na die Nacktfotos, die überall hängen.«

Auf einmal habe ich das Gefühl, mich im freien Fall zu befinden. »Von mir?!«

Rick sieht mich überrascht an, dann lacht er. »Erwischt. Es gibt also welche?«

»Ein paar«, nuschle ich und haue ihm vor den Oberarm. »Ich habe wirklich geglaubt, dass da draußen Nacktfotos hängen!«

»Tun sie ja auch. Aber nicht von dir.«

Jetzt verstehe ich gar nichts mehr.

»Sag nicht, du hast sie noch nicht gesehen.«

Habe ich nicht. Gestern, als ich zurück ins Wohnheim gekehrt bin, waren sie ganz bestimmt noch nicht da.

»Wo hängen sie?«

»Na, überall. Sind richtige Plakate, kaum zu übersehen.«

Ich springe auf, eile zum Fenster und reiße die Wolldecke herunter. Dann öffne ich es und beuge mich nach draußen.

Tatsächlich.

Überall hängen Plakate. Kleinere an den Bäumen und Laternen, größere an den Wänden. Einige liegen sogar auf den Gehwegen herum. Und sie alle zeigen das gleiche Motiv: Beatriz Asher.

Mal räkelt sie sich auf einem Schreibtisch, den ich aus dem Studierendensekretariat kenne, mal tanzt sie sturzbetrunken, mit nichts als einem winzigen Bikini am Körper, auf irgendeiner Campusparty. Und auf einem der Plakate reckt sie sogar ihren nackten Po in die Kamera.

Oh, Shit. Wie demütigend. Das hat nicht einmal sie verdient.

»Das kann nur Haydon gewesen sein«, sage ich und schnappe mir meine Hose.

»Ist das auch der Typ, der dein Tagebuch geklaut hat?«

Ich nicke und ziehe mir Jeans zu meinem Schlafshirt an. »Ich muss zu ihm.«

»Alles klar, ich komm mit und mache ihm klar, was passiert, wenn er sowas nochmal tut.«

Ich schüttle den Kopf. »Nein, lass ihn. Aber hinfahren kannst du mich bitte trotzdem.«

***

Haydon

Von allen Seiten erreichen mich Nachrichten mit Fotos. Beatriz' Bilder hängen überall auf dem Campus. Schon bald wird jeder wissen, was für eine Schlampe sie ist. Und sie wird Eve und mich hoffentlich ein für alle Male in Ruhe lassen. Sie wird kapieren, wer letztlich am längeren Hebel sitzt.

Ich lese die letzte Nachricht, dann schnappe ich mir meine Autoschlüssel. Jetzt, wo Bea ihre Abreibung bekommen hat, muss ich mit Everley reden und ihr alles erklären. Sie wird schon einsehen, dass Beatriz und nicht ich hinter der ganzen Sache steckt. Meine Rache wird Beweis genug sein.

Gerade öffne ich die Tür, als ein Motorrad auf meinem Grundstück hält. Ein fetter Glatzkopf sitzt vorne und hinter ihm ...

»Eve!«

Everley steigt ab und verabschiedet den Fettsack, der mich ansieht, als würde ich in meiner Freizeit kleine Kinder mobben. Dann kommt sie auf mich zu und der Kerl mit der Glatze rauscht mit durchdrehenden Reifen davon.

Eve bleibt vor mir stehen und in ihren Augen steht die gleiche Wut wie gestern. Anscheinend hat sie von meiner Racheaktion an Bea noch nichts mitbekommen.

»Schön, dass du da bist.« Ich will sie reinbitten, aber so weit komme ich gar nicht.

»Sag mal, spinnst du jetzt eigentlich völlig?!«

Ich hebe die Hände. »Lass es mich dir erklären. Dass ich dein Tagebuch eingesteckt habe, war eine Kurzschlussreaktion. Ich schwöre dir, ich habe nicht darin gelesen. Und dann kam Beatriz gestern zu mir. Sie lag halbnackt in meinem Bett …« Scheiße, klingt das nur in meinen Ohren so bescheuert? Aber Eve unterbricht mich nicht, also rede ich einfach weiter. »Sie ist total besessen von mir. Nicht von mir«, korrigiere ich mich. »Von den Connections meines Vaters. Jedenfalls habe ich sie rausgeworfen und da muss sie das Tagebuch eingesteckt haben. Ich Idiot hatte es auf meinem Nachttisch liegen, aber ich konnte ja nicht ahnen, dass Beatriz einfach bei mir einbrechen würde.« Ich sehe in ihre Augen, in denen immer noch Zorn und Ungläubigkeit zu sehen sind. »Eve. Es tut mir wirklich leid. Bea kriegt was sie verdient. Ich verspreche es.«

»Genau deswegen bin ich hier!« Eve verschränkt die Arme vor der Brust und mustert mich ungläubig. »Du hast diese Bilder von ihr zu verantworten, richtig?«

Ich nicke hastig. »Ja. Damit jeder sieht, was für ein verkommenes Stück sie ist. Die anderen sollen einsehen, dass es sich lohnt, auf ihr herumzuhacken und nicht auf dir.«

»Weißt du eigentlich, was du damit für einen Schaden anrichten kannst?« Eve schaut jetzt fast so vorwurfsvoll wie der Glatzkopf eben.

Was hat sie denn plötzlich mit Bea?

»Ist dir nicht klar, dass du mit so einer Aktion ihr Leben zerstören kannst? Sowas kann ihr ewig nachhängen! Du bist doch total verrückt geworden!«

»Ich wollte mich nur für dich an ihr rächen.«

»Ja und wo hört das auf? Als Nächstes rächt sie sich wieder an dir und dann immer so weiter, bis ihr beide die Uni verlasst? Oder willst du sie auch noch bei ihrem zukünftigen Chef anschwärzen? Also echt, Haydon. Du bist doch total krank. Ihr beide. Ich hätte mich von Anfang an aus deiner Welt fernhalten sollen!« Kopfschüttelnd entfernt Eve sich ein paar Schritte.

Ich schaue ihr nach und will etwas sagen. Irgendetwas, das die Sache besser macht. Das sie dazu bringt, ihre Worte zurückzunehmen. Aber mir fällt nichts ein. Was ich getan habe, habe ich für uns getan. Wieso sieht sie das denn nicht?

»Eve, du musst mir glauben, dass ...«

»Nein, ich muss gar nichts! Niemand muss irgendetwas, nur weil du es willst! Du solltest ...«

Sie spricht weiter, aber ihre Worte gehen in Motorenbrummen und dem Knirschen von Kies unter. Sauer blicke ich die Einfahrt runter. Wer auch immer uns da stört, kann gleich wieder abhauen.

Ich entdecke einen königsblauen Lamborghini, der direkt hinter meinem Auto zum Stehen kommt und mich damit zuparkt. Na toll, ist mein erster Gedanke. Wenn Eve jetzt abhaut, muss ich ihr zu Fuß folgen.

Dann steigen der Fahrer und seine Beifahrerin aus. Es sind mein Vater und Miranda. Klar, heute ist Montag. Die beiden hatte ich vollkommen vergessen.

Die Frau meines Vaters, die gerade einmal fünfzehn

Jahre älter ist als ich, wirft ihr langes glänzendes Haar über die Schulter und lächelt so geübt wie eine Politikergattin.

Richard Rhodes hingegen setzt sein Haifischgrinsen auf und ruft: »Da ist er ja!«Er wirft die Autotür hinter sich zu, kommt zu mir und mustert dabei Everley, als sei er sich nicht sicher, was sie hier zu suchen hat.

»Ich wusste gar nicht, dass du eine neue Haushälterin hast, Sohn!«, schließt er nach ein paar Sekunden.

»Sie ist nicht meine Haushälterin«, erwidere ich und blicke ebenfalls herüber zu Eve. Dann sage ich etwas, das mir nicht leichtfällt, denn eigentlich will ich diese ganze blöde Angelegenheit mit ihr klären. Jetzt. Bevor es zu spät ist. Doch ich weiß auch, dass sich mein Vater nicht abwimmeln lassen wird und es unmöglich sein wird, mit Eve zu reden, während er hier ist. »Und sie wollte gerade gehen«, füge ich daher hinzu.

Everley verschränkt die Arme vor der Brust und betrachtet erst Miranda, dann meinen Vater. Anschließend sagt sie etwas, mit dem ich jetzt gerade nun wirklich nicht gerechnet hätte: »Nein. Wollte sie nicht.«

***

Ich beobachte, wie Haydons Vater vor ihm stehenbleibt und keine Anstalten macht, seinen Sohn in irgendeiner Form anständig zu begrüßen.

Stattdessen mustert er ihn von oben bis unten und fragt dann: »Haben wir dich etwa geweckt?«

Was für eine selten dämliche Frage. Haydon stand doch schon hier draußen, als sie ankamen! Aber auch ich muss zugeben, dass er ziemlich übernächtigt aussieht. Sein Haar ist verstrubbelt, er ist unrasiert und dunkle Schatten liegen unter seinen Augen. Das Shirt, das er trägt, ist auch nicht weniger zerknittert als meins.

Anstatt seinen Vater zu fragen, was die blöde Frage soll, sagt er einfach nur »Nein.«

Auch von ihm kein Hallo, keine Umarmung. Dass sein Dad ein Arsch ist, war mir ja schon vorher klar. Aber mit dieser Kälte zwischen den beiden hätte ich irgendwie trotzdem nicht gerechnet.

»Du hast uns wohl nicht so früh erwartet«, sagt Haydons Vater. »Ich hoffe, du hast das Haus in Ordnung.«

Ich sehe ihn mir genauer an. Er hat Ähnlichkeit mit Haydon, sieht aber längst nicht so gut aus wie er. Sein Gesicht ist kantiger, seine Brauen sind buschiger und er hat eine Adlernase. Die Frau, mit der er sich schmückt, ist dagegen absolut schön. Ich beobachte sie, wie sie am Auto lehnt und ihren Lippenstift nachzieht. Ihr Gesicht wirkt nicht natürlich, es hat etwas Katzenhaftes, wie bei allen gelifteten Frauen. Irgendwie habe ich das Gefühl, hier Beatriz in zwanzig Jahren vor mir zu sehen.

Sofern sie es nach der dämlichen Aktion mit den Fotos noch schafft, sich in der High Society zu halten.

Diese ganze Nummer macht mich immer noch sauer. Was hat Haydon sich bloß gedacht? Man spielt nicht mit dem Ansehen anderer Menschen. Auch dann nicht, wenn sie es verdienen.

Doch ich stelle meinen Zorn für den Moment zurück und trete näher an Haydon heran, um ihm zu signalisieren, dass ich mit reingehen werde. Irgendwie habe ich das Gefühl, dass er dieses Treffen mit seinem Vater und seiner Frau allein nicht überstehen wird.

»Das Haus ist okay«, sagt Haydon, »aber vielleicht ist es noch etwas zu früh, sich um den Verkauf zu kümmern. Ich bin noch ein Jahr lang hier und weiß nicht, was –«

Sein Vater lässt ihn gar nicht ausreden. »Unsinn! Und jetzt gehen wir rein. Sehen wir uns mal an, was du in den vergangenen drei Jahren so alles mit meiner Immobilie angestellt hast!«

Damit tritt er an Haydon vorbei und geht ins Haus, als würde er dort wohnen. Seine Frau folgt ihm mit kleinen Trippelschritten auf sündhaft teuren Louboutins.

Drei Jahre?, denke ich. Hieß das jetzt etwa, dass sein Vater drei Jahre lang nicht zu Besuch war? Bedeutet das dann auch, dass die beiden sich so lange nicht gesehen haben? Und dann ist er nicht mal imstande zu einer anständigen Begrüßung?

»Ich fasse es nicht, Haydon«, murmle ich.

Dann folge ich seinem Dad und seiner Stiefmutter ins Haus.

Ich war noch nie hier und muss zugeben, dass Haydons Zuhause genau so ist, wie ich es erwartet hatte. Polierter Marmorboden, große offene Räume, alles in Weiß und Grau gehalten. Ich betrete das Wohnzimmer und schaue zu, wie sein Vater sich dort umsieht.

»Nicht mehr ganz in Mode«, sagt er. »Das werden wir alles entkernen müssen. Es etwas gemütlicher einrichten. Was sagen die Dänen, Miranda?«

»Hygge«, erwidert sie, während sie mit den Fingern über den Kamin fährt, um ihn auf Staub zu kontrollieren. »Behaglichkeit. Darauf stehen die Leute jetzt.«

Sie sieht mich an und lächelt großmütig, als hätte sie mir gerade etwas Wichtiges beigebracht. Ich hingegen werde nur noch wütender. Für fremde Leute, an die das Haus verkauft werden soll, wollen die beiden es also gemütlich einrichten. Aber wenn es um Haydon geht, interessiert sie nur, wie sauber und ordentlich hier alles ist.

»Wir können schon mal anfangen, die Möbel zu katalogisieren«, sagt sein Vater. »Vielleicht kriegen wir sie noch verkauft. Du kommst in den nächsten Monaten doch mit dem Master Bedroom und der Küche aus, oder?«

»Ja«, sagt Haydon.

Überrascht blicke ich hinter mich. Ich habe gar nicht

gehört, dass er ebenfalls reingekommen ist. Er lehnt im Türrahmen des Wohnzimmers und sieht vollkommen unbeteiligt aus, genau wie an dem Tag, als er mich das erste Mal angesprochen hat. Oder als er in dem Beach-Club zwischen seinen sogenannten Freunden saß.

Sicher, ich kenne diesen Ausdruck. Er hat seine Maske wieder aufgesetzt.

»Gut«, sagt sein Vater, »dann sichten wir jetzt alle Räume und machen eine Liste. Deine Bleibe in New York bekommst du dann wieder möbliert. So ist es am einfachsten.«

Haydon antwortet nicht, sondern sieht nur unbewegt zu, wie sein Dad und Miranda alles inspizieren. Ich denke an das, was er mir auf der Fahrt nach Woodbury erzählt hat – dass er ab nächstem Jahr an der Wall Street arbeiten wird, wenn es nach seinem Vater geht.

Und an das, was er, wie ich weiß, wirklich will. Wieso sagt er denn nichts?

»Oha«, macht sein Dad und hebt mit spitzen Fingern eine leere Whiskyflasche hoch. »Damit solltest du vorsichtig sein. Wenn die kaputtgeht, kann das hässliche Kratzer im Marmor hinterlassen.«

Ich höre mich selbst ein ungläubiges Geräusch machen. Wie kann man nur so kalt sein? Sein Sohn sieht vollkommen fertig aus und hat sich offenbar besoffen – doch alles, was diesen Kerl interessiert, ist der dämliche Marmor!

Haydon sieht mich an und schüttelt leicht den Kopf. Was will er damit sagen? Dass ich hier genauso gleichgültig stehen soll wie er?

Auch sein Vater wendet sich mir zu und zieht eine seiner buschigen Brauen in die Höhe. »Ich muss zugeben, dass ich Ihre Funktion hier immer noch nicht ganz verstehe, junge Dame«, sagt er. »Sind Sie eine Nachhilfestudentin oder ...«

»Meine Funktion«, platzt es aus mir heraus. »So bewerten Sie Menschen also, Mister Rhodes? Nach deren Funktion? Was ist denn dann seine Funktion?« Ich deute auf Haydon. »Thronfolger? Statusobjekt? So was in der Art? Und was ist ihre?« Ich zeige auf seine Frau, die gierig die Schränke unter einem Sideboard öffnet, auf der Suche nach Dingen, die sich verscherbeln lassen. »Verjüngungskur? Fickpüppchen?«

»Eve«, sagt Haydon, aber er kann mich mal. Wenn er meint, dass er sich so behandeln lassen muss, hat er ein gewaltiges Problem. Ich werde mir das ganz sicher nicht stumm ansehen!

Sein Vater richtet sich zu seiner vollen Größe auf, seine Frau erstarrt in der Bewegung. Beide sehen mich an. Mirandas Gesicht sieht aus wie das einer entsetzten Gummipuppe. Mister Rhodes hingegen bekommt plötzlich rot geäderte Wangen. Der Blutdruck, schätze ich mal.

»Junge Dame ...«

»Und was ist Ihre eigene Funktion, Mister Rhodes?«, unterbreche ich ihn sofort. »Sind Sie der berechnende Geschäftsmann oder einfach nur ein Arschloch?«

»Eve, das reicht jetzt«, versucht es Haydon erneut,

aber das ist mir sowas von egal.

»Nein, es reicht nicht!«, widerspreche ich und funkle seinen Vater an, dessen schlaffe Wangen jetzt violett anlaufen. »Ich denke, Sie sollten jetzt gehen. Alle beide.«

Rhodes sieht mich ungläubig an und lacht ohne jede Spur von Amüsement in der Stimme. »Mit Verlaub. Ich kenne Ihren Namen nicht, ich weiß nicht, in welchem Verhältnis Sie zu meinem Sohn stehen und ich billige Ihr Auftreten nicht. Das hier ist eine Familienangelegenheit und zudem eine Geschäftsangelegenheit, von der eine Frau wie Sie sicher nichts versteht. Also gehen Sie bitte zurück in das schäbige Wohnheim, in dem Sie vermutlich hausen und behelligen Sie uns nicht länger, danke.«

Ich öffne den Mund, um ihm zu sagen, dass er sich seinen Rauswurf sonst wohin stecken kann. Nur weil dieser Kerl einen teuren Anzug trägt und sich aufführt, als wäre er Ludwig der Vierzehnte, lasse ich mich von ihm nicht herumkommandieren. Gerade setze ich zu einer Antwort an, als plötzlich etwas Unerwartetes geschieht. Haydon tritt neben mich und der Ausdruck auf seinen Zügen ist ein völlig anderer als noch vor wenigen Minuten. Der letzte Rest seiner Gleichgültigkeit, die ich ohnehin für gespielt hielt, ist etwas anderem gewichen. Wut. Und ich weiß genau, was sie zum Entflammen gebracht hat: Nicht die Art, wie sein Vater mit ihm umgesprungen ist, denn das ist er gewöhnt, sondern sein Verhalten mir gegenüber. Indem er mich wie Dreck behandelte, hat Rhodes dafür gesorgt, dass Haydon sein wahres Gesicht erkennt.

Und was er für sich selbst nicht als nötig erachtet zu haben scheint, bekommt er problemlos hin, wenn es um mich geht. Er verteidigt mich.

»Sie ist meine Freundin«, sagt er.

Sein Vater mustert ihn jetzt genauso verwundert wie mich gerade. »Das ist nicht deine Freundin. Beatriz Asher ist deine Freundin, soweit ich weiß.«

Ich lache. »Ach, das schreibt er dir jetzt auch noch vor!«

Haydon greift nach meiner Hand. Sein Händedruck ist fest und bestimmt. »Beatriz ist Vergangenheit. Ich bin jetzt mit Eve zusammen. Und du wirst sie nicht aus meinem Haus werfen.«

Sein Vater tritt ein paar Schritte auf Haydon zu. »Was ist los mit dir? Muss ich dir wirklich erklären, wem diese Immobilie gehört und wer einfach nur darin haust, ohne einen Cent zu zahlen wie ein verdammter Schmarotzer?«

Gott, dieser Kerl mach mich so sauer. Ich weiß nicht viel über das Verhältnis der beiden, aber eines ist mir klar: Das hier ist eine Konfrontation, die schon lange nötig war. Und ich spüre, dass Haydon das ebenfalls klargeworden ist.

»Du kannst das Haus zurückhaben«, sagt er kühl. »Neun Zimmer für eine einzelne Person sind sowieso kompletter Schwachsinn, das sollte einem Geschäftsmann eigentlich klar sein.«

»Zwölf Zimmer sind angemessen für –«

»Für wen?«, fragt Haydon und seine Stimme ist immer noch absolut kalt. »Den Sohn einer Frau, die du erst in den Alkoholismus und dann in den Tod getrieben hast?«

Schweißperlen treten auf Mister Rhodes' Stirn. »Du bist auch *mein* Sohn«, donnert er.

»Ja, der einzige, den du hast, weil es mit Miranda leider nicht geklappt hat. Und ich weiß genau, wie sehr du das bereust.«

Haydons Worte machen mich betroffen, aber ich spüre, dass sie wahr sind. Ich höre es an seiner Stimme und sehe es an dem Blick in den Augen seines Vaters. Jetzt verstehe ich seine Rolle in der Familie Rhodes. Er ist das Überbleibsel einer Beziehung, die in einer Katastrophe endete. Kein Wunder, dass er seine ganze Kindheit über zu Nannys abgeschoben wurde.

Mister Rhodes presst die Lippen aufeinander. Er weiß offenbar selbst, dass es zwecklos ist, die Wahrheit zu verleugnen. Für einen langen Moment herrscht Stille. Dann sagt er: »Ich habe dir alles ermöglicht. Die beste Ausbildung. Ein sorgenfreies Leben in den feinsten Kreisen. Du bist mir etwas schuldig, Haydon. Und darum wirst du –«

»Ausziehen«, sagt Haydon. »Ich ziehe hier aus. Ich zieh ins Wohnheim. Nächste Woche bin ich weg. Und mach dir keine Gedanken wegen der Wohnung in New York. Ich geh dort nicht hin. Ich steige nächstes Jahr in die NRL ein und werde, wenn alles gut läuft, für die CT

Rebels spielen. Dafür muss ich Connecticut nicht verlassen.«

Haydons Vater tippt ihm vor die Brust. »Du wirst mir jetzt gut zuhören! Mit meinem Namen, den meine Familie von Generation zu Generation aufgebaut hat, wirst du etwas Anständiges tun und dich nicht auf dem Rasen wälzen wie ein degenerierter Idiot!«

»Keine Sorge.« Haydon bleibt erstaunlich ruhig. »Soweit ich weiß, kann ich immer noch den Geburtsnamen meiner Mutter annehmen. Der Letzte aus der Rhodes-Linie bist damit du.« Er klopft seinem Vater auf die Schulter. »Du hast sicher noch 20, 30 Jahre, um den Ruf deiner Familie zu zementieren. Verhalte dich einfach weiterhin wie ein geldgeiler Oberarsch, aber ich bin raus. Und jetzt verschwinde oder ich befördere dich eigenhändig vor die Tür.«

Ich beobachte die beiden mit klopfendem Herzen. Haydons Vater sieht so wütend aus, dass ich überzeugt bin, dass er seinem Sohn gleich eine klatschen wird. Dann jedoch erkenne ich, dass sich Haydons Haltung verändert hat. Sie ist eindeutig drohend und ich sehe, wie sein Vater unter seinem wütenden Blick zu schrumpfen scheint. Sein Mund klappt zu, seine Kiefer mahlen und er tritt einen Schritt zurück.

»Komm, Miranda«, sagt er schließlich, beinahe im Flüsterton. »Lassen wir den Bastard meiner Exfrau mit seinesgleichen allein. Betrachte dich hiermit als enterbt und mittellos, Haydon *Williams.*«

Damit stürmt er an seinem Sohn vorbei.

Miranda sieht uns beide noch einen Moment so entgeistert an, wie es ihr mit ihrem Botoxgesicht möglich ist. Dann erhebt sie sich und trippelt ihrem Mann hinterher.

»Schäm dich«, zischt sie, als sie an Haydon vorbeigeht.

Dann knallt die Tür zu.

Haydon lässt mich los, sinkt auf eines der Sofas und atmet tief durch.

Ich bleibe stehen, wo ich bin, mustere ihn und weiß im ersten Moment nicht so recht, was ich sagen soll. Er sieht nicht aus wie jemand, der gerade über seinen tyrannischen Vater triumphiert hat – das fällt mir als Erstes auf. Er wirkt vielmehr wie jemand, der gerade etwas verloren hat.

»Hey«, sage ich schließlich einfach nur.

Haydon blickt auf den blitzsauberen Glastisch, der vor ihm steht. »Mein ganzes Leben lang hab ich versucht, mir seinen Respekt zu verdienen. Das war irgendwie immer ... meine Rolle, verstehst du? Ich hab keine Ahnung, wo ich jetzt stehe.«

Ich zögere einen weiteren Augenblick. Dann setze ich mich neben ihn. »Am Anfang«, sage ich.

Haydon lacht kurz. »Für dich ist das Glas wohl immer halbvoll, was?«

Ich deute auf die leere Whiskyflasche. »Besser als das da.«

»Ich trinke nicht immer so viel, Eve«, beteuert er schnell. »Die letzte Zeit war einfach nur ...«

Er spricht nicht weiter, aber ich sehe ihm an, was er denkt. *Die Hölle.*

Stumm greife ich nach seiner Hand, nehme sie in meine Hände.

Haydon blickt herunter auf unsere verschränkten Finger. »Beatriz hat es nicht anders verdient«, sagt er dann ganz unvermittelt.

»Nein. Aber deswegen musst du nicht so eine miese Aktion starten.«

»Ich wollte es ihr heimzahlen. Für dich!« Er blickt mich an und ich erkenne eine Mischung aus Unverständnis und Erschöpfung in seinen Augen.

Ich schüttle den Kopf. »Sowas will ich nicht. Sollen sich andere ihr Karma versauen, aber ich spiele bei sowas grundsätzlich nicht mit. Und du solltest das auch nicht tun.«

»Na schön. Wenn du willst, werde ich die Plakate gleich entfernen lassen. Bitte entschuldige«, sagt er und mir fällt auf, was er damit nicht sagt: dass es ihm leidtut.

Das respektiere ich. Er stammt eben aus einer Welt, in der solche Intrigen normal sind. Ich erwarte nicht, dass er sein komplettes Weltbild auf der Stelle für mich umschmeißt. Ich will einfach nur, dass er sich zurückhält, und ich denke, das hat er verstanden.

Doch da ist etwas anderes. Etwas, das ich nicht verstehe.

»Warum hast du mein Tagebuch eingesteckt, Haydon?«, frage ich nach einem Moment des Schweigens.

Wieder atmet er tief durch. Er legt den Kopf auf der Lehne ab und sieht an die Decke.

»Ich habe es auf deinem Bett liegen sehen. Ich gebe zu, dass ich drüber nachgedacht habe, einen Blick reinzuwerfen. Ich nahm es und habe mich dagegen entschieden, das musst du mir glauben. Doch dann kamst du plötzlich rein und weil ich nicht damit erwischt werden wollte, hab ich es eingesteckt.«

Ich schüttle den Kopf. »Wieso wolltest du es lesen? Hab ich dir je das Gefühl gegeben, dass du mit mir nicht offen über alles reden kannst?«

»Nein. Aber das beruht leider nicht auf Gegenseitigkeit.«

Ich runzle die Stirn.

Was will er damit sagen? Dass er Geheimnisse hat, die er mir nicht verraten kann?

»Haydon. Was ist los?«, frage ich eindringlich. Sein finsterer Blick erschreckt mich.

Er schluckt, ehe er antwortet: »Nicht du bist der Freak von uns beiden, Eve. Ich bin es. Das ist das Problem. Darum ging es von Anfang an.«

Damit zieht er seine Hand aus meinem Griff, steht auf und tritt an die Bar. Ich sehe zu, wie er sich ein Glas nimmt und wahllos nach einer Flasche greift. Doch ehe er sich etwas eingießen kann, springe ich über die Sofalehne und trete zwischen ihn und das Glas. Dann nehme ich ihm die Flasche aus der Hand.

»Du willst nicht enden wie deine Mom.«

Haydon sieht mich an, die Flasche noch in der Hand.

»Sie hätte nicht so enden müssen, wenn ich nicht so dämlich gewesen wäre. Und jetzt geh zur Seite.«

Ich bleibe ruhig, weil ich weiß, dass die Aggressivität in seiner Stimme nicht mir gilt. Nicht wirklich.

Mühelos halte ich seinem brennenden Blick stand, während ich ihm die Flasche abnehme. »Was meinst du damit?«

»Du würdest es mir nicht glauben.«

»Ich glaube eine ganze Menge. Aber dafür muss man es mir schon erzählen.«

Haydon mustert mich auf eine Art, die ich nicht ganz einordnen kann. Als würde er Gedanken gegeneinander abwägen, mit sich selber ringen, als würde er am liebsten tief in mich hineinblicken.

Dann gibt er seinen Widerstand auf. Ich erkenne es daran, wie seine breiten Schultern ein Stück in sich zusammensacken. Und wie die steile Falte zwischen seinen Brauen plötzlich wieder da ist.

»Der Unfall«, sagt er. »Ich habe davon geträumt, bevor es passiert ist. Ich wusste, dass es geschehen würde, aber ich habe keinem davon erzählt. Erst als es passiert war, habe ich es meinem Vater verraten. Er hat mir eine geklatscht und mich gewarnt, bloß nie wieder damit anzufangen, weil mich sonst niemand mehr ernst nehmen würde. Ich sei genauso irre wie meine Mutter, hat er gesagt. Von da an hat er mich so angesehen wie sie. An jedem beschissenen Tag.«

Seine Worte rauschen durch mein Hirn und wollen doch keinen Sinn ergeben. Er hat was? Den Tod seiner

Mutter vorhergesehen? Hat er mir das gerade sagen wollen?

Ich blicke ihn an und versuche, das Gehörte zu verarbeiten. Ich habe schon öfter von solchen Visionen gelesen. Es gibt die verschiedensten Erklärungen dafür. Manche glauben, es steckt etwas Übersinnliches dahinter. Manche halten sie für einen Beweis der Existenz paralleler Universen. Und wieder andere denken, dass das Unterbewusstsein einfach weit mehr wahrnimmt als das gewöhnliche Bewusstsein. In Haydons Fall könnte sich der Traum aus dem Verhalten seiner Mutter, aus kleinen Andeutungen und ihrer Fahrweise ergeben haben. Oder …

Sein Schnauben reißt mich aus meinen Überlegungen. »Ich wusste es«, sagt er und wendet sich von mir ab.

»Haydon!« Ich halte ihn am Arm fest. »Warte. Ich glaube dir doch.«

»Ach ja?«, fragt er zynisch.

»Klar. Warum solltest du mich über den Tod deiner Mutter belügen? Das ergibt doch gar keinen Sinn.«

Haydon bleibt stehen, den Blick fest auf den kalten Marmorboden gerichtet. So finster, wie er gerade aussieht, passt er kein Stück mehr in diese Hochglanzvilla.

Am liebsten würde ich mit ihm abhauen, einfach irgendwo hinfahren. Aber ich spüre, dass da noch mehr ist. Er wirkt nicht erleichtert. Nicht, als hätte er sich alles von der Seele geredet.

»Erzähl mir den Rest«, fordere ich.

Haydon beißt die Zähne aufeinander, steht ansonsten einfach nur völlig unbewegt da. Ich spüre, wie angespannt sein Körper ist, und habe jetzt keine Lust mehr, in irgendeiner Form die Distanz zu wahren. Ich trete näher an ihn heran und schlinge die Arme um seine Hüften.

»Erzähl es mir«, sage ich leise.

Haydon blickt an mir vorbei. »Dein Selbstmord«, sagt er leise.

Ich runzle die Stirn. Dieses Thema schon wieder.

»Das war gar kein Gerücht«, gibt er zu, und dann sieht er mich endlich an. »Ich habe davon geträumt. Es war ... der zweite Traum dieser Art in meinem Leben. Es hat sich genauso angefühlt wie damals bei meiner Mutter. Und ich hatte diesen Traum in den vergangen neun Tagen mindestens fünf Mal.«

Ich erwidere seinen Blick und spüre selbst, wie meine Augen groß werden. Ein eisiger Schauer überläuft mich. Er hat geträumt, dass ich mich umbringe?!

»Am Anfang wollte ich diesen Traum einfach nur loswerden«, redet er weiter, leise und erstickt. »Doch dann habe ich angefangen, dich zu mögen, Eve. Sehr sogar.«

»Warum hast du denn nichts gesagt? Ich hätte dir schon klargemacht, dass ich gar nicht sterben will.«

Er zuckt mit den Schultern, aber ich weiß es selbst. Er hat es ja gesagt. Er war überzeugt, dass ich ihm nicht glauben würde.

»Wann und wo?«, frage ich leise.

Haydon schüttelt den Kopf. »Das würde ich lieber für mich behalten.«

»Haydon!« Ich versuche, seinen Blick einzufangen. »Hör zu, ich glaube dir, was deine Mutter angeht. Das tue ich wirklich. Aber was mich betrifft – ich will mich nicht umbringen. Das wollte ich auch nie. Klar macht mich der Tod meines Bruders fertig. Und manchmal gibt es auch andere Sachen, die mich fertigmachen. Und ich weiß selbst, dass ich aussehe, als würde ich total auf den Tod abfahren. Aber das tue ich nicht. Ich hänge am Leben. Wirklich.«

»Sowas kann sich ändern«, sagt Haydon leise. »Wer weiß, was auf der Beerdigung geschieht. Oder wenn du wegen dieser Tagebuchsache weiter angefeindet wirst. Oder ... was weiß ich.«

Ich schüttle den Kopf. Was denkt er denn? Dass ich gleich den Lebensmut verliere, nur weil etwas traurig ist oder mich wütend macht?

Ich fürchte, damit hat er mir gerade sehr viel mehr über seinen eigenen Gemütszustand als über meinen eigenen verraten.

Kurzerhand stelle ich mich auf die Zehenspitzen und umarme ihn. Fest. »Ich bin hier«, sage ich leise. »Und daran wird sich auch nichts ändern. Ich verspreche es dir. Du musst dir um mich absolut keine Sorgen machen, Haydon. Sicher wird die Beerdigung hart, aber ich werde den Tag überstehen. Genau wie alle anderen Tage. Und du genauso. Wir packen das zusammen. Einverstanden?«

Noch einen Moment lang rührt sich Haydon nicht. Dann erwidert er meine Umarmung so fest, wie man es bei einem Mann seiner Statur erwartet. Und in dem Moment spüre ich sie wieder, diese Stärke, dank der er mich durch die Menschenmenge am See gebracht hat. Und die ihm geholfen hat, trotz der Verachtung, die ihm seitens seiner Familie entgegenschlug, bis hierher durchzuhalten. Erfolgreich zu sein.

Ich schließe die Augen und streichle ihm über den Rücken. Er hält mich fest. Eine ganze Weile stehen wir nur so da, keine Ahnung, ob es Sekunden oder Minuten sind.

Dann sagt Haydon. »Hey, Eve.«

»Hm?«

»Ich meinte das ernst, als ich sagte, dass du meine Freundin bist.«

Ich spüre, wie der Anflug eines Lächelns meine Lippen überzieht. »Ja, ich habe das auch ernstgenommen.«

»Trotz der Sache mit den Fotos?«

»So schnell wirst du mich nicht los.«

Haydon löst sich ein Stück weit von mir. Er sieht mich an und streicht mir eine Strähne aus dem Gesicht. Dann gibt er mir einen Kuss. Nicht fordernd, nicht verführerisch, und trotzdem kribbelt es auf meinen Lippen, sobald sie von seinen berührt werden.

»Ich mach dir einen Vorschlag«, sage ich leise.

»Hm?«

»Du zeigst mir jetzt deinen *Master Bedroom* und

erzählst mir dort nochmal alles in Ruhe.«

Haydon betrachtet mich prüfend.

Ich lasse ihn los und hebe die Hände. »Ort und Datum kannst du für dich behalten«, beteuere ich.

Haydon nickt, legt seinen Arm um meine Schultern und nimmt mich mit sich. Während wir die Treppe hochgehen, küsst er mich auf die Schläfe und trotz des ganzen Dramas um seinen Vater, seine Familie und seine Vorgeschichte muss ich lächeln.

Verrückt, wie vertraut es zwischen uns ist. Dass ich mich an einem kalten Ort wie diesem an seiner Seite zu Hause fühle.

***

Kapitel 12

Everley

Der nächste Morgen beginnt schrecklich, auch wenn die Nacht schön war. Wir haben lange geredet und ich hoffe, dass ich Haydon seine Ängste, was mich angeht, nehmen konnte. Woher auch immer sie kommen, sie sind unbegründet. Wenn ich mich jetzt gerade so im Spiegel betrachte, fällt es mir allerdings selbst schwer, das zu glauben. Ich sehe furchtbar aus. Kein Wunder.

Heute ist es so weit.

Ich kann mein eigenes Erscheinungsbild nicht ertragen. Mein Haar hängt traurig herunter, mein Gesicht ist weiß wie die Wand und auch meine Lippen sind farblos. Meine Augen sind glasig und rot gerändert.

Alle haben immer gesagt, dass Keenan und ich viel Ähnlichkeit haben. Jetzt sehe ich es auch.

Ich sehe genau so tot aus wie er.

Mit zittrigen Fingern hebe ich den Kajal, führe ihn zu meinem Gesicht, schaffe es aber nicht, einen Lidstrich zu ziehen.

Wozu auch? Keenan wird es kaum kümmern, wie ich aussehe.

Wütend über diesen Gedanken feuere ich den Schminkstift ins Waschbecken.

Seine Beerdigung ist der Tag, an dem wir ihm alle die letzte Ehre erweisen sollen und ich bringe es nicht mal fertig, mich anständig zu stylen.

»Reiß dich zusammen«, zische ich mir zu, aber ich kann nicht.

Ich will nicht. Ich will nicht dabei sein, wenn Keenan endgültig verabschiedet wird. Möchte nicht sehen, wie sein lebloser Körper unter meterdicker Erde vergraben wird. Ich kann die ganzen traurigen Gesichter nicht ertragen, möchte die kleinen Anekdoten nicht hören, die alle über Keenan erzählen, damit die Situation ein bisschen weniger unerträglich wird.

Weiß du noch, damals, als er ...?

Ich möchte das nicht hören.

Jeder weiß noch. Aber das ändert nichts daran, dass es nie wieder so sein wird.

Wenn ich auf seine Beerdigung gehe, dann fürchte ich, dass ich vollkommen den Verstand verlieren werde.

Aber ich bin es ihm schuldig, oder nicht?

»Eve?« Haydon klopft an die Tür seines teuren Badezimmers, tritt aber nicht ein.

Ich sehe durch den Spiegel, dass er im Türrahmen lehnt. Er sieht fantastisch aus. Der schwarze Anzug, den er trägt, ist sicher maßgeschneidert und das dunkelgraue Hemd darunter sitzt ebenfalls perfekt. »Die Tür ist offen.«

»Ich weiß. Ich wollte nur ...« Weiter spricht er nicht. Stattdessen kommt er jetzt zu mir und dreht mich sanft an den Schultern zu sich. »Ist alles in Ordnung?«

Ich schaue ihm in die Augen und erkenne etwas darin, dass ich so bisher noch nicht bei ihm gesehen habe. Sorge. Echte, tiefe Sorge.

»Es geht schon. Es ist nur ...« Meine Augen beginnen zu brennen und ich lege den Kopf in den Nacken, weil ich hoffe, die Tränen so zurückhalten zu können. Mein Herz fängt an zu hämmern und meine Kehle fühlt sich wie zugeschnürt an.

Haydon zieht mich in seine Arme und das lässt den Damm brechen. Die Tränen laufen jetzt ungehindert über meine Wangen und ich vergrabe das Gesicht an seinem Jackett. Haydon streichelt mir über den Rücken und hält mich fest, während ich an seiner Schulter weine wie ein kleines Mädchen.

»Ich bin bei dir, okay? Wir stehen das zusammen durch.«

Das ist lieb von ihm. Aber ich will das gar nicht durchstehen. Ich bringe es einfach nicht fertig, zu Keenans Beisetzung zu gehen. Das wird mir von Minute zu Minute klarer.

»Ich kann das nicht«, schluchze ich und fühle mich jetzt, wo ich es ausgesprochen habe, noch eine Spur schlechter.

Haydon hebt mein Kinn vorsichtig an und blickt mir wieder in die Augen. »Was kannst du nicht?«

»Die Beerdigung ... Ich kann da nicht hin.«

Haydon sieht mich noch einen Moment an, dann zieht er mich wieder in seine Arme. Seine Lippen berühren mein Haar und ich schließe die Augen.

»Wir müssen nicht hingehen, wenn du nicht möchtest«, flüstert er. »Jeder wird das verstehen.«

Ich bin mir da nicht sicher. Zum ersten Mal in

meinem Leben ist es mir wichtig, was andere von mir denken. Ich will nicht, dass irgendjemand glaubt, Keenan wäre mir egal. Dabei ist doch das komplette Gegenteil der Fall.

»Du musst dir nur sicher sein, Eve. Ich will nicht, dass du irgendwas bereust.«

Ich nicke, aber nicht als Antwort. Er hat ja recht. Doch würde ich es bereuen, wenn ich mir die Farce auf dem Friedhof nicht ansehe? Ich glaube nicht. Und Keenan hätte Verständnis dafür, so viel steht fest.

»Ich möchte meine Eltern nicht im Stich lassen, aber ich glaube, dass ich mir einfach nicht ansehen kann, wie sein ... wie er ... wie ...«

»Ich versteh schon.« Haydon küsst mich aufs Haar. »Möchtest du gar nicht zum Friedhof oder nur nicht, wenn alle dort sind?«

Ich denke über diese Frage nach. Auch wenn man es wegen meiner dunklen Kleidung nicht meinen würde, bin ich jemand, der Friedhöfe meidet. Eigentlich brauche ich keinen Grabstein, keinen verrottenden Sarg, um einem geliebten Menschen gedenken zu können.

Aber Keenans Grab möchte ich schon besuchen. Nur, um zu sehen, ob auch alles so gemacht wurde, wie er es sich gewünscht hätte. Um Abschied zu nehmen – jedoch nicht vor Publikum. Wenn ich vor seinem Grabstein stehe, wenn ich seinen Namen lese, das Geburts- und Sterbedatum, dann weiß ich nicht, wie ich reagiere. Und dabei will ich weder von Mom und Dad noch von Rick und den anderen gesehen werden.

»Nicht, wenn alle dort sind«, sage ich schließlich und spüre, wie ich mich langsam beruhige.

»Wie wäre es, wenn wir heute Abend hingehen? Nur wir beide.« Er sieht mir in die Augen. In ihnen erkenne ich, dass Friedhöfe auch nicht gerade Haydons Lieblingsorte sind, aber ich bin gerührt, dass er mir zuliebe mitgehen würde. »Dann kannst du in Ruhe Abschied nehmen.«

»Das wäre gut, denke ich.«

Ich schließe die Augen und stelle mir vor, wie wir beide an Keenans frischem Grab stehen. Die Dunkelheit verbirgt meine Tränen. Die Vorstellung ist immer noch traurig und trotzdem fühlt es sich an, als würde eine tonnenschwere Last von mir abfallen, jetzt, wo beschlossene Sache ist, dass ich nicht zur Beisetzung gehen werde.

Keenan und ich waren schon immer anders.

Und ich werde mir für unseren Abschied etwas besonderes ausdenken. Schließlich möchte ich ihn nicht zu Orgelmusik und trostlosen Grabkerzen von uns gehen lassen.

***

»Ganz korrekt ist das nicht«, flüstere ich, während ich beobachte, wie Haydon den Bolzenschneider ansetzt.

»Ich lasse Geld für eine neue Kette da«, erwidert er ebenso leise.

»Vergiss mal nicht, dass du jetzt arm bist.«

Er sieht zu mir herüber und sein schiefes Lächeln verrät mir, dass ihm nichts egaler sein könnte. Um so etwas geht es heute Abend nicht.

Ich erwidere sein Lächeln. Dann sehe ich zu, wie er das Schloss knackt.

»Bereit?«, fragt er leise und lässt das Tor aufschwingen.

Ich blicke geradeaus auf den geschwungenen Hauptweg des North Cemetery. Er wird von einigen wenigen Laternen erleuchtet, die das Grün der Bäume gegen die Nacht hervorheben. Links und rechts des Weges befinden sich hügelige Wiesen, die von den unterschiedlichsten Grabsteinen durchzogen sind. Keltisch anmutende Kreuze wechseln sich ab mit einfachen Platten. Auf den Veteranengräbern wehen kleine Flaggen.

»Ich weiß nicht«, gebe ich zu, weil alles in mir schreit, dass mein wilder, lauter, lebendiger Bruder Keenan hier nicht hergehört. Neue Tränen steigen in meine Augen, ich fluche und wische sie fort.

Haydon legt seinen Arm um meine Schultern. »Er ist nicht hier«, sagt er leise. »Keiner von ihnen ist hier. Er sieht dir von ganz woanders dabei zu, wie du ihm die letzte Ehre erweist. Und er wird stolz sein, dass du das gepackt hast. Verstehst du?«

Ich nicke und schaffe es, die Tränen zurückzudrängen. Gleichzeitig spüre ich, wie Haydons Worte mich erleichtern, weil ich weiß, dass er Recht hat. Ich blicke zu ihm auf und lasse mich von ihm mit durchs Tor nehmen.

Nie hätte ich gedacht, dass er so sein kann. Aber jetzt, wo ich von seiner Geschichte und seinen Träumen weiß, erscheint es mir nicht absurd, dass er eine empfindsame Seite hat. Er zeigt sie nur niemandem. Niemandem außer mir.

Ich atme tief durch, richte den Blick wieder nach vorn. Heute gab es nur diese eine Beerdigung in Woodbury, also müssen wir einfach Ausschau nach dem Grab mit den frischesten Blumen halten. Seite an Seite mit Haydon laufe ich durch den Gang. Es ist warm, auch wenn die Sonne längst nicht mehr scheint. Ich trage einen Rock und ein Shirt von Keenans und meiner gemeinsamen Lieblingsband. Haydon ist in Schwarz, er trägt Jeans und ein schlichtes Shirt. Ich habe meinen Rucksack dabei, in dem alles ist, was wir brauchen werden.

»Da ist es, glaube ich«, sagt er und deutet auf eine Stelle rechts von uns.

Ich folge seinem Blick und entdecke ein Grab, das prächtig mit bunten Blumen geschmückt ist. Es gibt kein Farbschema, sie sind einfach bunt. Klar, weil Keenan genau das gewollt hätte – dass jeder das Gesteck oder den Kranz mitbringt, der ihm am besten gefällt.

»Komm«, sage ich leise und trete mit Haydon auf die Wiese. Dabei entdecke ich einen Aufsteller neben dem Grab. Ein Foto von Keenan ist darauf zu sehen. Es zeigt kein hübsches Porträt, wie das bei Beerdigungen üblich ist – nein, es zeigt ihn bei einem Sprung mit seinem Skateboard, kaum mehr als eine Silhouette im strahlenden Sonnenlicht.

»Deine Eltern sind großartig«, sagt Haydon leise, als er das Bild betrachtet.

Ich nicke und erwidere schniefend: »Ja. Sind sie. Ich hoffe, ich habe sie nicht enttäuscht.«

»Unsinn, Eve. Bei sowas kann man gar keinen enttäuschen.«

Ich nicke und drücke ihn kurz. Dann lasse ich ihn schweren Herzens los und fange an, den Inhalt meines Rucksacks auszupacken.

Haydon hilft mir und so dauern die Vorbereitungen nicht lange. In der vollkommenen Stille des Friedhofs stellen wir alles so auf, wie ich es mir vorgestellt habe. Dann treten wir zurück und betrachten unser Werk einen Moment schweigend.

»Hast du das schon mal gemacht?«, fragt Haydon.

Ich schüttle den Kopf.

»In der Anleitung steht, dass es ein paar Minuten dauert, bis sie aufsteigen. Das heißt, wir haben genug Zeit, um alle anzuzünden.«

Ich nicke und gebe mir einen Ruck. »Okay. Dann

machen wir es.«

Haydon nimmt meine Hand und drückt mir ein Feuerzeug in die Finger. Er schließt meine Hand darum und ich lächle ihn ehrlich an. Weil er mich trotz meiner Trauer glücklich macht.

»Du bist auch großartig«, sage ich leise.

Wir wenden uns den Himmelslaternen zu, die wir um das Grab herum aufgestellt haben. Es sind 26 Stück – eine für jedes Jahr, das Keen erleben durfte. Das Papier haben wir bereits entfaltet.

Eigentlich soll man sie festhalten, während sie sich nach dem Anzünden mit warmer Luft füllen, aber wir haben aufgepasst, dass nirgends Knicke entstehen und sind auch jetzt extrem vorsichtig, damit keine der Laternen Feuer fängt.

Eine nach der anderen zünden wir an, bis um das Grab herum 26 kleine Feuer brennen. Dann stellen wir uns nebeneinander, Haydon legt seinen Arm um mich und ich hole mein Handy aus der Tasche.

Noch einmal atme ich tief durch und starte den Song, den ich hierfür ausgesucht habe – *This is Gospel* von Panic! At The Disco. Keen und ich haben das Lied beide sehr gemocht, auch wenn es weder sein noch mein Lieblingslied war. Doch ich habe es wegen einer bestimmten Textzeile ausgewählt: *Wenn du mich liebst, lass mich gehen.*

Das würde Keenan zu mir sagen, wenn er noch einmal etwas sagen könnte. Dass ich ihn gehen lassen und weiterleben soll. Das Leben genießen, wie ich es mit ihm getan habe.

Ich schalte den Song ein und liebe es, dass er trotz seines traurigen Textes hoffnungsvoll klingt. Der Beat setzt ein und mit ihm steigen die ersten Laternen auf.

Tränen treten in meine Augen, aber ich wische sie fort. Ich will das hier nicht verpassen. Fasziniert sehe ich zu, wie sich die vielen Lichter von der Wiese erheben. Wie sie den Nachthimmel erhellen. Wie sie sich in dem Foto von Keenan spiegeln und fast den Anschein erwecken, als würde sich darin etwas bewegen.

Vor meinem inneren Auge wird der Nachmittag, an dem das Bild aufgenommen wurde, lebendig. Wir waren im Urlaub in Kalifornien. Ich sehe Keen, wie er mit seinem Board auf mich zugeschossen kommt. Sein breites Lächeln und dieser warme Ausdruck, mit dem er mich immer angesehen hat.

»Komm schon! Wenn ich das kann, kannst du das auch, Evey!«

Ich blinzle und die Bilder verschwinden. Mit einem Lächeln sehe ich in den Himmel, wo sich die Laternen zu einem Lichtermeer vereinen.

Wenn du mich liebst, lass mich gehen, schallt es über den Friedhof.

Das werde ich, verspreche ich meinem Bruder.

Dann wende ich mich Haydon zu, dem Mann, der für mich in diesem Moment meine Zukunft bedeutet.

»Alles okay?«, fragt er über die Klänge der Musik hinweg.

Ich nicke. »Dank dir.«

Er nimmt mein Gesicht in die Hände und küsst mich auf die Stirn.

Der Song verklingt.

Es wird still.

Und dann höre ich das Heulen von Sirenen.

»Oh, Shit!«, zische ich. »Die Bullen!«

»Weg hier!«, sagt Haydon.

Ich schnappe mir meinen Rucksack, sehe ein letztes Mal in den Himmel und bilde mir ein, Keenans lautes Lachen zu hören. Ja, klar, eine derart verrückte Aktion wäre genau sein Ding gewesen.

Dann nehme ich gemeinsam mit Haydon die Beine in die Hand und laufe.

***

Haydon

Ich blicke direkt in Everleys blasses Gesicht. Ihre Augen sind schreckgeweitet, das erkenne ich, auch wenn sie so weit von mir entfernt ist. Irgendwo über mir.

Um sie herum leuchtet das Feuerwerk.

Rot, blau, weiß ... Der 4. Juli.

Es ist Juli, warum ist mir dann so kalt?

Wieder sehe ich zu Everley hinauf. Sie starrt zu mir herunter und erst jetzt wird mir klar, dass sie auf der East Grand Avenue Bridge steht. Ich versuche, etwas zu rufen, doch ich kriege keine Luft.

Eve wirft einen kurzen Blick hinter sich. Ihre Hände umfassen das Geländer. Sie ist bereits darübergeklettert, nichts trennt sie mehr vom Abgrund. Sie lässt los. Dann springt sie. Ich will schreien, sie abhalten, aber es ist zu spät. Ich fühle mich wie gelähmt.

Ihr Körper fällt, kommt näher und näher. Und dann –

Schweißgebadet schrecke ich aus dem Bett hoch und muss mich erst einmal orientieren.

Wo bin ich?

Warmes Licht erfüllt den Raum. Auch wenn es draußen noch dunkel ist, strömt milder Sommerwind durchs geöffnete Fenster rein.

»Haydon, ist alles okay?«

Ich sehe schnell hinter mich und entdecke Eve, die an ihrem Schreibtisch sitzt und offenbar Entwürfe zeichnet. Na klar. Wir sind nach unserer Flucht vom Friedhof zu ihr ins Wohnheim gefahren. Sind eng umschlungen in ihrem Bett gelandet, unsere Körper voll von Adrenalin. Dann sind wir irgendwann eingeschlafen und ich habe geträumt, wieder mal.

Es war nur ein Traum.

Gott sei Dank, sie lebt, schießt es mir durch den Kopf.

Noch ..., fügt dann eine fiese Stimme in meinem Hirn hinzu und schlagartig sind die Bilder aus dem Traum wieder da.

Diesmal war es anders. Diesmal ist Everley mir entgegengesprungen. Aus irgendwelchen Gründen habe ich mich irgendwo unter ihr befunden. Wahrscheinlich am Ufer des Quinnipiac River.

Was hat das zu bedeuten?

Habe ich sie in meinem Traum bereits aufgegeben und sehe mir das Unglück nur noch aus der Ferne an?

Wenn ich diese Veränderung doch nur richtig deuten könnte!

»Haydon?« Eve kommt vorsichtig näher. Sie trägt nur ein Bandshirt zum Schlafen. Ihre langen schlanken Beine blitzen darunter hervor und mein Blick bleibt an ihnen hängen.

Ich strecke die Arme aus und ziehe Everley an den Hüften auf meinen Schoß. »Geht es dir gut?«, frage ich und mustere sie.

Sie erwidert meinen Blick sorgenvoll. »Ja, sicher. Und dir? Hattest du etwa schon wieder diesen Traum?«

Ich schlucke und versuche mir nicht anmerken zu lassen, wie sehr mich diese Vision immer noch beunruhigt. Trotz allem. Obwohl sie mir so oft versichert hat, dass sie leben will. »Ja«, gebe ich zu, um Festigkeit in meiner Stimme bemüht.

Eve schüttelt den Kopf. »Weißt du, was ich glaube? Er kommt nur aus einem Grund immer wieder zurück. Weil du dich so davor fürchtest.«

Ich spüre einen Anflug von Empörung in mir und bin drauf und dran, so zu reagieren, wie ich es immer tue, wenn mir jemand vorwirft, Angst zu haben. Ich bin Haydon Rhodes, ich fürchte nichts und niemanden.

Aber das stimmt nicht. Ich habe schreckliche Angst, Eve zu verlieren.

»Wie spät ist es?«, frage ich.

Eve wirft einen Blick hinter sich, irgendwo dort muss sich eine Uhr befinden. »Kurz nach vier.«

Kurz nach vier. Der 4. Juli hat vor guten vier Stunden begonnen. Die Zeit läuft ...

Doch das Feuerwerk zu dem Eve von der Brücke springt, ist erst heute Abend. Bis dahin ist noch eine Menge Zeit. Trotzdem fühlt es sich falsch an, wenn ich daran denke, weiterzuschlafen.

»Haydon.« Eve legt mir beide Hände ins Gesicht. »Beruhig dich. Und beschreib mir den Traum. Ich bin sicher, ich finde mindestens zehn Gründe, aus denen er nicht so realistisch ist, wie du denkst.«

Ich schüttle den Kopf. Das werde ich auf keinen Fall tun. Vielleicht will sie dann zur Brücke fahren, nur um mir und sich zu beweisen, dass ich falsch liege. Und wer weiß, was dann geschieht.

Es reicht, wenn ich mich bekloppt mache. Und ihr

heute noch einmal zeige, dass ihr Leben mehr als lebenswert ist.

»Ich möchte, dass wir heute den Feiertag zusammen verbringen, Eve. Dass wir was Besonderes machen. Geht das klar?«

Eve wirkt ein bisschen überrascht, dann nickt sie aber. »Ich bin zwar nicht so der Patriot, aber wenn dir etwas daran liegt. Gerne.«

»Es geht nicht um den Unabhängigkeitstag, ich will einfach Zeit mit dir verbringen. Wenn wir gleich losfahren, können wir uns den Sonnenaufgang von Cape Cod aus ansehen.«

Eves Blick wird noch ein bisschen überraschter, aber dann fängt sie an zu grinsen. »Ich sehe, wir verstehen uns, Haydon Rhodes.«

Mit einem Satz ist sie auf den Beinen, rafft ein paar Klamotten zusammen und eilt zur Tür. »Ich bin schneller zurück, als du aufgestanden bist.«

Damit verlässt sie das Zimmer.

Schlagartig erfasst mich wieder ein mulmiges Gefühl, aber ich schiebe es beiseite. Das Feuerwerk ist noch lange nicht. Und Everley wird nicht rauslaufen und beschließen, dass Cape Cod doch eine blöde Idee ist und sich stattdessen das Leben nehmen.

»So ein Schwachsinn, Hayds«, sage ich und stehe auf.

Ich muss mich beruhigen. Es bringt nichts, wenn ich mich verrückt mache und womöglich gleich einen Unfall mit Eve im Wagen baue.

Also atme ich tief durch und mache ein paar Schritte

durchs Zimmer. Dabei fällt mein Blick auf Eves Entwürfe.

Sie hat Männermode gezeichnet. Eine Mischung aus meinem und ihrem Style, die mir ziemlich gut gefällt. Sie hat wirklich Talent. Und dann fällt mir etwas auf, das mich schmunzeln lässt. Die Männer auf ihren Skizzen haben alle mein Gesicht.

Ich setze mich an ihren Schreibtisch und sehe mir die Zeichnungen genauer an. Ihre Entwürfe werden immer besser.

Warum zeichnet sie überhaupt, wenn sie vor hat, sich heute noch das Leben zu nehmen?

Scheiße. Diese Gedanken müssen aufhören.

Ich mache mich selber noch ganz verrückt. Aber es ist auch zum Wahnsinnigwerden. Einerseits ist da dieser Traum, der mich absolut sicher sein lässt, dass Eve heute noch von der East Grand Avenue Bridge springt. Andererseits ist da mein Gefühl und das mir sagt, dass Everley so überhaupt keine Selbstmordabsichten hegt.

Es ist wirklich zum Verzweifeln.

Ich wische mir übers Gesicht und versuche, einen klaren Gedanken zu fassen.

Der Traum schleicht sich ja nicht einfach nur so in meinen Schlaf. Er ist eine Art Warnung. Ein Wink des Schicksals. Meine Chance, das Unglück abzuwenden.

Und genau das habe ich vor. Ich halte Eve heute einfach von der Brücke fern und dann ist der Albtraum morgen vorbei.

Doch auch wenn ich versuche, mich selber zu

beschwichtigen, bin ich erst halbwegs beruhigt, als Everley wieder ins Zimmer zurückkommt und verkündet, dass sie fertig ist.

***

Wir sitzen Seite an Seite in den Dünen. Über uns blinkt der Leuchtturm in regelmäßigen Abständen. Ich lehne an Haydon und betrachte seine ebenmäßigen Züge, die von der aufgehenden Sonne in orangefarbenes Licht getaucht werden.

Haydon sieht nach vorne und ein Grinsen stiehlt sich auf seine Lippen. »Du sollst dir die Sonne angucken und nicht mich.«

Ich grinse ebenfalls und wende meine Aufmerksamkeit wieder dem Meer zu, das im Licht der Morgensonne aussieht, als würde es glühen. Es gibt nichts Schöneres, als einem neuen Tag bei seinem Beginn zuzusehen. Ich weiß nicht, ob ich das Haydon gegenüber jemals erwähnt habe oder ob er von selber auf die Idee kam, den Sonnenaufgang anzuschauen. So oder so finde ich es wunderschön. Seit wir auf dem Friedhof waren, fühle ich mich sowieso viel besser. Mein persönlicher Abschied von Keen hat mir sehr geholfen, ihn gehen zu lassen und die Vorstellung zuzulassen, dass er fort ist.

»Hey, sieh mal«, sagt Haydon plötzlich und streckt seinen Arm aus. Er deutet in Richtung Meer.

Dort ist das Wasser ein wenig aufgewühlt, doch etwas Besonderes erkennen kann ich nicht.

»Da vorne.« Haydon zieht mich ein Stück zu sich herüber und dann sehe ich es auch.

Etwas erhebt sich aus dem Wasser, springt in die

Höhe und taucht dann wieder ab.

»Ein Delfin!«, entfährt es mir und ich kann mein Glück kaum fassen.

Auch wenn wir so nah am Wasser leben, habe ich die Meeressäuger noch nie zuvor in freier Wildbahn gesehen.

Gebannt fixiere ich die Wasseroberfläche und warte gespannt darauf, dass sich noch ein Delfin aus den Wellen erhebt. Und tatsächlich. Erst einer, dann springt ein zweiter, kleinerer hinterher.

»Meine Güte, Haydon, sieh dir das an!«

Haydon lacht leise und gibt mir einen Kuss auf die Wange.

Ich lehne mich wieder an ihn und sehe den Delfinen weiter dabei zu, wie sie im Sonnenaufgang immer wieder aus dem Wasser springen. Es wirkt, als würden sie spielen. Oder Frühsport treiben. Es ist einfach wunderschön.

In diesem Moment glaube ich, dass mein Leben nicht mehr besser werden kann. Ich blicke herüber zu Haydon, der die Delfine ebenfalls beobachtet. Er sieht besser aus als in den letzten Tagen. Sein Gesicht wirkt nicht mehr so fahl, die dunklen Schatten unter seinen Augen sind weniger geworden. Komisch eigentlich, so wenig, wie wir in der letzten Nacht geschlafen haben.

Ich lehne mich an ihn und seufze.

»Woran denkst du?«, will er wissen.

»An dich«, gebe ich unverblümt zu.

»Ach ja?«

Ich nicke leicht. »Die letzten Tage waren ganz schön verrückt. Bist du dir im Klaren darüber, dass du gerade dein ganzes Leben über den Haufen wirfst?«

Er lacht leise. »Vollkommen.«

»Und? Wie fühlt sich das an?«

»Als würde ich versuchen, einen zugefrorenen See zu überqueren. Das Eis ist dünn und die Oberfläche spiegelglatt. Aber das Verrückte ist, dass es Spaß macht.«

Ich lächle, drehe sein Gesicht zu mir und küsse ihn auf den Mund. Ich glaube, wenn man es richtig macht, fühlt sich das ganze Leben so an, wie er es gerade beschrieben hat. Und ich bin froh, dass er endlich eine Kostprobe davon bekommt.

***

Eve wirkt absolut glücklich. Seit sie die Delfine gesehen hat, strahlt sie über das ganze Gesicht und hört gar nicht mehr auf zu reden. Es ist schön, sie so zu sehen.

Nachdem die Sonne aufgegangen ist, sind wir zum Hafen gefahren und mit der Fähre nach Nantucket übergesetzt. In einem der hölzernen Fischerhäuschen am Pier haben wir gefrühstückt. Ich bin immer wieder erstaunt, welche Massen Eve verdrücken kann. Auch ich habe nochmal auf meine Sportlerdiät verzichtet. Nervennahrung, oder wie sagt man so schön? Um meine Rugby-Karriere kann ich mich wieder kümmern, wenn wir den heutigen Tag überstanden haben.

Hand in Hand schlendern wir gerade am Hafen entlang. Alles ist geschmückt. Zwischen den Laternen an der Promenade sind rot-weiß-blaue Girlanden gespannt, von den Fassaden der Holzhäuser hängen US-Flaggen und viele der Menschen, die uns entgegenkommen, sind ebenfalls in den Farben unserer Nationalflagge gekleidet.

Normalerweise hätte ich den Unabhängigkeitstag mit einer großen Party in meinem Haus gefeiert. Zane und Cannon wirkten ziemlich enttäuscht, als ich ihnen für dieses Jahr abgesagt habe, aber ich habe keine Lust auf sie. Weder auf sie noch auf Bea und die ganzen anderen Idioten. Im Endeffekt brauchen sie nicht *mich* zum Feiern, sondern nur mein Haus. Dieses Jahr müssen sie sich einfach eine andere Location suchen.

»Stehst du auf diesen 4.-Juli-Kram?«, fragt Eve, als hätte sie meine Gedanken gelesen.

Ich grinse. »Ziemlich.«

Das ist nicht gelogen. Ich mag den Unabhängigkeitstag, aber ich brauche nicht die damit verbundenen Saufgelage unserer Uni.

»Ich liebe das Feuerwerk«, sagte Eve. »Und die Stimmung, die dann im ganzen Land herrscht. Auch wenn ich diesen Nationalstolz nicht so richtig nachvollziehen kann, gefällt es mir, dass für diesen einen Tag irgendwie alle zusammenzugehören scheinen.«

Gut zu wissen, dass sie auf das Feuerwerk steht. Dann wird ihr das, was ich für heute Abend geplant habe, sicher gefallen.

»Als ich klein war«, beginne ich, aber dann klingelt mein Handy. Ich zögere.

»Willst du nicht rangehen?«, fragte Eve.

»Ungern«, gebe ich zurück, hole es aber aus meiner Hosentasche. Es wird sowieso Zane sein, der mich versucht, zu einer 4.-Juli-Party zu überreden. Doch anstelle von seinem Namen steht Coach Porters auf meinem Display. »Mein Trainer.«

»Geh ran.« Eve bleibt stehen und lehnt sich an ein weiß gestrichenes Holzgeländer, das die Promenade vom Wasser trennt. Sie blickt aufs Meer und ich nehme den Anruf entgegen.

»Rhodes?«

»Haydon, hier ist dein Coach.«

»Hey, Coach. Was gibt es?«

»Ich habe mit Saunders von der NRL gesprochen.«

Oh Shit. Den habe ich ja vollkommen verdrängt.

»Und?«, frage ich vorsichtig.

»Ich konnte ihn davon überzeugen, dass du mit der Nummer beim Spiel nichts zu tun hattest. Erst war er ein bisschen reserviert, dann hat er aber wieder in den höchsten Tönen von deinem Talent auf dem Spielfeld geschwärmt. Ich konnte ihn überzeugen, dass er dir noch eine Chance gibt. Er will dich heute Abend treffen. Die NRL hat eine kleine Feier zum Unabhängigkeitstag organisiert und du bist eingeladen.«

Meine Gedanken überschlagen sich. Zuerst bin ich erleichtert, dass ich noch eine Chance kriege. Dann wird mir klar, vor welche Wahl ich gerade gestellt werde. Ich sehe herüber zu Everley, die sich einen Stare-down mit einer besonders frechen Möwe leistet.

Kann ich es mir erlauben, sie ein paar Stunden alleine zu lassen? Oder soll ich sie vielleicht mit zu der NRL-Feier nehmen?

Ich schüttle den Kopf. Nein. Ich habe mich entschieden und dabei bleibe ich auch.

»Das ist ziemlich cool, aber ich kann heute nicht«, sage ich daher.

»Du kannst heute nicht? Bist du jetzt völlig abgehoben?«

»Im Gegenteil. Rugby ist nicht alles, Coach. Die NRL hat mich jahrelang warten lassen. Wenn sie mich wirklich wollen, dann werden sie das Treffen verschieben. Und wenn nicht ...« Ich zucke mit den Schultern.

Es fühlt sich komisch an, so mit meinem Coach zu reden, aber gleichzeitig wirkt es auch absolut richtig. Ich liebe das Rugbyspielen, aber wie glücklich werde ich damit noch sein, wenn ich der NRL Everleys Leben geopfert habe?

Ich sehe wieder zu Eve, die das Anstarren mit der Möwe gewonnen zu haben scheint, denn das Federvieh hat sich zurückgezogen.

»Rhodes, ich kann denen nicht einfach absagen. Was denkst du dir denn?«

»Versuchen Sie es. An jedem anderen Tag treffe ich mich gerne mit Saunders, aber nicht heute. Einen schönen 4. Juli noch.« Damit lege ich auf und gehe wieder zu Eve zurück.

»Gibt es Probleme?«

Ich schüttle den Kopf und lege den Arm um sie »Im Gegenteil. Es ist alles bestens.«

***

Kapitel 13

Haydon

»Bieg hier ab«, sage ich zu Eve und deute in eine Seitenstraße.

Eve steuert den Maserati um die Kurve und lacht leise. »Du weißt aber schon, dass du eine Straße weiter wohnst?«

»Wir parken hinten am Garten«, sage ich.

Mein Haus kann man von beiden Seiten erreichen. Einmal von vorne, durch den Haupteingang und einmal über die Seitenstraße hinten beim Pool. Ich bin mir nicht sicher, ob der Lieferant verstanden hat, wohin er die Feuerwerkskörper bringen soll und fürchte, er könnte sie auf dem Rasen vor dem Haus abgelegt haben. Also parken wir kurzerhand hier hinten.

Unterhalb des Pools, durch ein paar Stufen vom Rest des Grundstücks getrennt, befindet sich der Garten des Hauses. Dort werde ich meine Überraschung für Eve steigen lassen.

Sie liebt das 4.-Juli-Feuerwerk? Schön, dann soll sie es auch kriegen. Aber dafür werde ich nicht mit ihr in die Stadt fahren, denn das ist mir zu riskant.

Eve parkt den Wagen und sieht mich neugierig an. Die Sonne, die heute den ganzen Tag über unablässig geschienen hat, hat ihr ein bisschen Farbe ins Gesicht gezaubert. Ihre Sommersprossen treten jetzt noch deutlicher hervor und ich finde sie einfach wunderschön. Für einen Moment verliere ich mich in ihrem Anblick, dann schaue ich auf die Uhr. Es wird Zeit.

»Kannst du ein paar Minuten ins Haus gehen?« Ich ziehe den Autoschlüssel ab, an dem auch mein Terrassenschlüssel hängt, und halte ihn ihr hin. »Ich habe eine Überraschung für dich.«

In Eves Augen blitzt es auf.

Gut, sie scheint tatsächlich jemand zu sein, der Überraschungen mag.

»Lass dir nicht zu viel Zeit.« Sie gibt mir einen schnellen Kuss und steigt dann aus. »Ich werde deinen Kühlschrank plündern.«

Ich sehe ihr grinsend nach. »Klar, mach das.«

Damit steige ich ebenfalls aus. Ich sehe, wie sie den Weg neben dem Pool entlang zum Haus nimmt und eile selbst herunter in den Garten. Auch wenn der Tag noch nicht vorbei ist, fühle ich mich irgendwie erleichtert. Es gab keinen Streit zwischen uns, Eve wirkt nicht traurig und die leise Hoffnung, dass der Traum nur ein fieser Streich meines Unterbewusstseins war, macht sich in mir breit.

Ich betrete den Garten und entdecke die beiden Holzkisten sofort. Perfekt.

Jetzt kann eigentlich nichts mehr schief gehen ...

***

Als ich zum Haus gehe, merke ich erst mal, wie müde ich bin. Haydon und ich sind seit vier Uhr auf den Beinen, wir hatten einen tollen Tag. Ich bin gespannt auf seine Überraschung und gleichzeitig freue ich mich darauf, nachher mit ihm im Bett zu liegen. So viel Action hatte ich schon lange nicht mehr.

Während ich die Terrassentür aufschließe, muss ich gähnen. Es fühlt sich seltsam vertraut an, dass ich einen Schlüssel für Haydons Haus habe. Als würden wir uns schon ewig kennen.

Ich schiebe dir Tür auf und befinde mich direkt in der Küche. Dieses Haus hat unglaublich viele Zugänge. Sowieso ist dieser Palast viel zu riesig für einen Mann alleine. Ich werfe den Schlüssel und mein Handy auf die Anrichte und überlege zuerst, wirklich einen Blick in den Kühlschrank zu werfen. Aber wer weiß, ob Haydon nicht vielleicht ein Dinner geplant hat. Falls ja, möchte ich ihm die Überraschung nicht verderben.

Also mache ich mich auf ins Wohnzimmer und finde mich plötzlich in meinem persönlichen Albtraum wieder.

Von jetzt auf gleich springen ungefähr 50 Mann auf mich zu. Sie müssen sich hinter dem Sofa, dem Schrank und weiß Gott wo noch versteckt haben. Sie schreien »Überraschung« und »Einen schönen Unabhängigkeitstag«!

Dann geht auch noch die Musik an.

Ten Things I Hate About Christmas schallen aus der Soundanlage im Wohnzimmer.

Schnell blicke ich mich um. Von überall stürmen Freunde von Haydon auf mich ein, wollen mich umarmen, wollen mich scheinbar erdrücken.

»Lasst mich los!«, schreie ich und schiebe einen Körper nach dem nächsten von mir.

Doch die Jungs, von denen ich einige aus Haydons Rugby-Team wiedererkenne, scheinen mich gar nicht zu hören. Sie blasen in ihre Trillerpfeifen und Tröten, grölen den Song von TTIHAC mit und wirken vollkommen betrunken.

Über ihre Köpfe hinweg entdecke ich Beatriz, die auf der Treppe steht und zu mir herüber grinst wie eine Hexe. Und jetzt weiß ich auch, wem ich diesen Horror zu verdanken habe.

Ich versuche, ruhig zu bleiben und nicht in Panik zu geraten, doch es geht nicht.

Von Sekunde zu Sekunde bekomme ich weniger Luft. Jemand nimmt mich in eine bärenartige Umarmung. Zusammen werden wir gegen ein paar verschwitzte Körper gedrückt und dann wird es für einen Moment schwarz vor meinen Augen. Ich sacke zusammen und als ich kurz darauf wieder etwas sehen kann, befinde ich mich auf dem Boden. Umringt von Menschen, inmitten von Füßen.

Ich höre mich selber schreien, doch niemand anders bekommt es mit. Sie feiern einfach weiter, als wäre ich gar nicht da.

Merken sie denn nicht, dass ich hier unten bin? Dass sie mich zerquetschen?

Ich greife nach dem erstbesten Bein und ziehe mich ein Stück in die Höhe. Etwas trifft mich am Hinterkopf, vermutlich ein Knie. Der Schmerz ist dumpf und ich ignoriere ihn. Wenn ich jetzt bewusstlos werde, werde ich zertrampelt.

Zwischen den Beinen hindurch sehe ich Keenan. Er liegt auf dem Boden. Reglos, das Gesicht blutüberströmt.

Das ist nicht echt. Das ist nicht echt.

Tränen verschleiern meine Sicht und ich kann immer noch nicht atmen. Verzweifelt versuche ich, mich in die Höhe zu kämpfen, doch die Körper der Rugby-Spieler sind viel zu massiv. Ich habe keine Chance.

»Was machst du denn da unten?«, fragt eine verwunderte Stimme. »Steh auf, Mann.«

Dann werde ich unter den Achseln gepackt und in die Höhe gezerrt.

Ich kann wieder atmen. Mit einem Mal strömt wieder Luft in meine Lungen. Es ist ein unglaubliches Gefühl.

»Hier, trink was.« Jemand stößt mich mit der Schulter an.

Ich möchte nichts trinken. Ich will nur weg hier. Einfach fort.

Hastig blicke ich mich um. Menschen, wohin ich auch sehe. Sie drängen sich aneinander, tanzen und feiern.

Sie wirken fröhlich, betrunken und tödlich auf mich.

Ich reiße mich los, stoße die Leute um mich herum

mit der Schulter weg, dränge mich zwischen ihnen her. Ich muss hier einfach nur raus.

Der Druck von allen Seiten lässt nicht nach. Immer noch ist es unerträglich laut und stickig. *Ten Things I Hate About Christmas* singen immer noch den Song, den ich niemals wieder hören wollte.

Und dann wird der Druck auf einmal weniger. Ich bin raus aus der Menge.

Irgendwer ruft mir etwas hinterher, aber ich mache nicht Halt. Ich stolpere in die Küche, schnappe mir den Autoschlüssel und flüchte nach draußen in die frische Luft der heraufziehenden Nacht.

***

Haydon

Ich positioniere gerade die letzte Rakete, als ich eine Wagentür zuschlagen höre. Mit einem Mal beginnt mein Herz zu rasen und ich ahne nichts Gutes. Ich lasse den Feuerwerkskörper fallen, renne durch den Garten und stürme die Stufen zum Pool hinauf. Dann höre ich einen Motor angehen und das Quietschen von Reifen. Jemand fährt mit meinem Auto weg.

Nein, nicht irgendjemand. Eve.

Das darf nicht sein. Das darf einfach nicht wahr sein. Ich war keine fünf Minuten hier unten. Was ist in der Zeit passiert?

Ich rase auf die Straße und sehe nur noch die Rücklichter des Maserati.

»Eve, nein!! Tu‘s nicht!«

Aber sie hört nicht, bleibt nicht stehen, sieht sich nicht einmal um.

»Scheiße, verdammt, Eve!«

Ich zögere keinen Moment länger, sondern laufe zurück zum Haus. Ein Taxi muss mich zur East Grand Avenue Bridge bringen, und zwar schnell.

Mein Herz droht zu zerspringen und das Blut rauscht so schnell durch meine Venen, dass es in meinen Ohren dröhnt. Ich darf sie nicht verlieren. Auf keinen Fall!

Ich stoße die Terrassentür auf und bleibe wie vom Donner gerührt stehen.

Überall sind Menschen. Die meisten kenne ich vom Campus, doch einige sind mir fremd. Es ist laut und ich brauche nicht lange, um zu erkennen, welches Lied gespielt wird. *Welcome to Wasteland* von *Ten Things I Hate About Christmas*. Der Song, zu dem Everleys Bruder in einer Massenpanik zerquetscht wurde.

Was zur Hölle geht hier vor sich?

Ich entdecke Zane und Cannon in der Menge – und Bea. Und auf einmal verstehe ich, was hier läuft. Es war klar, dass Beatriz die Demütigung nicht auf sich sitzen lassen würde. Aber warum konnte sie sich nicht an mir rächen? Musste sie ihre Wut ausgerechnet an Eve auslassen?

Diese und noch andere Gedanken gehen mir im Bruchteil einer Sekunde durch den Kopf, während ich mich durch die Menge zwänge und dann Bea am Arm zu mir heranziehe. Es gibt tausend Dinge, die ich ihr in diesem Moment sagen will, aber das ist alles unwichtig. Nur eine Sache zählt.

»Dein Autoschlüssel!«, fauche ich.

»Na, wie gefällt dir unsere Überraschung? Deine kleine Freundin –«

Ich schüttle Bea. »Gibt mir deinen verdammten Autoschlüssel!«

Bea scheint zu kapieren, wie ernst es mir ist.

Ein Glück für sie. Denn mir war nie etwas ernster.

Wortlos hält sie mir ihren Schlüssel hin.

Ich nehme ihn, schubse sie von mir und eile zur Vordertür.

»Einen fröhlichen vierten Juli«, ruft mir irgendwer hinterher.

Danke gleichfalls, du Arschloch!

Ich reiße die Tür auf und entdecke, dass in der ganzen Straße Autos am Rand stehen. Kein Wunder, der halbe Campus scheint gerade bei mir im Haus zu feiern.

Trotzdem finde ich Beas kleinen roten Flitzer sofort. Ich kann nur hoffen, dass er schnell genug fährt und ich Eve noch einhole.

Denn ich darf sie auf keinen Fall verlieren.

***

Ich lasse Haydons Wohnviertel hinter mir und auch den Campus lasse ich zurück. Je weiter ich mich entferne, desto besser scheinen meine Lungen zu funktionieren. Ich kann wieder frei atmen, fühle mich langsam besser.

Mit dem Handrücken wische ich mir die Tränen von den Wangen und mache ein paar tiefe Atemzüge.

Es ist alles in Ordnung. Du bist nicht in Gefahr. Das war nur eine Panikattacke, mehr nicht.

Ich fahre rechts ran, um mich vollends zu beruhigen, stelle den Motor ab und lasse die Fenster runter. Die frische Luft tut gut und ich schließe die Augen.

Beatriz hat ganze Arbeit geleistet. Wahrscheinlich wusste sie aus meinem Tagebuch von dem Song. Dem Festival. Und von Keenan.

Diesem Biest ist offenbar nichts heilig. Haydon und ich müssen uns irgendwas einfallen lassen. Es kann nicht sein, dass wir drei uns das Studienjahr gegenseitig zur Hölle machen.

Haydon ...

Ich will mir nicht vorstellen, was er über meinen Abgang denkt. Vielleicht glaubt er, dass ich doch keine Überraschungen mag und deshalb einfach abgehauen bin. Viel wahrscheinlich ist allerdings, dass er die Meute in seinem Haus bereits entdeckt hat und eins und eins zusammenzählt.

Sobald ich mich beruhigt habe und meine Hände nicht mehr zittern, als hätte ich eine Koffein-Infusion bekommen, werde ich zu ihm zurückfahren.

Neben mir knallt etwas, dann noch etwas.

Ich öffne die Augen und sehe, dass es über dem Quinnipiac River zu leuchten begonnen hat.

Das Feuerwerk!

Ich lasse die Fenster wieder hoch und steige aus, um es mir anzusehen. Vor mir liegt die East Grand Avenue Bridge, von der aus man einen tollen Ausblick über die ganze Stadt hat.

Meine Beine fühlen sich noch etwas wackelig an, aber alles in allem bin ich okay.

Ich lasse den Maserati zurück und laufe auf die Brücke zu. Es sind nur wenige Autos unterwegs – kein Wunder. Die meisten Menschen sind bereits auf irgendwelchen Unabhängigkeits-Partys oder schauen sich das Feuerwerk in der Stadt an.

Noch einmal sauge ich tief die frische Luft ein und bin erstaunt, dass die Panikattacke dieses Mal so viel schneller vorübergegangen ist als noch beim ersten Mal.

Vielleicht ist das ein gutes Zeichen.

Ich betrete die East Grand Avenue Bridge und suche mir einen guten Platz, von dem aus ich einen unverbauten Blick auf das Feuerwerk habe. Ich lehne mich ans Geländer und schaue in die Ferne.

Rot, blau und weiß explodieren die Raketen in der Luft.

Das Feuerwerk spiegelt sich im Fluss wider. Es sieht aus, als hätte jemand Eimer voller Farbe ins Wasser geschüttet.

Es ist wunderschön und ich wünschte, Haydon wäre jetzt hier, um es mit mir gemeinsam anzusehen ...

***

Haydon

Mein Herz rast wie verrückt und meine Hände umklammern das Lenkrad so fest, dass ich fürchte, es wird gleich in zwei Teile zerbrechen. Das hätte nicht passieren dürfen. Ich hätte sie nicht aus den Augen lassen dürfen, nicht ausgerechnet heute.

Es ist mittlerweile dunkel. Überall um mich herum, in den Gärten und an den Straßenecken, explodieren kleinere Feuerwerke, während ich zur East Grand Avenue Bridge hetze. Ich weiß genau, dass ich Eve dort finden werde – weil mein Traum Recht hatte, von Anfang an. Und weil man das Schicksal am Ende doch nicht überlisten kann.

Mit Vollgas lenke ich Beas roten Sportwagen auf die Grand Avenue. Es ist nicht viel los, die meisten Menschen sind zu Hause und feiern. Nur wenige Wagen teilen sich die Spuren mit mir und ich kann an allen mühelos vorbeiziehen. Trotzdem habe ich das Gefühl, kaum vom Fleck zu kommen. Was, wenn sie sich in diesem Moment in die Tiefe fallen lässt? Oder genau dann, wenn ich auf der Brücke zum Stehen komme?

Hass flammt in mir auf, Hass auf Bea und all die Menschen, die Eve gerade aus meinem Haus getrieben haben. Wäre ich doch nur nicht mit ihr dorthin gefahren. Mein Vater hätte es mir auf der Stelle wegnehmen und den Schlüssel von mir verlangen sollen.

In der Ferne kommt der Überbau der East Grand Avenue Bridge in Sicht. Sie ist blau beleuchtet, wie an jedem Unabhängigkeitstag. Mein Puls hämmert noch heftiger und egal, wie schnell ich fahre, es erscheint mir einfach nicht schnell genug. Ich darf nicht zu spät kommen. Auf gar keinen Fall.

Die letzten paar Meter fliegen an mir vorbei. Ich überhole einen weinroten Wagen, der viel zu langsam vor mir herkriecht, gebe noch mal richtig Gas, fahre auf die Brücke – und da steht mein Wagen.

Er ist auf dem Seitenstreifen geparkt, die Lichter sind aus. Ruckartig drehe ich den Kopf Richtung Geländer. Keine Spur von Eve. Mein Auto ist hier, sie aber nicht, was bedeuten muss, dass sie ...

Nein. Ich darf nicht zu spät kommen. Bitte nicht.

Ich spüre, wie mich kaltes Entsetzen packt. Mitten auf der rechten Fahrspur bleibe ich stehen und stelle den Motor ab. Für einen Moment umhüllt mich Totenstille.

Dann höre ich das dumpfe Knallen von Feuerwerkskörpern und sehe aus dem Augenwinkel grelle Farbexplosionen – jedoch nicht rechts von mir, wo mein Auto steht, sondern links.

Blitzschnell drehe ich mich in meinem Sitz herum. Und dort steht sie. Auf der anderen Seite der Brücke, der Stadt zugewandt, lehnt sie an der Brüstung und sieht sich das Spektakel an. Ihr schwarzes Haar weht leicht im Wind. Das Leder ihrer Jacke glänzt im blauen Licht der Brückenbeleuchtung.

Für einen Moment kommt sie mir wie eine Erscheinung vor. Dann kapiere ich, dass sie echt ist, dass sie noch da ist, noch lebt. Grenzenlose Erleichterung überkommt mich.

Schnell steige ich aus und will ihren Namen rufen, aber ich bremse mich im letzten Moment.

Was, wenn sie über die Brüstung klettert und springt, sobald sie realisiert, dass ich hier bin?

Ich muss an den Abend am Strand denken. Als wir in den Dünen saßen, war sie total von der Rolle. Ihr hysterisches Lachen und die Tränen, die ihr zugleich übers Gesicht liefen, haben mich für ein paar Momente echt an ihrem Verstand zweifeln lassen. Jetzt ist sie vermutlich im selben Zustand – wenn ich sie retten will, muss ich also vorsichtig sein. Einfühlsam. Ich schlucke die Furcht herunter, die der Gedanke, es nicht zu schaffen, mit sich bringt und steige aus.

Die Luft ist lau, wie in meinem Traum. Das Feuerwerk ist rot-weiß-blau. Und ich weiß genau, mit welchem Gesichtsausdruck Eve es gerade bewundert. Ich habe es so oft gesehen in den letzten Tagen. Sie sieht es sich an wie jemand, der weiß, dass er nie wieder etwas so Schönes betrachten wird.

Aber das muss sie. Sie kann mich nicht verlassen, nachdem ich sie gerade erst gefunden habe.

Ich überquere den Rasenstreifen, der die Fahrspuren voneinander trennt, nähere mich Everley so leise wie nur möglich. Zu nahe darf ich ihr jedoch auch nicht kommen. Wenn sich Selbstmörder bedroht fühlen, springen sie erst recht.

Etwa zwei Meter hinter ihr bleibe ich stehen, nah genug, um sie im Zweifelsfall mit einem Hechtsprung erreichen zu können. Das Herz klopft mir bis zum Hals. Noch nie habe ich mich so schwach gefühlt, da hilft auch ein Körper nichts, der wie ein Panzer funktioniert, wenn er muss.

»Eve«, sage ich heiser.

Eine Sekunde lang rührt sie sich gar nicht und ich befürchte, dass sie es gleich tun wird. Dass ich gleich eingreifen muss.

Dann dreht sie sich zu mir um, mustert mich ziemlich überrascht und fragt mit einem überraschten Lächeln auf den Lippen: »Haydon? Bist du mir gefolgt? Mann, aus dir wird noch mal ein echter Romantiker.«

Ich starre sie an, als wäre sie ein Geist und kann nicht kapieren, was hier gerade läuft. Sie weint nicht. Sie ist nicht hysterisch. Sie wirkt noch nicht einmal traurig. Im Gegenteil. Wie schon den ganzen Tag kommt sie mir auch jetzt vor, als sei eine Riesenlast von ihr abgefallen. Ziemlich glücklich eigentlich.

Freu dich nicht zu früh, Hayds. Das kann auch die Ruhe vor dem Sturm sein.

»Was …?« Ich trete ein paar Schritte näher an sie heran und versuche dabei, meine Stimme unter Kontrolle zu kriegen. »Was machst du denn hier?«

Eve verzieht das Gesicht. »Diese Party in deinem Haus. Ich nehme an, davon wusstest du genau so wenig wie ich?«

»Natürlich. Ich hatte ein Feuerwerk für dich im Garten geplant. Diese Party hat sich Bea ausgedacht. Ich denke, sie wollte sich rächen wegen der Fotos und weil ich sie verlassen –«

Eve winkt ab. »Soll sie nur. Ich hoffe, sie fühlt sich dadurch besser und gibt endlich Ruhe. Ich hab nämlich keine Lust, mich das ganze nächste Jahr mit ihr rumzuärgern.«

Ich komme noch näher. Jetzt könnte ich sie berühren und zurückreißen, wenn nötig. »Das ganze nächste Jahr«, wiederhole ich.

Eve runzelt die Stirn. »Ja, sagte ich doch. Ist alles okay mit dir, Haydon? Warum schleichst du dich so an?«

Ich bleibe stehen, nicht mal mehr eine Armlänge von ihr entfernt. Und ganz langsam kapiere ich, was hier läuft. »Du ... du willst gar nicht springen, oder?«

»Springen?« Eve lacht kurz. »Ganz so ein Adrenalinjunkie bin ich auch nicht. Ich sehe mir nur das Feuerwerk an und wollte danach zu dir –« Sie hält mitten im Satz inne und ihre Augen werden weit. »Moment. Das ist ... das hier ist dein Traum, oder?«

Ich zögere, aber ich sehe jetzt keinen Sinn mehr darin, es zu verleugnen. Also nicke ich.

Eve sieht mich verblüfft an, dann blickt sie herüber zum Wasser. »Du hast von exakt dieser Brücke geträumt?«

»Dieser Brücke«, erwidere ich. »Diesem Tag. Dem Feuerwerk. Du hattest sogar dieselbe Jacke an.«

Everley blickt fasziniert zu den bunten Lichtern. »Woher konntest du wissen, dass ich heute Abend hier sein würde? Das habe ich ja selber bis vor ein paar

Minuten nicht gewusst.« Sie schüttelt den Kopf. »Irgendwie magisch, oder? Sich vorzustellen, dass es vielleicht doch sowas wie Schicksal …«

Der Rest ihres Satzes geht in einem lauten Hupen unter. Gleichzeitig drehen wir die Köpfe in Richtung Gegenfahrbahn. In diesem Moment rast dort ein olivgrüner Van heran. Der Innenspiegel ist mit Blumenketten geschmückt. Die Fenster sind weit offen, Musik dringt aus dem Inneren. Mehrere Personen sitzen im Wagen und starren mit schreckensweiten Augen auf Beas Auto, das die Brücke blockiert.

Der Van schlingert nach rechts, doch auf dem Seitenstreifen steht der Maserati. Der Fahrer reißt das Lenkrad nach links, grell kreischen die Bremsen auf, dennoch schießt der Kleinbus noch viel zu schnell auf uns zu.

Nein, nicht auf uns. Auf Eve!

Und mit einem Mal verstehe ich, was mir der Traum am Anfang sagen wollte. Eve wollte sich nicht umbringen. In meiner ersten Vision hat sie einfach nur hier gestanden und sich das Feuerwerk angesehen. Der Ruck, der durch ihren Körper gegangen ist, kam durch den Wagen, der sie erfasst und über das Geländer geschleudert hat.

Ich fahre zu ihr herum und sehe, wie sie entsetzt den Scheinwerfern entgegenstarrt. Die Lichter spiegeln sich in ihrem Blick, lassen das Grün in ihren Augen aufleuchten. Der Van kommt näher und ich weiß, dass ich handeln muss. Ich werde nicht noch jemanden durch einen Autounfall verlieren. Ich werde nicht noch einen Körper zerschellen sehen.

»Eve!«, brülle ich. »Weg da!« Dann handelt mein Körper wie von selbst. Ich tue genau das, was ich auf dem Feld in einer brenzligen Situation tun würde. Ich werfe mich gegen sie und ramme sie aus dem Weg.

Sie fliegt ein ganzes Stück davon und landet auf dem Asphalt. Sie ist raus aus dem Scheinwerferlicht, also ist sie auch raus aus der Gefahrenzone. Das sehe ich noch, ehe mich der Kühler des Vans erfasst. Er trifft mich hart, wie der beste Mann eines gegnerischen Teams, der mich unbedingt aufhalten will. Meine Füße verlieren den Bodenkontakt, ich hebe ab und werde in die Luft geschleudert.

Ich sehe die drei jungen Typen im Wagen, einer von ihnen ruft noch »Vorsicht!!«. Es klingt verzerrt und langgezogen in meinen Ohren.

Dann verliere ich sie aus dem Blick, weil mein Körper durch die Luft gewirbelt wird. Benommen erkenne ich Eve. Sehe die blauen Brückenträger, dann den vom Feuerwerk verrauchten Himmel. Ich spüre, wie mein Bein an etwas Metallenem entlang schrammt und realisiere noch, dass es das Brückengeländer ist, über das ich da gerade fliege.

Dann falle ich in die Tiefe. Dem Wasser entgegen. Ich falle gefühlte Stunden, schlage hart auf und versinke doch wie in Watte. Eisige Kälte umfängt mich. Reflexartig will ich Luft holen, aber ich kann nicht atmen.

Ich bin unter Wasser und die Dunkelheit kommt näher.

***

Everley

»Haydon! Nein!«, kreische ich und rapple mich auf.

Der grüne Van hat ihn mit voller Wucht erwischt, ehe er mit quietschenden Reifen zum Stehen gekommen ist. Haydons Körper wird über die Brüstung geschleudert und verschwindet aus meinem Blickfeld. Das darf nicht sein.

Ich komme auf die Füße, klettere über das Geländer und sehe gerade noch, wie er in die Tiefe fällt, ehe er auf dem Wasser aufprallt. Das war kein kontrollierter Sprung, die Oberfläche muss ihn hart am Rücken erwischt haben. Wenn ihm der Zusammenprall mit dem Van nicht schon das Bewusstsein geraubt hat, dann mit Sicherheit der mit dem Wasser. Entsetzt starre ich in die Dunkelheit unter mir, aber ich sehe ihn nicht, er taucht nicht auf!

Er wird ertrinken!

Das kann ich nicht zulassen. Noch vor wenigen Tagen wollte ich ihn nicht einmal kennen. Aber alles hat sich verändert und jetzt kann ich ihn nicht mehr verlieren.

Hinter mir schreit jemand was. Die Typen aus dem Van. Ich höre sie gar nicht. Ich blicke vor mich, auf den magischen Schein des Feuerwerks, und hole Luft.

Keenans Stimme ist in meinem Kopf. Etwas, das er zu mir gesagt hat, als wir Klippenspringen waren.

Körperspannung, Evey. Das Wasser muss dir ausweichen, nicht umgekehrt. Und jetzt los, du packst das.

Ich springe ab, stürze in die Tiefe, spanne meinen Körper an und hole Luft. Der freie Fall erfüllt mich mit Adrenalin, mit dem Gefühl von Furcht und Unbesiegbarkeit, alles zugleich. Ich werde Haydon retten. Ich werde ihn da rausholen. So wie er mich nicht aufgegeben hat, werde auch ich ihn nicht aufgeben.

Ich halte mir die Nase zu, meine Füße tauchen ein, dann der Rest meines Körpers. Ich werde in die Tiefe gezogen und begreife meinen Fehler. Verdammt. Meine Sachen sind viel zu schwer! Hektisch strample ich mir die Boots von den Füßen, während ich aufzutauchen versuche. Das Wasser ist eisig, aber die Strömung zum Glück schwach. Ich schaffe es an die Oberfläche und kann mich an einem der Brückenpfeiler festhalten.

Schwer und tief atme ich ein, streiche mir schnell das Haar aus dem Gesicht und sehe mich um. »Haydon!!«, brülle ich. »Haydon, wo bist du??«

Noch während ich seinen Namen schreie, schaffe ich es, die Jacke loszuwerden. Ich stoße mich von dem Pfeiler ab, lasse mich von der Strömung aufnehmen und tauche versuchshalber ab. Keine Chance. Es ist zu dunkel. Unter Wasser kann ich nicht das Geringste sehen. Ich kann nur hoffen, dass er nicht bewusstlos ist, dass er noch nicht untergegangen ist.

Prustend tauche ich wieder auf, brülle erneut seinen Namen. Unter der Brücke bin ich mittlerweile hindurch. Ich drehe den Kopf in alle Richtungen, irgendwo muss sein helles Shirt doch zu sehen sein! Er darf nicht ertrinken, er darf nicht auch noch sterben.

»Haydon, verflucht, wo bist du?!«

Das eiskalte Wasser zerrt mich mit sich Richtung Hafen. Der Fluss wird breiter und die Strömung stärker. Ich spüre, wie Tränen der Verzweiflung meine Augen füllen. Das darf einfach nicht sein. Dieser verdammte Van. Diese beschissene Brücke!

»Haydon!!«

Meine Lippen zittern, meine Stimme verliert an Kraft, aber ich gebe nicht auf, das kann ich einfach nicht. Ich wische mir über die Augen, versuche krampfhaft, um mich herum mehr als Wasser und das finstere Ufer zu erkennen.

Dann streift auf einmal etwas mein Bein. Etwas Hartes, Schweres.

Augenblicklich, ganz automatisch, tauche ich ab und greife danach. Ich bekomme dünnen Stoff zu fassen, dann einen Körper. Ich schlinge meine Arme darum und versuche ihn mit mir an die Oberfläche zu zerren. Erleichtert stelle ich fest, dass er mithilft, wenn auch nur sehr schwach.

Mein Kopf durchstößt das Wasser. Ich atme hustend ein, aber das reicht nicht. Er muss auch atmen.

Mit einem Arm halte ich ihn umklammert, strample mit den Füßen gegen die Tiefe an und versuche ihn gegen mich zu lehnen, wie es die Rettungsschwimmer im Fernsehen immer machen. Krampfhaft versuche ich, seinen Kopf über Wasser zu halten.

»Bitte, Haydon! Atme!!«

Keuchend holt er Luft.

»Oh Gott«, flüstere ich und höre mich selbst aufgelöst lachen. Dann packe ich ihn fester und versuche, ihn hier raus zu bringen.

Die Strömung zerrt uns weiter. Die Brücke ist schon fast nicht mehr in Sicht. Aber es gelingt mir, den Abstand zum Ufer Stück für Stück zu verringern. Keine Ahnung, ob Haydon mitpaddelt. Er kommt mir schwach und unglaublich schwer vor. Aber wenn wir erst an Land sind, wird alles gut. Das muss es einfach.

»Atme weiter!«, krächze ich, während das Ufer näher und näher kommt. »Wir haben es gleich geschafft!!«

Mein Knie schrammt über kiesigen Grund. Ich realisiere, dass ich jetzt Boden unter den Füßen habe, richte mich auf, packe Haydon unter den Achseln und zerre ihn mit mir. Ganz aus dem Wasser bekomme ich ihn nicht, dafür ist er einfach zu schwer. Aber ich schaffe es, seinen Oberkörper bis ins hohe Ufergras zu ziehen.

»Haydon!« Ich sinke neben ihm in die Knie und packe sein Gesicht mit beiden Händen. Seine Augen sind geschlossen, er reagiert nicht auf mich. Während ich mich mit ihm an Land gekämpft habe, muss er das Bewusstsein verloren haben.

Noch einmal sage ich seinen Namen und ohrfeige ihn vorsichtig, um ihn aufzuwecken. Als er nicht reagiert, fühle ich seinen Puls. Ein Anflug von Erleichterung erfasst mich. Er lebt. Gott sei Dank. Aber weshalb wacht er nicht auf?

»Komm schon, Haydon!« Ich beuge mich über ihn und versuche, seinen Atem zu hören. Flach, aber regelmäßig.

Dann spüre ich etwas Warmes, das sich unter dem aufgeschürften Bein meiner Hose ausbreitet. Ich taste mit den Fingern danach und hebe sie vor mein Gesicht. Blut. Er ist verletzt. Natürlich, er ist ungebremst aufs Wasser aufgeschlagen, von einer zwanzig Meter hohen Brücke aus!

Verflucht. Ich muss Hilfe holen, aber ich kann ihn doch nicht ...

Sirenen. Ich höre sie erst jetzt, obwohl sie schon ziemlich nah sind. Gehetzt blicke ich die Uferböschung hinauf. Dahinter liegt eine Straße, die ich durch die Bäume nur erahnen kann. Ich sehe zurück zur East Avenue Bridge. Wir haben uns etwa 100 Meter davon entfernt, aber die Jungs dort oben konnten uns sicher noch sehen. Sie müssen Hilfe gerufen haben.

»Halte durch«, flüstere ich Haydon zu und drücke einen Kuss auf seine kalten Lippen. Dann springe ich auf und renne die Böschung hinauf, wie ich noch nie in meinem Leben gerannt bin. »Hier sind wir!!«, kreische ich, breche durch die Bäume und laufe auf die Straße. »Wir sind hier!!«

Ich reiße die Arme hoch, blicke dem Krankenwagen entgegen und schicke tausend Stoßgebeten in den Himmel, dass er nicht zu spät kommt.

***

Haydon

Träume sind tückisch. Mal spielen sie einem das absolute Grauen vor, doch man schafft es einfach nicht, aus ihnen zu erwachen. Dann wieder, in anderen Nächten, hat man die schönsten Träume und will gar nicht wach werden. Aber irgendwann muss man.

Der Traum, der meinen Kopf zurzeit erfüllt, ist keiner, aus dem ich erwachen will. Es geschieht nicht viel darin. Im Grunde genommen sehe ich bloß Everley. Sie sitzt neben mir im Auto und wir fahren irgendwo hin. Ich lasse sie fahren, damit ich ihr zusehen kann. Ihre schlanken Finger mit den pechschwarz lackierten Nägeln umfassen das Lenkrad, ihr Haar weht im Wind, sie erzählt mir irgendwas und lacht. Immer wieder lacht sie. Ich liebe es, wie ihre schwarz umrandeten Augen dabei funkeln. Ich liebe es, wie sich das Sonnenlicht darin spiegelt.

Sonnenlicht. Licht. Scheinwerferlicht in ihren Augen. Da war irgendwas, aber –

Aber es spielt keine Rolle. Hier nicht. Hier gibt es nur sie und mich. Sie lächelt mich an. Ihre Hand greift nach meiner Hand und ihre Haut fühlt sich unglaublich warm an. Nur durch ihre Körperwärme realisiere ich, wie kalt meine eigene Haut ist. Doch ich friere nicht. Ich fühle mich so gut wie schon lange nicht mehr. Denn hier, auf dieser Straße, von der ich keine Ahnung habe, wohin sie führt, ist nichts wichtig. Nicht meine Vergangenheit oder meine Pläne für die Zukunft, weder mein Vater noch die Uni, nicht einmal das Rugby.

Meine Hand, die Everleys Hand drückt, ist alles, was zählt.

»Er hat meine Hand gedrückt! Oh mein Gott! Ich hab es ganz deutlich gespürt!«

Eves Stimme, dabei hat sie den Mund gar nicht bewegt. Sie sieht mich nur an, dann blickt sie wieder auf die Straße, lächelt stumm und fährt weiter.

»Haydon! Hey, kannst du mich hören?«

Verdammt. Was ist das? Wieso höre ich ihre Stimme, obwohl sie gar nichts sagt?

Weil das ein Traum ist, du Idiot. Du bist nicht wirklich auf dieser Straße. In Wahrheit bist du …

Schmerz erfasst mich. Mein Kopf, meine Schulter, mein Rücken, alles tut weh. Ziemlich weh sogar. Ein wütendes Hämmern überall in meinem Körper, das mich an etwas erinnert. Etwas Wichtiges.

Hör auf zu träumen und fang endlich an zu leben, Haydon Rhodes.

Ich öffne die Augen. Die Straße ist weg, das Auto, die Sonne. Alles, nur nicht Everley. Sie drückt meine Hand, beugt sich über mich und dreht mein Gesicht ganz behutsam zu sich.

»Er wacht auf! Haydon! Sieh mich an! Weißt du, wer ich bin? Kannst du meinen Namen sagen?«

Ich bin mir nicht sicher. Meine Kehle ist so trocken, als hätte ich Sandpapier gefrühstückt. Trotzdem schaffe ich es nach einem Moment, ein paar Worte zu krächzen: »Hillary … Jessica … Warte, vielleicht … Steve?«

Sekundenlang starrt mich Eve nur an. Dann werden ihre Augen schmal und ihre Stimme klingt eisig, als sie antwortet: »Du bist und bleibst ein richtiger Arsch!«

Ich grinse sie an, auch wenn es sich ziemlich entgleist anfühlt.

Eve funkelt mich an und zischt: »Tu das nie wieder!«

Auch wenn mir alles wehtut, hebe ich die Arme und ziehe sie an mich. »Versprochen«, krächze ich.

Dann erst stellt sich meine Umgebung scharf.

Ich bin in einem Krankenhaus. Neben mir piepst ein Herzmonitor und ich bekomme irgendwelche Infusionen. Mein Krankenzimmer ist durch eine Glasscheibe vom Flur getrennt, hinter der sich Menschen aufgereiht haben. Sie alle betrachten mich sorgenvoll, aber auch erleichtert. Everleys Eltern. Coach Porter. Zane und Cannon, die ich noch nie so ernst erlebt habe. Und, zu meiner Überraschung, meine Haushälterin, die aussieht, als hätte sie geweint. Mir fällt auf, dass ich noch nicht einmal ihren Namen kenne.

»Wow«, sage ich. »Was macht ihr denn alle hier ...?«

Eve löst sich so weit von mir, dass sie mich ansehen kann. Mir fällt auf, wie müde sie aussieht. Und dass ihr Haar vollkommen wirr ist. »Du hast dich beim Aufprall aufs Wasser schwer verletzt«, sagt sie. »Sie haben dich stundenlang operiert, aber dann bist du einfach nicht wach geworden.«

Ich runzle die Stirn. Nur langsam kehren die Erinnerungen an die Nacht des vierten Juli in meinen Kopf zurück.

Die Brücke.

Der Van.

Der Sturz in die Tiefe. Während ich fiel, sah ich Everleys entsetztes Gesicht. Dann fiel auch sie ... Sie stürzte mir entgegen, genau wie in meinem letzten Traum.

Ruckartig setze ich mich ein Stück auf und bereue es sofort. Der Schmerz verstärkt sich so heftig, dass ich keuchend zurück auf die Matratze sinke.

»Nicht bewegen«, sagt Eve. »Du hast mehrere Knochenbrüche und unzählige Quetschungen. Die Ärzte sagen, es war Glück, dass dein Rückenmark nicht beschädigt wurde.«

Kurz blicke ich zu Coach Porter und will automatisch fragen, ob ich wieder spielen kann. Aber in diesem Moment beschäftigt mich etwas Wichtigeres.

»Eve.« Ich fange ihren Blick ein. »Der Traum. Ich verstehe ihn jetzt.«

Sie runzelt die Stirn.

»Es ging nie darum, dass du dich umbringst.«

»Hab ich doch gesagt«, erwidert sie leise.

»Es war ein Unfall. Dieser Van. Es ging von Anfang an darum, dass ich dich retten muss. In meinem allerletzten Traum habe ich es gesehen. Ich sah vom Wasser aus, wie du mir hinterherspringst.«

Sie zieht eine Braue in die Höhe. »Dann habe wohl eher ich dich gerettet, du Großmaul.«

Ich mustere sie nachdenklich.

Ja, sie hat Recht. Ich war derjenige, der ertrunken

wäre ohne sie.

Ich atme tief durch und streiche ihr eine wirre Strähne aus dem Gesicht. Wenn ich es mir recht überlege, hat sie mich nicht nur in dieser Nacht gerettet.

Sie hat mich auch vor einem Leben bewahrt, das mich kaputtgemacht hätte. Das mich vielleicht schon zu einem guten Stück kaputtgemacht hatte.

Ich denke an den Mann zurück, der ich noch vor einer guten Woche gewesen bin. Eiskalt, rücksichtslos, nur auf sich selbst bedacht – und im Inneren vollkommen leer. Es war schmerzhaft, nach so langer Zeit wieder etwas zu mir durchdringen zu lassen. Doch jetzt fühle ich mich endlich wieder lebendig.

Dank Everley.

»Was ist?«, fragt sie leise.

»Du hast Recht«, gebe ich zu. Ich hätte es nicht gedacht, aber am Ende war trotz der schrecklichen Dinge, die sie durchgemacht hat, nicht sie diejenige, die Hilfe brauchte.

Ich war es.

»Klar. Ich hab immer Recht«, sagt sie leise.

»Werd mal nicht frech«, gebe ich zurück.

»Was willst du schon tun, hm?«, fragt sie und sieht mich auf genau dieselbe Weise an, wie sie es in meinem Traum getan hat. Dem guten von vorhin, nicht dem Albtraum.

Apropos.

»Wie lange war ich weg?« Frage ich und streiche ihr die widerspenstige Strähne schon wieder von der

Wange.

Sie schluckt. »Vier Jahre«, sagt sie dann.

Ich spüre, wie mein Herz einen erschrockenen Sprung macht. Wieder setze ich mich auf und ignoriere diesmal den Schmerz. »Was??«

Everley betrachtet mich einen Moment lang bekümmert. Dann verziehen sich ihre Lippen zu einem breiten Grinsen. »Hab ich Jahre gesagt? Ich meinte Tage.«

Fassungslos starre ich sie an.

Eve zuckt mit den Schultern. »Strafe muss sein.«

Ich schüttle den Kopf, lasse mich zurücksinken und ziehe sie mit mir. »Keine Ahnung, wie ich es mit dir aushalten soll«, murmle ich.

»Tja, das weiß ich auch nicht, aber ich fürchte, du musst.«

Ich blicke ihr in die Augen. »Ich fürchte, das will ich auch.«

»Dann lass deinen Worten mal Taten folgen.«

Nichts lieber als das. Ich lege meine Hände in ihr blasses, wunderschönes Gesicht, sie beugt sich zu mir herunter und wir küssen uns so leidenschaftlich, wie man es in einem Krankenhaus, vor den Augen von einer ganzen Reihe Zuschauern eigentlich nicht tun sollte.
Doch ich glaube, in Wahrheit sollte man es gerade dort tun.

Überall da, wo es ein bisschen wehtut, sollte man das Leben ganz besonders auskosten. Das hat mich Everley gelehrt.

Und noch etwas. Etwas, das bedeutend wichtiger ist: Egal, wie dick die Mauern sind, die man um sich selbst errichtet hat – die Liebe bahnt sich immer einen Weg.

***

Epilog

Everley

Ein Jahr später

»So. Wenn ich jetzt noch irgendwo eine Flagge aufhängen muss, werde ich mich in George Washington verwandeln. Überleg dir also, ob es dir nicht langsam reicht!« Ich drehe mich zu Haydon um. Er steht auf der Wiese und betrachtet das Kunstwerk, zu dem ich die Veranda gemacht habe, kritisch.

»Ich weiß nicht. Denkst du ehrlich, das reicht?«

Ungläubig sehe ich ihn an, dann klettere ich von der Leiter, trete neben ihn und begutachte die Deko ebenfalls. Blau-weiß-rote Girlanden schlingen sich um die Brüstung sowie die Säulen links und rechts neben dem Eingang. Fahnen wehen im Wind. Lichterketten in den Farben der USA schmücken den großen Esstisch und die Stühle unter dem Verandadach.

»Wenn dir das nicht reicht, spinnst du«, sage ich entschlossen.

Haydon zieht mich in seinen Arm. »Oder ich will einfach sehen, wie du in diesen knappen Shorts noch ein paar Mal auf die Leiter steigst.«

Ich muss lachen und blicke zu ihm hoch. »Also, eins muss man dir lassen, blöd bist du nicht!«

Haydon grinst mich an. Er sieht gut aus. Noch besser als an dem Tag, als ich ihn kennenlernte. Damals wirkte er so kühl wie ein Model auf dem Cover einer Hochglanzzeitschrift. Jetzt sorgt die Wärme in seinem Blick dafür, dass er echt wirkt.

Ansonsten hat sich nichts an ihm verändert. Zwar waren drei Monate Reha nötig, bevor er wieder ins Training starten konnte, aber jetzt ist er wieder so muskulös und gut in Form wie eh und je. Das muss er auch, denn seit Saisonbeginn im Frühjahr ist er nicht mehr Tighthead der Yale Bulldogs, sondern der CT Rebels.

Seinen Vertrag hat er schon letzten Herbst unterschrieben. Das Studium hat er geschmissen, sobald er seinen Namen darunter gesetzt hatte. Ich finde, das war die absolut richtige Entscheidung, auch wenn sein Vater seine Drohung wahrgemacht hat. Es hat Haydon nicht gestört. Er ist zu mir ins Wohnheim gezogen und hat tatsächlich den Nachnamen seiner Mutter wieder angenommen. Möglicherweise werde ich irgendwann Everley Williams sein. Ich finde, das hört sich richtig an. Und das Funkeln in Haydons Augen, wann immer er mich ansieht, verrät mir, dass er genauso denkt.

»Im Ernst jetzt. Es sieht toll aus«, sagt er und drückt mir einen Kuss auf die Lippen.

Ich erwidere seinen Kuss lächelnd. Es fühlt sich immer noch so gut an wie beim ersten Mal. Das Kribbeln hat nicht nachgelassen, ganz im Gegenteil. Am Anfang war ich verliebt in ihn, auch wenn ich nicht wollte. Jetzt liebe ich ihn und will es mit jeder Faser meines Körpers.

Unser Kuss vertieft sich. Haydons Hände streichen

über meine Hüften, er zieht mich enger an sich, doch ich muss ihn bremsen.

»In einer halben Stunde kommen die Gäste«, sage ich leise. »Du solltest so langsam den Grill anwerfen.«

Haydon stöhnt und lässt mich los.

Ich sehe ihm lachend nach. »Ist anstrengend, kein Personal mehr zu haben, was?«

»Furchtbar«, scherzt er und verschwindet in dem kleinen Gartenschuppen, den ich ebenfalls festlich dekoriert habe.

Zufrieden blicke ich ihm nach, dann sehe ich mir nochmal in aller Ruhe das Häuschen an. Wir haben es gemietet, gleich nachdem auch ich die Uni geschmissen hatte. Für mich hat es sich einfach so ergeben, wenn ich auch glaube, dass hier ebenfalls das Schicksal seine Finger im Spiel hatte. Einer der drei Typen aus dem Van, Zack Johnson, war der Betreiber einer kleinen Schneiderei hier in New Haven. Er klebte nach dem Unfall förmlich an uns und wollte die Sache wiedergutmachen. Haydon wies ihn auf meine Entwürfe hin und er realisierte für mich eine Kollektion, hinter meinem Rücken, einfach so. Die Sachen waren mein Weihnachtsgeschenk und ich tat das Erstbeste, was mir einfiel – ich fing an, sie im Netz zu verkaufen.

Heute, ein halbes Jahr später, ist *Preppy Goth* der Name eines neuen Modetrends, ich komme aus dem Entwerfen gar nicht mehr raus und verdiene genug, um die Hälfte zur Miete beisteuern zu können.

Seit dem Frühjahr wohnen Haydon und ich hier, in

einem weißen Holzhäuschen am Stadtrand. Es ist einfach, aber toll. Wir haben alles, was wir brauchen. Und genug Platz, um gleich meine Eltern, Rick und ein paar andere alte Freunde, Cannon, Zane sowie ihre Freundinnen und sogar Haydons frühere Haushälterin Marina, die mittlerweile in Zacks Schneiderei arbeitet, zu empfangen. Sie alle, sogar Haydons frühere Yale-Kumpel, haben sich in der Zeit nach dem Unglück als echte Freunde erwiesen. Und ich bin sehr froh darüber. Froh, dass es auch in Haydons Leben endlich richtige Freundschaften gibt. Von Beatriz Asher haben wir nach dem Unabhängigkeitstag letztes Jahr nichts mehr gehört. Vielleicht liegt das daran, dass einer der Partygäste mein Tagebuch in ihrer Handtasche gefunden hat und nun jeder weiß, was für eine intrigante Kuh sie ist. Karma gibt es eben doch.

Ich sehe Haydon zu, wie er die Kohle aus dem Gartenhäuschen schleppt. Dann höre ich es hinter mir krachen und drehe mich um. In einem der Nachbargärten lässt schon jemand die ersten Feuerwerkskörper aufsteigen. Das ist total sinnlos, denn die Sonne ist noch nicht ganz untergegangen und die Raketen entfachen nur ein ganz schwaches Glitzern im Himmel. Trotzdem sehe ich es mir an und denke für einen Moment an den Schreckmoment auf der Brücke. An das eisige Wasser.

Dann umfangen mich starke Arme von hinten. »Keine Sorge«, sagt Haydon leise. »Nachher bekommst du noch ein anständiges Feuerwerk zu sehen.«

Ich lächle. »Das hoffe ich doch.«

Damit lehne ich mich an ihn, genieße das Gefühl, ihn bei mir zu haben und die Gewissheit, dass endlich alles gut ist. Dass unsere Wunden so weit verheilt sind, dass sie nie wieder aufreißen werden.

Das letzte Jahr hat alles verändert. Es hat mir ein neues Leben beschert und einen Mann, den ich niemals an meiner Seite gesehen hätte. Manchmal war es traurig, aber in erster Linie magisch.

Ich habe eine Menge gelernt, doch vor allem das: Es heißt, man muss diejenigen gehen lassen, die man liebt. Manchmal muss man sie aber auch festhalten. Gegen reißende Flüsse, gegen alle Hindernisse, gegen sämtliche Zweifel. Ich jedenfalls bin froh, dass Haydon und ich einander festgehalten haben, als es nötig war.

Und ich bin mir sicher, dass wir uns nie wieder loslassen werden.

Ende

Außerdem von Josie Charles erschienen

****Alle hier aufgeführten Bücher sind im KindleUnlimited-Abo enthalten****

Meine Einzelbände:

Bad to the Bone – Zerrissen
Als Hackerin Jess in ihre Heimatstadt Detroit zurückkehrt, ist nichts mehr wie zuvor. Verachtet von ihrer großen Liebe East trifft sie auf Dane, der ihr den Weg zurück in ihre alte Gang, die „Black Bones", ermöglicht. Von jetzt auf gleich findet sich Jess in einem erbitterten Kampf der beiden Erzfeinde wieder, bei dem nicht nur ihr Herz in Gefahr gerät. Denn auch East hat noch eine Rechnung mit ihr offen ...

Hearts on the Run
Zoey Carter braucht einen Neuanfang. Ihre einzige Chance ist ein Banküberfall! Als ihre Flucht zu scheitern droht, nimmt sie den undurchschaubaren Ryker Daxton, genannt Dax, als Geisel. Sie ahnt nicht, dass sie ihm damit in die Hände spielt, denn wenn der ehemalige Marine mit ihr fertig ist, wird ihre Beute ihm gehören. Echte Gefühle und ein falsches Spiel: Eine wilde Flucht quer durch Amerika beginnt – und das Einzige, was Zoey und Dax in die Quere kommen könnte, ist die Liebe.

Zwischen Popcorn & Zuckerwatte

Poppy und Candy sind Zwillinge, wie sie unterschiedlicher nicht sein könnten. Poppy arbeitet als Süßigkeitenverkäuferin im Freizeitpark „Mississippi Kingdom“, während Schlangenfrau Candy dort ihre eigene Show hat. Versteckt hinter ihrem Stand ist Poppy seit Jahren verliebt in den unnahbaren, geheimnisvollen Motorrad-Stuntman Ethan. Doch der scheint sich nicht im Geringsten für sie zu interessieren – bis Candy eines Tages verschwindet und Poppy kurzerhand die Rolle ihrer Zwillingsschwester übernimmt.

You and me for (n)ever – Gefangene Herzen

Scarlett steht kurz vor ihrer Hochzeit, als eine Wahrsagerin ihr prophezeit, dass ihr Verlobter gar nicht ihre große Liebe ist. Am selben Abend taucht Casey auf – Scarletts erste große Liebe. Ein Mann, der ihr eins Furchtbares antat. Jetzt scheint er Rache zu wollen ... doch seine nie verloschenen Gefühle für Scarlett stürzen beide ins Chaos.

Denkst du gestern noch an mich?

Die junge Krankenschwester Ranita findet auf dem Dachboden ihrer Grandma eine Kiste mit Fotos ... und verliebt sich Hals über Kopf in den Weltkriegssoldaten Nate. Doch Nate ist lange tot und die Zeit ist unüberwindbar –oder etwa nicht? Eines Morgens taucht in Ranitas Krankenhaus wie aus dem Nichts ein Mann in Uniform auf, der verblüffende Ähnlichkeit mit Nate aufweist ...

Santa Baby: Ein Weihnachtself zum Auspacken
Als Kaufhaus-Santa Maddy vor ihrem Arbeitsplatz sexy Jace in seinem Weihnachtselfen-Kostüm begegnet, schlittert sie kopfüber ins Chaos. Einer Verwechslung sei Dank, landet sie mit Jace auf der Bühne – und muss am eigenen Leib erfahren, dass er der heißeste Stripper New Yorks ist. Eben ein Elf zum Auspacken ...

***

Meine Reihen:

Die Love-hits-harder-Reihe (auch als Sammelband erhältlich)

Love hits harder 1
Journalistin Megan wird zu einem neuen Auftrag in den angesagten Club Ivory bestellt. Anstatt feiernder Menschen entdeckt sie dort jedoch etwas völlig anderes: einen Kampfkäfig, in den kein Geringerer als Harley Jones, der „Unbesiegte", eine Legende unter den MMA-Fightern, steigt. Megan wird als Reporterin auf ihn angesetzt – und Teil seiner anziehend-gefährlichen Welt ...

Love hits harder 2
Nach ihrer Flucht aus Chicago wollen Megan und ihre große Liebe, der MMA-Kämpfer Harley Jones, im verträumten Somerset neu anfangen. Doch schnell müssen sie feststellen, dass sie längst nicht in Sicherheit sind. Seltsame Botschaften tauchen auf – und dann

kommt es zu einer Entführung mit ernsten Folgen. Harley weiß, dass er wieder kämpfen muss und Megan weiß: Wenn er sich in Gefahr begibt, will sie an seiner Seite sein. Doch das Schicksal hat etwas anderes geplant …

***

Die Love-beats-faster-Reihe (auch als Sammelband erhältlich)

Love beats faster 1
Die junge Luciana Cosentino kehrt mit ihrer Familie zurück nach Chicago, wo sie einst große Erfolge als Veranstalter von harten MMA-Kämpfen feierten. Auch Fighter Alex ist auf dem Weg in die Stadt. Was er will? Rache an den Cosentinos. Was er dabei nicht gebrauchen kann: Luciana. Die Frau, die sich ihm in den Weg stellt – und sich in sein Herz schleicht.

Love beats faster 2
Fighter Alex und seine große Liebe wollen ein neues Leben beginnen – doch dann geschieht ein furchtbares Unglück. Alex verliert Alessia. Sie sagen, es war ein Unfall, doch daran kann er nicht glauben und wieder wird Rache um jeden Preis zu seinem Lebensmittelpunkt. Alex droht sich in Zorn und unbändiger Gewalt zu verlieren … bis eine unerwartete Begegnung ihm neue Hoffnung verschafft.

***

Die New-York-Trilogie (auch als Sammelband erhältlich)

Das Gegenteil von Romeo

Rachel stiehlt dem berühmt-berüchtigten Theaterstar Ayden Rogers versehentlich das Portemonnaie. Als sie es ihm – mit ein paar Scheinen weniger darin – zurückbringt, entpuppt er sich als ziemlicher Mistkerl. So leicht wird Rachel ihn jedoch nicht wieder los: Ayden bietet ihr an, ihre Schuld zu begleichen und macht ihr ein „unmoralisches Angebot" ...

Ich liebe dich lieber nicht

Künstlerin Lissa malt einen Obdachlosen, den sie unfassbar attraktiv findet. Das Bild gerät ins Netz. Doch der vermeintlich Heimatlose entpuppt sich als Sohn des Gouverneurs, und der hat jetzt ein Hühnchen mit ihr zu rupfen. Nicht einmal in ihrem Heimatdorf im verschlafenen Louisiana kann sie sich vor ihm verstecken. Dort jedoch hat es noch ein weiterer Mann auf sie abgesehen: ihr Ex Clint, der Lissa nie vergessen konnte und sie jetzt zurückerobern will.

Blackwell – Kein Wintermärchen

Musikerin Jenna nimmt an einem Gesangswettbewerb teil. Der Hauptpreis ist ein Duett mit ihrem großen Idol Seth Blackwell. Seth entpuppt sich als echter Bad Boy. Als Jenna Seth Stück für Stück ein bisschen näher kommt, spürt sie jedoch, dass sich hinter seiner harten Schale eine bewegende Geschichte verbirgt.

Unversehens gerät sie in einen Strudel aus großen Gefühlen, ihrem Traum von der Musik und einer Reise ins Ungewisse ...

***

Die Orange-County-Reihe (auch als Sammelband erhältlich)

Tief wie das Meer

Nach einem Jahr Fernbeziehung zieht die junge Emily zu ihrem erfolgreichen Partner Austin nach San Clemente, Kalifornien. Dort lernt sie den erfolgreichen Surfer Jesse kennen: Wild, selbstbewusst und unheimlich gutaussehend verdreht er ihr auf der Stelle den Kopf, auch wenn er sich schnell als ein ziemlicher Mistkerl entpuppt. Bleibt sie am sicheren Ufer oder lässt sie sich von den Wellen mit in ein neues Leben reißen ...?

Endlos wie das Meer

Harte Zeiten für Surferin Lauren: Ihre Beziehung ist zerbrochen, ihre Karriere scheint vorbei. Und dann strandet sie auch noch auf einer einsamen Insel ... Doch so einsam wie gedacht ist es auf dieser Insel gar nicht, denn Lauren begegnet dort dem umwerfenden Damon. Unglücklicherweise können die beiden sich schon auf den ersten Blick nicht ausstehen ...

Wild wie das Meer

Auf der Suche nach sich selbst reist Sherry durch die

Welt – und begegnet dabei dem geheimnisvollen wie anziehenden Surfer Tyrone. Doch nach einer leidenschaftlichen Nacht ist Ty verschwunden. Das Schicksal jedoch führt die beiden wieder zusammen ... und Sherry muss lernen, dass sie nicht die Einzige ist, die vor etwas davonläuft.

Ruhelos wie das Meer
Ohne einen Penny in der Tasche kreuzt die chaotische Audrey in San Clemente auf – und begegnet dort ausgerechnet Dave, den sie auf den Tod nicht ausstehen kann. Doch hinter Audrey Verachtung steckt mehr, denn irgendwie kann sie sich seiner Anziehungskraft auch nicht entziehen. Dann bringt ein wichtiger Surfwettbewerb die beiden erneut zusammen ...

***

Three Millionaires: Dashiel
Als Laney zum Housesitting bei ihrer Tante anreist, findet sie im Bett einen fremden Mann vor – den gutaussehenden, unverschämten und steinreichen Dashiel Pine. Die beiden sind einander auf Anhieb unsympathisch ... oder nicht?

Es handelt sich hier um Teil 1 einer Reihe, die von Nicola J. West und Hailey J. Romance fortgesetzt wurde:

Teil 2 – Three Millionaires: Micah (Nicola J. West)
Teil 3 – Three Millionaires: Tyron (Hailey J. Romance)

25975646R00228

Printed in Poland
by Amazon Fulfillment
Poland Sp. z o.o., Wrocław